ELENA CONRAD
Der Jasminblütensommer

Weitere Titel der Autorin:

Der Jasminblütengarten

Titel auch als Hörbuch erhältlich

Über die Autorin:
Elena Conrad, geboren 1972 in Frankfurt am Main, lebt mit ihrer Familie im malerischen Nahetal und reist seit über dreißig Jahren regelmäßig an die ligurische Küste, um zwischen Bergen und Meer die Seele baumeln zu lassen. Ihr Lieblingsplatz ist eine Bank in der Nähe eines alten Olivenbaums, von der aus sie bis zum Meer blicken kann. Die Inspiration, die sie dort erfährt, findet Eingang in ihre Bücher.

Elena Conrad

Der
Jasminblüten
Sommer

ROMAN

lübbe

Dieser Titel ist auch als Hörbuch und E-Book erschienen

Originalausgabe

Dieses Werk wurde vermittelt durch
die Literarische Agentur Thomas Schlück GmbH, 30161 Hannover.

Copyright © 2021 by Bastei Lübbe AG, Köln
Textredaktion: Marion Labonte, Labontext
Umschlaggestaltung: Birgit Gitschier, Augsburg, unter Verwendung
von Illustrationen von © shutterstock: Gaspar Janos | Denis Novolodskiy |
Lukasz Szwaj | Paladin12 | Fedorov Ivan Sergeevich | AmySachar;
© Trevillion Images: Krasimira Petrova Shishkova
Satz: Dörlemann Satz, Lemförde
Gesetzt aus der Proforma Book
Druck und Verarbeitung: GGP Media GmbH, Pößneck
Printed in Germany
ISBN 978-3-404-18402-6

2 4 5 3 1

Sie finden uns im Internet unter luebbe.de
Bitte beachten Sie auch: lesejury.de

ERSTES KAPITEL

Giulia erwachte langsam. Sie öffnete die Augen, blinzelte angesichts der Sonnenstrahlen, die einladend durch die gelben Vorhänge fielen. Nachts hatte sie bereits kurz wach gelegen, vermutlich der Aufregung wegen, war dann aber recht schnell wieder eingeschlafen.

Jetzt atmete sie tief durch und streckte sich vorsichtig, bevor sie sich behutsam auf die andere Seite drehte. Marco schlief neben ihr, wie an den meisten Tagen, seitdem ihre gemeinsame Geschichte vor ziemlich genau einem Jahr im letzten Frühsommer begonnen hatte.

Giulia richtete sich auf, stieg aus dem Bett und schlich ans Fenster. Es gelang ihr, es vorsichtig zu öffnen, ohne Autunno zu verjagen, den roten Kater, der auf der Fensterbank saß und konzentriert in den Garten starrte. Giulia kraulte sein Fell, was er mit einem Schnurren beantwortete. Dann stieß er zur Begrüßung seinen Kopf gegen ihre Hand. Sie mochte den Kater, nicht aber die »Geschenke«, die er ihr ab und zu vorbeibrachte. Wahrscheinlich beobachtete er auch jetzt wieder einen unschuldigen Vogel, und sie war froh, dass er gerade nicht an seine Beute herankommen konnte.

Die Luft war morgenfrisch und duftete nach Jasmin. Giulia beugte sich vor und lauschte auf die Geräusche, die zu ihr getragen wurden: das Rascheln der Blätter im Wind, der durch die Äste der Bäume streifte, Fulvios Stimme, die trotz der frühen Stunde bereits aus dem Garten zu ihr hinaufdrang, dazu schwere Schritte, hier und da ein Ächzen, gefolgt von einem dumpfen Geräusch. Offenbar hatte der Hausverwalter bereits begonnen, gemeinsam mit seinen Freunden die Tische und Stühle für die heutige Feier aufzustellen.

Giulia schlang die Arme um ihren Körper und gähnte. Als sie sich zurück in den Raum drehte, nahm sie auch hier den feinen Duft nach Jasmin wahr. Sie hatte gestern ein paar Zweige in eine Blumenvase gestellt und zudem noch wenige Tröpfchen Jasminöl auf einem feinen Tuch verteilt auf dem Nachttisch ausgelegt. Ein Fläschchen ihrer ersten eigenen Produktion hatte Giulia nach der Ernte im letzten Jahr als Erinnerung für sich zurückbehalten, ein zweites wollte sie ihrer Mutter schenken, wenn diese heute hier eintraf.

Sie tapste zum Bett zurück und betrachtete einen Moment lang Marco, der noch vollkommen ruhig dalag. Er war so wunderbar entspannt und vertrauensvoll, und wie immer war es beruhigend und wunderschön gewesen, seine Wärme in der Nacht so dicht bei sich zu spüren. Jetzt setzte sie sich vorsichtig auf die Bettkante, beugte sich zu ihm und strich ihm eine Haarsträhne aus dem Gesicht. Er öffnete die Augen und lächelte zufrieden.

»Guten Morgen, meine Schöne!«, sagte er und gähnte.

Sie lächelten sich an. Giulia legte ihre Hand auf seine Wange, und Marco küsste ihre Fingerspitzen. Dann reckte er sich zu ihr. »Und gleich noch einen Kuss für meine Schönste.«

Giulia lachte und beugte sich zu ihm. Ihre Lippen fanden einander, unübertrefflich zarte Haut, schon tausendfach gespürt und doch immer wieder neu und wunderbar. Giulia genoss, wie Marcos Hände im nächsten Moment über ihren Körper wanderten und sich daranmachten, ihre Lust zu wecken. Dennoch wehrte sie ihn ab, wenn auch nur halbherzig. »Marco! Wir haben keine Zeit. Die ersten Gäste kommen schon am Vormittag. Außerdem müssen wir helfen. Es ist unser Fest.«

Er reagierte nicht auf ihre Einwände. Seine Hände wanderten weiter, inzwischen wusste er sehr genau, wo er sie berühren musste. Sie kannten einander ziemlich gut, besser, als Giulia es sich anfangs hatte vorstellen können.

»Jetzt doch noch nicht«, murmelte er, während er sein Gesicht an ihrem Hals vergrub, um diesen mit Küssen zu übersäen. »Es ist doch noch nicht mal acht Uhr. So früh reist niemand an.«

»Aber bald.«

»Am späten Vormittag. Frühestens. Sie kommen ganz sicher nicht pünktlich, es sind Franzosen.«

Doch an Giulia nagte das schlechte Gewissen, und sie versuchte, ein Stück von ihm abzurücken. »Es gibt noch so viel zu tun«, sagte sie laut, als müsse sie sich selbst überzeugen. »Hörst du nicht? Fulvio und die anderen sind schon beim Aufbau, da können wir kaum im Bett bleiben.«

»Kann mir nicht vorstellen, dass Fulvio was dagegen hat, wenn wir hier ...« Marco grinste sie vielsagend an. »Er ist ein sehr verständnisvoller Kerl. Findest du nicht?«

»Marco!«

»Na gut.« Seine Arme umschlossen Giulias Körper noch einmal, er zog sie näher an sich, küsste ihre Wangen, den Mund und dann noch die Schulter, von der das Nachthemd gerutscht war. Giulia erschauderte unter seinen Berührungen und konnte nicht widerstehen, sich fester in seine Umarmung zu schmiegen. Im nächsten Moment klingelte ihr Handy.

Marco ließ sie abrupt los. »Oh nein! Warum ist es denn nicht im Flugmodus?«

»Hab ich gestern wohl vergessen.« Nach einem kurzen Blick auf das Display nahm Giulia das Gespräch sofort an. »Mama?« Ihr Blick wanderte zu Marco, der sich, lediglich mit einer Unterhose bekleidet, auf die Bettkante setzte. Dann stand er auf und ging mit geschmeidigen Schritten ans Fenster, wo das morgendliche Lichtspiel seine Muskeln nachzeichnete. Giulia musste sich abwenden, sein Anblick lenkte sie ab. Noch während sie es tat, schaute er zu ihr und grinste amüsiert, dann verließ er das Zimmer. Oh ja, er hatte nur zu gut gewusst, dass sie ihn beobachtete. *Warte nur*, dachte sie.

Dann konzentrierte sie sich auf das Gespräch mit ihrer Mutter. Kaum hatten sie sich begrüßt, erkannte Giulia im Hintergrund das charakteristische Geräusch der Türklingel ihrer Eltern. Sie war verwirrt. Eigentlich sollten die beiden sich in diesem Moment doch bereits mindestens auf der Höhe von Mailand befinden? »Bist du etwa noch zu Hause, Mama?«, hakte sie misstrauisch nach.

»Ja, leider.« Ihre Mutter sprach ziemlich nasal: Offenbar war sie stark erkältet.

Eine Welle der Enttäuschung schwoll in Giulia auf. Sie hatte ihre Mutter Giuseppina, genannt Pina, als Erste zu der heutigen Feier eingeladen, mit der sie den Abschluss der ersten Jasminernte und den Start in das neue Jasminjahr mit einem größeren Fest feiern wollte. Pina hatte sofort zugesagt. Im Frühsommer des letzten Jahres war sie erstmals nach über vierzig Jahren wieder in Italien gewesen, hier an diesem Ort, an dem sie den größten Teil ihrer Kindheit verbracht und an dem ihr Vater Enzo bis zu seinem Tod gelebt hatte. In den vergangenen Monaten war ihre Mutter noch zweimal für jeweils eine Woche hier gewesen und hatte sich, zu Giulias Erleichterung, zunehmend wieder mit diesem Ort angefreundet, den sie seinerzeit Hals über Kopf verlassen hatte.

Jetzt hörte Giulia, wie sie sich räusperte.

»Ja, ich bin noch zu Hause, Giulietta. Deshalb rufe ich ja an. Es tut mir leid, Liebes, aber ich habe mir wohl eine Angina eingefangen. Heute Nacht, als wir losfahren wollten, ging es mir schon recht schlecht, deshalb haben wir noch gewartet. Aber heute Morgen war es leider nicht besser«, krächzte Pina. »Dein Vater wollte unbedingt, dass ich beim Arzt anrufe, du weißt ja, wie er ist. Das habe ich eben schon ganz früh gemacht. Und der rät mir, unbedingt zu Hause zu bleiben.«

»Ja, selbstverständlich«, hörte Giulia sich sagen. Ein Teil von ihr meinte das auch so, ein anderer kämpfte mit der Enttäuschung. *Verdammt!*

»Der Arzt hat mir wirklich dringend von einer Reise abgeraten«, wiederholte ihre Mutter und klang jetzt angestrengt.

»Das verstehe ich doch. Ich bin nur ein bisschen enttäuscht, ich ... Wir hätten dich gerne mal wieder gesehen. Es ist schon wieder zu lange her, dass ...«

»April, ich weiß«, unterbrach ihre Mutter sie. »Ich bin auch enttäuscht, das kannst du mir glauben, aber es wird ganz sicher bald eine neue Gelegenheit geben. Ich werde die Reise so schnell wie möglich nachholen. Versprochen.«

»Das ist schön, Mama, darauf freuen wir uns. Dann schon dich bitte.« Giulia kam ihre anhaltende Enttäuschung mit einem Mal kindisch vor.

»Ja«, sagte ihre Mutter rau.

»Und Papa?«, wagte Giulia zu fragen, obwohl sie die Antwort ahnte.

»Will bei mir bleiben und auf mich aufpassen. Das verstehst du doch, nicht wahr? Von etwas anderem kann ich ihn ohnehin nicht überzeugen, das weißt du.«

»Natürlich.« Giulia setzte sich auf das Bett und betrachtete nachdenklich ihre Knie. Sie ahnte, dass ihrem Vater Robert die Verschiebung der Reise nicht ungelegen kam. Für ihn war ein Besuch ohnehin schwierig, denn hier würde er Alessandro begegnen, Marcos Vater, mit dem Pina einst ihr Leben hatte verbringen wollen. Giulia war klar, dass er diesen Ort auch deshalb mied, schließlich war er seit ihrem Umzug vor über einem Jahr nicht ein einziges Mal hier gewesen.

Ach, es war kompliziert. Sie brauchten alle immer noch viel Geduld. Viele Dinge hatten sich weiterentwickelt, doch es gab noch ein gutes Stück Weg zu gehen.

Am anderen Ende der Leitung hustete Pina jetzt. »Es tut mir wirklich leid«, krächzte sie. »Du bist mir doch nicht böse, oder?«

»Nein, natürlich nicht.« Giulia stand abrupt auf und trat ans Fenster. Durch das Geäst der Orangen- und Mandelbäume konnte sie inzwischen die ersten aufgebauten Tischreihen ausmachen. Hier und da leuchteten die Blüten der Jasminsträucher wie kleine Sterne dazwischen. Einige Männer waren dabei, Lampions in den Bäumen zu befestigen. Das würde heute Abend, wenn es dunkel wurde, sicherlich wunderschön aussehen.

Sie atmete tief durch. »Kurier dich aus«, sagte sie, »und sieh zu, dass es dir bald besser geht. Ihr kommt eben ein anderes

Mal, dann haben wir auch mehr Zeit für uns, das hat auch etwas Gutes. In dem ganzen Gewirr von Gästen wäre das gewiss zu kurz gekommen.«

»Ja, das wäre es.« Ihre Mutter schwieg einen Moment. »Allerdings hätte ich meine französischen Verwandten doch ziemlich gerne kennengelernt«, fügte sie hinzu.

»Das kann ich verstehen. Aber auch das können wir nachholen. Jetzt schon dich bitte, Mama«, sagte Giulia. »Kann ich noch mit Papa sprechen?«

»Er ist gerade im Bad.«

»Gut, dann rufe ich später noch einmal an – oder morgen, falls ich heute nicht mehr dazu komme ... Es ist noch viel zu tun.«

»Ich wünsche euch ganz viel Spaß.«

»Danke, den werden wir sicher haben.«

Nachdem sie sich verabschiedet hatten, blickte Giulia nachdenklich aus dem Fenster. Sie war sich immer noch nicht ganz sicher, ob sie das Verhältnis ihrer Mutter zu diesem Ort je ganz verstehen würde. Als Pina zum ersten Mal wieder hier gewesen war, hatte sie am Ende glücklich und zufrieden gewirkt, aber es gab eben Dinge, die immer noch heilen mussten, das hatte Giulia bei ihren weiteren Besuchen und in dem einen oder anderen Gespräch seitdem bemerkt. Immerhin hatte es inzwischen auch eine Aussprache und viele weitere Gespräche mit Alessandro gegeben, die bitter nötig gewesen waren.

»Giulia«, durchbrach Marcos Stimme aus dem Erdgeschoss ihre Gedanken.

»Ja?« Sie lief in den Flur.

»Frühstück ist fertig. Kommst du endlich?«, rief er vom Fuß der Treppe. Er sah wieder einmal unverschämt gut aus in seinem dunkelgrünen Shirt und den Jeans. An den Füßen trug er Chucks.

»Klar, bin gleich da!« Giulia sprang rasch unter die Dusche, schlüpfte ebenfalls in Jeans und entschied sich dann für ein rotes T-Shirt. Grinsend dachte sie daran, wie ihre beste Freundin Trixi es ihr bei ihrer ersten Fahrt hierher im letzten Moment in den Koffer gelegt hatte. Ihr Herz machte einen Hüpfer bei dem Gedanken, dass auch Trixi heute kommen würde. Fulvio würde sie gegen Mittag am Bahnhof abholen.

Kurz darauf frühstückte sie mit Marco auf der Terrasse helle Brötchen mit gekochtem Schinken, Parmaschinken und Gorgonzola, dazu saftig-süße Tomaten aus dem eigenen Garten und Milchkaffee. Auch Fulvio und seine Frau Loretta, die sich schon zu Großvater Enzos Zeiten um Haus und Hof gekümmert hatten, gesellten sich zu ihnen und genossen einen zweiten *caffè*. Nach und nach kamen die anderen Helfer hinzu und bedienten sich an den bereitgestellten Getränken. Manche ließen sich ein Brötchen schmecken.

Giulia biss hungrig in ihr zweites Brötchen und streifte dann die Krümel von ihrem Oberteil. In kurzer Zeit war es schon beträchtlich wärmer geworden – ein untrügliches Zeichen dafür, dass es heute heiß werden würde.

Nach dem Frühstück machte Marco sich mit Fulvio weiter daran, Stühle aus dem Haus und dem Nebengebäude herbeizuschleppen, weitere Stühle für das Fest sollten später noch geliefert werden. Giulia und Loretta räumten den Tisch ab. Sie beschlossen, zunächst noch einen raschen Abstecher nach Levanto zu machen, um im Ort für das Frühstück am nächsten Tag einzukaufen, das ihnen bei der Planung irgendwie untergegangen war. Sie stiegen in Lorettas motorisiertes Dreirad, mit dem man leichter einen Parkplatz fand, und kurvten kurz darauf gen Tal. Giulia freute sich, mal wieder mit dem Vehikel zu fahren, das sie in besonderer Weise mit Italien verband.

Die Sonne stand noch nicht hoch genug, um mit ihren Strahlen alle Ortschaften zu erreichen, die sich auf den östlich von Levanto gelegenen Berghängen verteilten. Noch lagen manche Häuser ruhig und schattig da, als würden sie sich noch auf den Tag vorbereiten, während andere schon von einem warmen Licht hervorgehoben wurden.

»Ich freue mich sehr auf heute«, sagte Loretta, als sie den Wagen in einer Seitenstraße zum Stehen gebracht hatte und ausstieg.

»Ich auch«, bestätigte Giulia. »Und ich bin dir wirklich dankbar, dass du mich immer so tatkräftig unterstützt. Ohne dich hätte ich meine Verwandten aus Frankreich vielleicht gar nicht eingeladen. Ich war mir erst nicht sicher, ob die Idee wirklich so gut ist, schließlich waren sie noch nie hier.«

»Aber natürlich ist es eine gute Idee.« Loretta umarmte Giulia. Sie war von Anfang an Feuer und Flamme gewesen für Giulias Plan, die französische Verwandtschaft ihres Großvaters nach Italien einzuladen und damit die viel zu lange unterbrochenen Verbindungen zwischen den beiden Familienteilen weiter zu stärken. Seit ihrem ersten Besuch auf dem Hof der Familie Martini bei Grasse in Frankreich hatte Giulia immer wieder mit ihnen telefoniert, insbesondere mit Rocco Ventura, der einst der beste Freund ihres Großvaters gewesen war.

»Komm, lass uns loslegen«, riss Lorettas fröhliche Stimme sie aus den Gedanken. »Wir haben noch einiges zu tun, und auch die Männer brauchen noch Unterstützung.«

»Ja, da hast du recht.«

Sie besorgten Wasser, Brot, Brötchen und Belag, Milch und mehr für das Frühstück am nächsten Morgen. Nach gut einer Stunde saßen sie schon wieder in Lorettas Dreirad. Giulia war erleichtert.

Auf der Fahrt besprachen sie noch einmal das Menü. Beginnen wollten sie mit Antipasti aus dem eigenen Garten. Die Ernte war im letzten Jahr reichlich gewesen, die Speisekammer gut gefüllt. Giulia war immer noch begeistert, wie unglaublich lecker Zucchini, Tomaten, Auberginen, Bohnen schmeckten. Sie hatte über die Monate einige neue Gemüsegerichte ausprobiert und freute sich darauf, weitere Rezepte zum Einlegen und Haltbarmachen von Gemüse aus Lorettas schier unerschöpflichem Fundus kennenzulernen. In den Herbst- und Wintermonaten hatten sie gemeinsam unzählige Gläser eingemacht, die auf den Regalen in der Speisekammer warteten. Dazu gab es einige Gläser Pesto und mehrere Schnüre mit selbstgesammelten getrockneten Pilzen. Alle paar Wochen brachte Loretta außerdem Salami und Käse von einer Freundin mit, auch die würden heute ihren Weg auf die Platten finden. Dazu würde es Focaccia geben, kleine Minipizzen, eingelegtes Gemüse und große Platten mit Mozzarella und saftig-süßen Tomaten sowie Lorettas Vitello tonnato, das Giulia besonders liebte.

Nach den Antipasti wollten sie als *primi piatti* Pasta mit Pesto Genovese und Pasta al ragù reichen. Die Hauptspeise sollte aus Schnitzel alla Milanese und raffiniert geschmortem Gemüse bestehen, für die Vegetarier gab es Risotto. Letzteres war bestellt worden und würde in Warmhaltebehältern geliefert werden. Dazu wurden Wein, Wasser, Säfte und verschiedene selbstgemachte Limonaden gereicht.

Kaum waren sie zu Hause, brachte ein Fahrer auch schon eine Auswahl an Kuchen und Törtchen, zu deren Bestellung Giulia sich ebenfalls hatte überreden lassen, denn laut Fulvio und Loretta konnte es auf einer Feier nie genug Essen geben. Als Nachtisch hatten sie zudem Pannacotta und Mousse au Chocolat zubereitet.

Erleichtert bemerkte Giulia, dass die Männer inzwischen alle Tische aufgestellt, die gelieferten Stühle verteilt und sämtliche Girlanden und Lampions in den Bäumen befestigt hatten. Kurz darauf tauchte auch der Lieferant mit den Warmhaltebehältern auf, die er gleich am richtigen Ort aufstellte.

Marco kam in die Küche, stahl sich einen Kuss von Giulias Lippen und goss sich ein Glas Wasser ein. Giulia wartete, bis er es geleert hatte, und schlang dann noch einmal die Arme um ihn. »Ich bin ziemlich aufgeregt«, flüsterte sie in sein Ohr. »Ich hoffe, es wird gut.«

»Natürlich wird es das.« Zart küsste Marco ihre Schläfe und strich dann ihr Haar behutsam zurück.

»Hoffentlich hast du recht.« Sie seufzte. »Schade, dass meine Eltern nicht kommen können ...«

»Natürlich habe ich recht. Du machst dir zu viele Gedanken. Es wird ein tolles Fest, und wenn deine Mutter wieder gesund ist, holt sie ihren Besuch hier nach. Es tut mir wirklich leid, dass deine Eltern nicht dabei sein können.«

»Ja ... Aber aufgeschoben ist ja nicht aufgehoben, sagt man nicht so?« Sie drückte ihn noch einmal an sich. »Ich bin so froh, dass ich dich habe. Ich kann das gar nicht oft genug sagen.«

»Ich auch. Das weißt du hoffentlich.«

»Natürlich. Wenn ich eines weiß ...«

Sie küssten sich noch einmal. Ein Räuspern ließ sie auseinanderfahren, ein wenig schuldbewusst und doch froh darüber, dass sie diesen kurzen Augenblick für sich gefunden hatten.

»Ich will euch ja nicht stören, aber ein paar Kleinigkeiten sind schon noch zu tun, und langsam nähert sich der Zeitpunkt, an dem die ersten Gäste eintreffen könnten. Das Buffet ist so weit fertig. Meine Freundinnen haben sich wirklich ins Zeug gelegt. Aber ich brauche dich noch einmal, Giulia.« Loretta stemmte die Hände in die Seiten. »Gehen wir?«

»Natürlich.« Giulia küsste Marco schnell noch einmal und folgte ihr dann auf einen letzten Rundgang durch das Gästehaus, wo sie noch einmal jedes Zimmer überprüften und Jasminseife als kleinen Willkommensgruß verteilten. Doch viel zu richten hatten sie nicht mehr. Alles war perfekt. Giulia freute sich darüber, denn auch in das Gästehaus hatten sie im letzten Jahr viel Arbeit gesteckt, nachdem es monatelang leer gestanden hatte. Jetzt war alles fertig. Die Gäste konnten eintreffen, die Feier beginnen.

Trixi kam pünktlich und tatsächlich als Erste, sodass Giulia ihre beste Freundin persönlich zu ihrem Zimmer im ersten Stockwerk der Villa führte und sie sogar ein wenig Zeit hatten, sich auszutauschen. Trixi würde im Anschluss an das Festwochenende noch ein paar Tage bleiben, und Giulia freute sich schon sehr auf die gemeinsame Zeit.

Dann ging es Schlag auf Schlag. Giulia konnte es kaum glauben, aber bereits gegen 14:30 Uhr saßen alle zum Willkommensessen an den Tischen. Giulia richtete aufgeregt und voller Freude ein paar Worte an ihre Gäste und erklärte das Buffet für eröffnet. Sogleich griffen alle beherzt zu.

Ihr Blick fiel auf Aurora, Marcos zehnjährige Nichte, die mit fröhlicher, ansteckender Leichtigkeit zwischen den Tischen umhersprang und zusammen mit Jean-Luc, einem gleichaltrigen Jungen aus Grasse, die Getränkewünsche der Gäste notierte. Sie wirkte unbeschwert, wie Giulia voller Dankbarkeit bemerkte. Das war durchaus nicht immer so gewesen. Ihre Mutter Laura, Marcos Schwester, war schwer nierenkrank und hatte viel Zeit im Krankenhaus in Genua verbracht. Im vergangenen Sommer hatte sie endlich eine neue Niere erhalten, gespendet von Carlotta, ihrer Mutter, und nach leichten Komplikationen viel Zeit für die Erholung gebraucht. Aurora wohnte seitdem bei ihrem Opa Alessandro und Onkel Marco und besuchte auch die Schule in Levanto. Marco und sein Vater hatten ihr Bestes getan, um Aurora diese Zeit zu erleichtern. Soweit Giulia das beurteilen konnte, war es ihnen gelungen.

Bald waren die Ersten gesättigt, und über dem Garten der Jasminvilla lag ein zunehmend muntereres italienisch-französisches Stimmengewirr. Immer wieder wurde Giulia zu einem der Tische gerufen, sprach mal mit diesem, mal mit jenem. Sie beantwortete Fragen oder wies den Weg zum Jasmingarten, und wenn sie gar nicht weiterwusste, verwies sie an Loretta oder Fulvio, denn auch nach einem Jahr hier wusste sie ganz gewiss noch nicht über alles Bescheid, was diese alte, prächtige Villa ausmachte.

Giulia lehnte sich für einen Moment in ihrem Stuhl zurück und streckte die Arme über den Kopf. Die Lebendigkeit, die Haus und Garten jetzt erfüllte, hatte etwas Wunderbares. So viele Stimmen, so viel Lachen, bald sang sogar jemand. Es tat gut, die Villa, in der es viel zu lange still gewesen war, mit Leben gefüllt zu sehen.

Jetzt gesellte sich Trixi zu ihr und stellte ein Glas Weißwein vor sie. Giulia überlegte kurz, ob es nicht zu früh dafür war, trank dann aber beherzt einen Schluck. Der Wein war leicht und kühl.

»Was für ein wunderbares Essen«, schwärmte Trixi. »Aber schwirrt dir nicht der Kopf von dem ganzen Sprachengewirr?«, erkundigte sie sich. »Ich mag das ja, aber du?«

Giulia lachte. »Nein, ich genieße es in vollen Zügen.« Sie trank noch einen Schluck. »Und mein Italienisch ist inzwischen gar nicht so schlecht, wenn ich das mal so sagen darf. Was man von meinem Französisch allerdings nicht behaupten kann.«

Trixi lachte. »*Santé.*«

Giulia grinste. »Und, wie ist es dir seit dem letzten Besuch hier ergangen?«, wollte sie dann wissen.

»Seit Ostern? Ach, eigentlich ganz gut. Ich hatte überlegt, was Neues anzufangen, aber dann hat mein Chef sich ein paar meiner Vorschläge angehört, und ich bin erstmal doch dageblieben.«

»Etwas Neues?«

»Na, so ähnlich wie bei dir. Du hast dein Leben ziemlich komplett umgekrempelt, oder?« Trixi trank von ihrem Wein. »Aber ich bin eigentlich ganz zufrieden, wie es gerade läuft, und weil's hier so schön ist, komme ich dich eben so oft wie möglich besuchen.«

Giulia lächelte und hob ihr Glas. »Unbedingt. Prost.«

»Prösterchen. Auf uns.« Auch Trixi lächelte.

Rocco Ventura trat zu ihnen, ein weißhaariger, drahtiger Mann, gut einen Kopf kleiner als sie beide.

»Giulia, wie schön, endlich hier zu sein«, sagte er. Giulia

freute sich sehr, ihn zu sehen, und umarmte ihn zur Begrüßung. »Rocco, ich bin froh, dass du gekommen bist! Darf ich dir Trixi vorstellen? Meine älteste Freundin aus Deutschland.« Sie zwinkerte Trixi zu. »Trixi, darf ich vorstellen: Rocco Ventura, einst Großvater Enzos bester Freund. Er ist derjenige, der mich schon bei unserem ersten Treffen, kaum dass ich die Familie endlich gefunden hatte, tief in die Geheimnisse des Jasminanbaus eingeführt und mir viele Dinge erklärt hat, von denen ich bis dahin keine Ahnung hatte.«

Die beiden lächelten sich freundlich zu.

»Ich kann es nur immer wieder sagen: Wie schön, dass du uns damals gefunden hast, Giulia, wie schön, dass die Familie, zu der ich mich doch auch ein wenig zähle, endlich wieder vereint ist.«

»Ja, das finde ich auch«, bestätigte Giulia. Und sie freute sich noch aus einem ganz anderen Grund über die Familienzusammenführung: Wahrscheinlich war Rocco letztendlich der Auslöser dafür gewesen, dass sie sich überhaupt an das Projekt Jasminanbau gewagt hatte. Sie hatten in der Zwischenzeit sogar ein paarmal telefoniert, und er hatte sich geduldig jede ihrer Fragen angehört und einen Ratschlag erteilt. Er hatte ihr ein gutes Stück auf ihrem Weg weitergeholfen, auf einem Weg, der ihr bis dahin unbekannt gewesen war. Von ihm hatte sie erfahren, dass die Jasminpflanze in Italien seit etwa den Zwanzigerjahren in Kalabrien wuchs, wo es heute allerdings nur noch wenige große Hersteller von Jasminprodukten gab. Durch ihn wusste sie, dass Jasmin als Blume, ähnlich wie Rose und Maiglöckchen, das Herz vieler klassischer Parfums bildete, darunter Chanel No. 5, und dass auch in der Aromatherapie zur Linderung bei Stress, Angst- und

Erschöpfungszuständen sowie Depressionen zum Einsatz kam.

»Auf die Familie!« Trixi hob ihr Glas, die anderen ebenfalls. Dann hielt Giulia Rocco einen Teller mit Focaccia hin.

»Möchtest du?«

»Gerne. Ich habe schon etwas davon gegessen, aber ich muss zugeben, dass ich noch nie so gute Focaccia hatte. Von wem ist die?«

»Eine Freundin von Loretta hat sie gemacht«, sagte Giulia. »Ich werde ihr dein Lob ausrichten.«

Als hätte sie ihren Namen gehört, trat Loretta in diesem Moment zu ihnen und brachte ein Tablett mit verschiedenen Dips, Schälchen mit eingelegtem Gemüse und weiteren Leckereien.

»Oh, Vitello tonnato, da kann ich nicht widerstehen«, rief Rocco und gab auch schon zwei großzügige Stücke auf seinen Teller. Giulia nahm ebenfalls eins. Trixi winkte ab mit der Begründung, sie hätte bereits zu viel gegessen.

»Loretta hat es selbst gemacht.« Giulia wandte sich ihr zu. »Ich finde, du hast dich wieder einmal selbst übertroffen. Ich könnte das täglich essen.«

Loretta lächelte geschmeichelt und nahm sich ebenfalls ein Stück. Sie genossen schweigend, dann seufzte der alte Mann wohlig auf.

»Darf ich euch noch was bringen?«, fragte Giulia, die das Bedürfnis verspürte, ein paar Schritte zu laufen.

Loretta und Trixi schüttelten den Kopf.

»Ich fürchte, ich habe mich endgültig vollgefuttert. Nichts passt mehr rein«, sagte Rocco.

»Wirklich nichts?«

Rocco schmunzelte. »Wenn du so fragst: Ich fand die kleinen Pizzen auch ausgesprochen lecker.«

»Gerne.« Giulia stapelte die leeren Teller aufeinander und brachte sie in die Küche, wo sich Freundinnen von Loretta bereit erklärt hatten, beim Spülen zu helfen. Auf dem Rückweg hielt Giulia am Buffet und nahm Minipizza, noch ein wenig eingelegtes Gemüse und in Knoblauch und Olivenöl eingelegte Sardinen mit zum Tisch.

»Das sieht wirklich köstlich aus.« Rocco musterte die Auswahl, rieb sich die Hände und griff zu.

Loretta war schon weitergezogen, und auch Trixi verabschiedete sich. »Ihr habt euch sicher viel zu erzählen.« Sie umarmte Giulia. »Und bevor du jetzt wieder ein schlechtes Gewissen hast: Das ist dein Fest. Ich bin groß und kann mich alleine beschäftigen«, sagte sie grinsend.

Giulia lächelte dankbar.

Rocco kaute eine Weile schweigend.

»Es ist schade, dass deine Mutter heute nicht hier sein kann«, sagte er dann. »Ich hätte mich wirklich sehr gefreut, die Tochter meines besten Freundes kennenzulernen. Bitte richte ihr gute Besserung aus. Seit wir beide uns kennengelernt haben, habe ich mich oft gefragt, ob sie ihm ähnlich sieht, ob ich etwas von ihm in ihr erkennen würde ...« Er sah nachdenklich in die Ferne.

Giulia verspeiste den letzten Bissen ihrer Pizza und tupfte dann die Krümel von ihrem Teller. »Man sagt, dass ich ihr ziemlich ähnlich sehe«, sagte sie schließlich. »Ich kann dir nachher mal ein Foto zeigen. Ich habe bestimmt eins auf dem Handy.«

»Gerne.« Rocco musterte sie prüfend von der Seite. »Aber

wenn du ihr ähnlich siehst, kann ich sie mir vorstellen.« Er lächelte. »Du hast auch etwas von deinem Großvater. Das weißt du, nicht wahr?«

»Ich bin nicht sicher«, sagte Giulia ehrlich. »Ich kenne ihn nur von Fotos, und ich finde es schwer, sich selbst in jemand anderem zu sehen. Es ist wirklich schade, dass ich ihn nicht kennengelernt habe.«

Giulia hielt inne, plötzlich steckte ein Kloß in ihrem Hals. Sie schluckte schwer, überrascht, dass das immer noch so emotional für sie war, sie hatte das Gefühl, gleich in Tränen auszubrechen. Mit einem Mal sehnte sie sich nach Marco und freute sich auf den Moment, an dem er sie heute Abend in die Arme nehmen würde. In seinen Armen zu liegen verschaffte ihr Sicherheit und Ruhe, in seinen Armen zu liegen bedeutete zu wissen, dass sie jeden Sturm überstehen konnte.

Rocco schien ihre Aufgewühltheit zu bemerken und schwieg eine Weile. »Kannst du mir vielleicht etwas mehr von deiner Mutter erzählen?«, fragte er sanft.

Giulia nickte. Das würde ihr leichter fallen, ihre Mutter kannte sie, nach allem, was im letzten Jahr geschehen war, wirklich gut. »Ich glaube, das Wesentliche an ihr ist, dass sie weiß, was sie will«, begann sie.

»Ja, das kann ich mir gut vorstellen. Sie ist eine italienische Frau und war noch sehr jung, als sie die Villa und ihren Vater und damit ihre Familie verließ. Das ist ungewöhnlich. Sie *muss* stark sein.«

Giulia nickte. »Ja, gerade mal neunzehn. Zumal sie das alles ohne ein Wort hinter sich gelassen hat, um zu einem Deutschen zu ziehen, und nie zurückgekommen ist. Ihr war es irgendwann schlicht nicht mehr möglich, mit Enzos vielen Ideen und der daraus resultierenden Unsicherheit zu leben.«

Rocco schloss für einen Moment die Augen. »Ja, das klingt nach deinem Großvater, wenn ich das so sagen darf.«

»Und dann war es zu spät. Das Band schien zerrissen, und sie haben nie wieder miteinander gesprochen.«

»Das ist wirklich traurig. Ich kann mir gut vorstellen, wie Enzo darunter gelitten hat.« Der alte Mann stand mit einem Mal auf. »Aber heute ist ein Tag zum Feiern!«, sagte er lächelnd. »Ich hätte große Lust, mir den Jasmingarten einmal anzuschauen. Würdest du mich begleiten, Giulia?«

Giulia erhob sich ebenfalls. »Gerne. Er ist einer meiner liebsten Plätze hier. Gehen wir.«

Rocco folgte ihr, auf seinen Stock gestützt, durch den Garten auf der Rückseite des Hauses bis zu dessen Ende.

Hinter der Einfriedung erstreckte sich der Jasmingarten, in dem sich im Moment nur wenige andere Gäste fanden. Giulia trat zur Seite, um Rocco den Vortritt zu lassen. Er trat recht zögerlich hindurch, als sei er in Erinnerungen und Gedanken gefangen. Vielleicht dachte er an seinen besten Freund, den er zu früh verloren hatte, den Freund, der das hier geschaffen hatte, weil er seine Herkunft letztendlich doch nie hatte vergessen können.

Nach drei weiteren vorsichtigen Schritten blieb Rocco stehen. Giulia sah, wie sich seine Schultern mit tiefen Atemzügen hoben und senkten. Als er für einen Moment den Halt zu verlieren schien, war sie da, um ihn zu stützen.

»Danke.« Rocco rang sich ein Lächeln ab. »Das hier ist wirklich unglaublich. Enzo hatte immer unglaubliche Ideen. Und wir haben alles miteinander geteilt, musst du wissen. Eigentlich wollten wir irgendwann sogar das Geschäft in Grasse zusammen weiterführen. Er war ja der Erbe. Als er sich in seine Frau verliebte, habe ich mich für ihn verwendet...« Giulia kam es vor, als halte er für einen kaum merklichen Moment inne, als verändere sich der Rhythmus seiner Sprache, als werde der Tonfall nachdenklicher. »Und ich habe mich gefreut. Von den anderen aber war niemand an seiner Seite. Die Familie Martini ist auf ihre Art recht traditionell, musst du wissen. Ich habe ihnen gesagt, dass das falsch ist. Ich habe ihnen gesagt, dass wir ihn verlieren, wenn wir ihn so vor den Kopf stoßen. Und dann ist er wirklich gegangen. Ich hatte die anderen gewarnt, aber es hat nichts genutzt. Wir haben ihn verloren.« Rocco schien noch tiefer in Erinnerungen zu versinken. Giulia kam der Gedanke, dass ihr Großvater auf seine Art wohl ebenso dickköpfig gewesen war wie ihre Mutter.

»Dein Großvater war immer ein Mensch voller Träume, und er war niemand, der sich diese Träume hat aus- oder kleinreden lassen. So war er nicht.« Der alte Mann schaute nachdenklich in die Ferne. »Vielleicht waren wir aber auch alle Dickköpfe. Vielleicht lag es daran. Jedenfalls ging er, und wir haben nie wieder etwas von ihm gehört, aber das weißt du ja.«

Der alte Mann ging ein paar Schritte bis zu einer steinernen Bank und ließ sich dort vorsichtig nieder. Giulia setzte sich an seine Seite. Ihre Gedanken kreisten um ihre Mutter. Pina war ihr nie wie eine Träumerin erschienen, und doch hatte sie das gehabt, über das ihr Vater offenbar ebenfalls im Übermaß verfügte: die Fähigkeit, die ausgefahrene Spur zu verlassen und etwas Neues auszuprobieren. Giulia lächelte. *Und ich verfüge offenbar auch darüber.*

Rocco musterte jetzt mit fachmännischem Blick die Mauern, die den Garten vor Wind und scharfer Kälte schützten. »Das ist gut«, sagte er. »Das ist wirklich gut. Unter den gegebenen Bedingungen ist es der ideale Platz für den Anbau. Die Jasminpflanze ist widerstandsfähig, sie mag aber keine Kälte. Aber das weißt du.« Er stand auf und trat auf einen der Sträucher zu, um ihn genauer zu untersuchen. »Wirklich gut. Enzo verstand etwas vom Handwerk, das wussten wir. Aber wie sollte es auch anders sein, er entstammte ja einer Familie von Jasminbauern.« Er wandte sich zu Giulia. »Ich freue mich jedenfalls sehr, dass du in seine Fußstapfen getreten bist.«

Giulia konnte nicht umhin, Stolz zu empfinden. Fulvio hatte ihr alles über diesen Ort erzählt, der künstlich erschaffen worden war und sich jetzt so natürlich in seine Umgebung fügte, als sei er schon immer dort gewesen. Tatsächlich hatte sich hier schon vorher eine leichte Senke befunden, aber ihr Großvater und Fulvio hatten sie mit der eigenen Hände Arbeit und der Unterstützung einiger Helfer weiter ausgehoben. Es war nicht leicht gewesen, sie hatten viele Steine aus dem Boden holen müssen. Ihr Ziel war es gewesen, die Pflanzen bestmöglich zu beschützen. Demselben Zweck diente die Trockensteinmauer, die noch Fulvios Großvater angelegt hatte. Dann waren Erde aufgefüllt und die Pflanzen gesetzt worden. Die Steinbank, auf der sie jetzt saßen, war erst später hinzugekommen.

»Ich freue mich auch, dass ich den Schritt gewagt habe.« Sie horchte in sich hinein. Seit sie vor über einem Jahr entschieden hatte, ihren Job als Rechtsanwältin in der Kanzlei ihres Vaters an den Nagel zu hängen und hierherzuziehen, nach Italien in das Haus ihres ihr bis dahin unbekannten Großvaters, war viel passiert. Doch sie bereute die Entscheidung nicht, im Gegenteil.

»Ja, und das hat doch im letzten Jahr schon gut funktioniert, hast du erzählt. Und was hast du jetzt, nach diesem Jahr und der ersten Ernte, genau vor?«

Sie war Rocco dankbar für seine Frage, denn sie und Marco hatten sich viele Gedanken gemacht, wie es in Zukunft hier und auch mit dem angrenzenden Hof von Marcos Vater weitergehen könnte. »Wir werden den Jasminanbau auf jeden Fall weiterbetreiben«, sagte Giulia deshalb mit fester Stimme. »Das wird eines unserer Standbeine, vielleicht unser wichtigstes.«

Rocco lächelte sie an. »Natürlich«, gab er zurück, als gäbe es gar keine andere Möglichkeit.

»Womöglich werden wir zusätzlich Zimmer vermieten«, fuhr sie fort. »Und wir wollen ein Essensangebot für Wanderer anbieten, in welcher Form auch immer, zumindest in der Hauptsaison.« Es machte Spaß, darüber zu reden, es ließ alles klarer wirken, greifbarer. Giulia erzählte, dass sie sich auch um eine bessere Vermarktung des Olivenöls von Marcos Vater kümmern wollten, der Enzos Olivenbäume pachtete. Sie zögerte kurz, dann fügte sie hinzu, dass Alessandro sich allerdings noch ein wenig sperrte – ihm fielen die Veränderungen am schwersten, aber Marco war sicher, seinen Vater überzeugen zu können.

»Das wird er. Mehrere Standbeine sind immer gut und heute wahrscheinlich sogar unerlässlich«, stimmte Rocco zu.

Sie tauschten sich noch eine Weile aus und gingen schließlich zurück zu den anderen in den Garten, wo Giulia sich auf die Suche nach Marco machte. Kurz bevor sie die Terrasse erreichte, kam Jeanne, die Matriarchin der Familie Martini, auf sie zu.

»Giulia, da bist du ja endlich!«, rief sie fröhlich. »Komm doch einmal hoch zu uns auf die Terrasse.«

Giulia folgte ihr die wenigen Stufen hinauf, doch Jeanne ging das offenbar nicht schnell genug. Entschlossen hakte sie Giulia unter und zog sie mit sich. Giulia war irritiert. Sie bemerkte Marco ein paar Meter entfernt und warf ihm einen hilflosen Blick zu. Einen Moment später stand sie neben ihm, mit Jeanne an ihrer Seite, und schaute auf die Gäste hinunter, die sich offenbar alle im Garten versammelten. *Marco wirkt ziemlich aufgeregt*, schoss es ihr durch den Kopf, während sich im Garten immer mehr Gesichter in ihre Richtung drehten. Und dann kniete Marco plötzlich vor ihr.

»Giulia«, sagte er mit fester Stimme, »willst du mich heiraten?«

Für einen Augenblick fühlte es sich an, als wären ihre Knie mit einem Mal zu weich, um sie halten zu können. »Ja«, rief sie aus, ohne auch nur einen Augenblick zu zögern. »Ja, ja, ja!«

Jubel brandete auf. Giulia sah, dass Trixi wie wild klatschte, dann sprang Marco auf die Füße und zog sie in seine Arme.

Giulia konnte sich später kaum erinnern, was in den nächsten Minuten, vielleicht auch in den nächsten Stunden geschah. Alle wollten Marco und ihr gratulieren. Sie genoss es, doch mit einem Mal wurde es ihr zu viel, und sie zog sich für einen Moment in Großvater Enzos Wohn- und Arbeitszimmer zurück. Eine ganze Weile saß sie einfach nur am Schreibtisch und ließ ihren Gedanken und Gefühlen freien Lauf, bis ein Geräusch sie aufschreckte.

Rocco stand in der Tür. »Störe ich?«, fragte er ruhig. »Marco meinte, ich könnte dich hier finden. Wir wollten nur fragen, ob du vielleicht wieder zu uns zurückkehren möchtest.« Er lächelte.

Giulia blickte ihn dankbar an. »Nein, du störst nicht. Alles o.k.« Oh ja, es war überwältigend gewesen, aber allmählich fand alles seinen Platz, jeder Mosaikstein hatte seinen Ort, und am Ende ergab alles ein herrliches Bild.

Sie atmete tief durch und trat neben Rocco in den Flur, wo ihnen Autunno entgegenkam. Giulia bückte sich, um ihm über den Rücken zu streichen. Das Tier drückte sich gegen ihre Finger, ließ sie einen Moment gewähren und stolzierte dann weiter. Giulia blickte ihm nach. Es ließ sich nicht leugnen: Dieser Kater hatte ihr über einige schwere Tage hinweggeholfen, vor allem zu Beginn, als sie schon alles hatte hinwerfen wollen. Gut, dass sie es nicht getan hatte. Gut, dass sie den Mut gefunden hatte, *ihren* Weg zu gehen. Es war der richtige Weg, das wusste sie heute nur zu gut. Marco und sie würden heiraten.

ZWEITES KAPITEL

Als Giulia am Morgen nach dem Fest in das Erdgeschoss kam, hatte Loretta bereits die Wünsche der ersten Gäste erfüllt. Giulia blieb einen Augenblick im Eingang zur großen Küche stehen. Die zweiflügligen Fenster über den Arbeitsplatten waren weit geöffnet, frische Luft und der blumige Duft des Gartens strömten herein. Wie hell und freundlich inzwischen auch hier alles war, nachdem sie diesen Raum in einem angenehmen zitronigen Gelb gestrichen hatten. Im Kontrast dazu machten sich der dunkle Holztisch und die Stühle ganz besonders gut.

Auf dem Tisch stand eine Vase mit Jasminzweigen. Die Sonne, die durch das Fenster fiel, färbte alles in ein sanftes Morgenrot. Von draußen drangen Auroras und Jean-Lucs Stimmen herein. Die beiden spielten schon wieder, während die Erwachsenen noch gähnend vor ihrer ersten Tasse Kaffee saßen.

Giulia war auch noch müde, und doch fühlte sie sich zugleich leicht und voller Vorfreude auf den Tag. Sie dachte daran, wie sie kurz zuvor mit Marco zusammen erwacht war und wie sie sich zuerst einmal ausgiebig geküsst hatten, bevor er als Erster aufgestanden war, um unten bei Bedarf den Gästen zur Hand zu gehen. Heute hätte Giulia ihn am liebsten zurück ins Bett gezogen, aber natürlich hatte er recht: Sie hatten Gäste.

Der erste Tag als Marcos Verlobte. Sie hob ihre Hand und betrachtete den Ring, den Marco ihr am Vorabend angesteckt hatte. *Marco und ich sind tatsächlich verlobt. Ich werde seine Frau werden. Und er mein Mann.* Sie war so glücklich.

»Guten Morgen. Es gibt frischen Kaffee, wenn du magst«, riss Loretta sie aus ihren Gedanken. Sie stand an der großzügigen Arbeitsplatte, wo sie bereits Hartweizengrieß mit Wasser und Olivenöl zu einem Pastateig mischte, um daraus Trofie zu machen, die typischen kleinen ligurischen Nudeln, die es zum Mittagessen geben würde.

Giulia begrüßte sie mit Küsschen, füllte Kaffee in einen Becher und trank, hatte aber noch keinen Appetit.

»Komm, setz dich nach draußen zu den anderen«, sagte Loretta grinsend.

»Wie kann ich dir nur danken, Loretta?«

»Alles gut, ich mache das gern. Ich freue mich, wenn hier einmal richtig Familienleben ist, das hat all die Jahre gefehlt. Schade, dass Enzo das nicht sehen kann, aber vielleicht sieht er uns ja von oben zu und freut sich genauso wie ich.« Loretta deutete nach oben.

Giulia lächelte. Das war ein schöner Gedanke, ob man jetzt an Gott glaubte oder nicht. »Komm, lass mich dir doch gerade helfen«, sagte sie mit einem Blick auf den Arbeitstisch. In einer heute etwas größeren Schale linker Hand warteten Knoblauch, Olivenöl und Kräuter, zu einem leckeren Pesto verarbeitet zu werden. Giulia freute sich darauf, obwohl sie am Abend zuvor eigentlich beschlossen hatte, nie wieder etwas zu sich zu nehmen ... Aber was sollte sie machen: Allein Lorettas Pesto war unübertrefflich.

»Gerne. Allerdings ...«, Loretta grinste, »hast du, was Nudeln angeht, noch ein bisschen was zu lernen. Immerhin zeigst du durchaus schon vielversprechende Ansätze, du bist ja auch eine begabte Köchin.« Sie nahm ein Stück Nudelteig aus der irdenen Schüssel, knallte ihn auf die Arbeitsplatte und begann, energisch zu kneten.

Giulia trat zu ihr. Sie hatte längst gelernt, sich durch Lorettas manchmal rauen Ton nicht beeindrucken zu lassen. Die Italienerin war hin und wieder schroff, hatte ihr Herz aber am richtigen Fleck. »O.k., ich werde mein Bestes geben.«

»Gut.« Loretta nickte zum Platz neben ihr. »Nimm dir Teig, und fang einfach an, du weißt ja eigentlich, was zu tun ist. Natürlich war ich jünger als du, als mich meine Mutter angelernt hat, aber wir müssen eben mit dem arbeiten, was da ist ...« Sie grinste wieder. »Na ja, du wirst das schon noch lernen, wie so vieles andere. Zum Beispiel dein Italienisch, das wird ja auch immer besser. Man hört die Deutsche immer weniger.«

Giulia lächelte, während sie nach dem ersten Stück Teig griff und begann, es zu kneten. Aurora und Jean-Luc tauchten auf und durften ihren eigenen Teigklumpen bearbeiten. Von draußen klang das Jauchzen anderer spielender Kinder herein.

Hin und wieder sah Giulia zu Loretta hinüber, um sich ihre Bewegungen und ihren Rhythmus abzuschauen. Neben der Kunst des Einmachens hatte Loretta ihr bereits eine ganze Reihe einfacher und doch sehr schmackhafter Rezepte beigebracht, unter anderem Lumaconi, große Schneckennudeln, die man gut füllen und im Ofen überbacken konnte, Spaghetti mit karamellisierten Zitronen oder Panzanella, einen köstlichen, sommerlichen Brotsalat. Giulia freute sich auf viele weitere leckere Rezepte, welche die italienische Küche für sie bereithielt. Sie kochte einfach leidenschaftlich gerne.

Jetzt drückte sie ihre Teigkugel mit aller Kraft zusammen

und knetete, so fest sie konnte. Puh, sie musste zugeben, dass ihr die kurze Nacht doch in den Knochen steckte. Sie hatten gestern noch lange getanzt, geredet und gesungen.

Loretta hielt inne. »Es ist wirklich schön, wenn diese Küche und der Speisesaal«, sie nickte zum Durchgang hin, »endlich einmal wieder voller Leben sind. Wie bei der gemeinsamen Ernte, da war es ja gleich für mehrere Wochen. Und jetzt wieder«, sagte sie fröhlich.

Giulia nickte. »Es kommt mir fast so vor, als hätte das Haus darauf gewartet, oder?«

Loretta lachte. »Da könntest du recht haben.«

Giulia dachte an die Ernte im letzten Jahr. Sie selbst war im Vorfeld sehr aufgeregt gewesen, vorfreudig, hatte aber auch immer wieder gezweifelt, ob sie die richtige Entscheidung getroffen hatte. Schließlich hatte sie weder vom Ablauf der Ernte selbst noch von der Herstellung des Jasminöls irgendeine Ahnung gehabt. Doch als die ersten Helfer eingetroffen waren, als Fulvio und Loretta ihnen in die Arme gefallen waren und ein vielfacher Chor von Stimmen von früher erzählt hatte, da war es Giulia erschienen, als sei die Villa endlich aus ihrem Zauberschlaf erwacht, als könne man endlich voller Zuversicht in die Zukunft blicken … Giulia lächelte. Und es war alles gut gegangen, jetzt feierten sie das Ergebnis, und in wenigen Monaten stand schon die zweite Ernte vor der Tür.

Loretta half Giulia mit dem restlichen Teig, dann formte sie lange Schlangen aus den Teigkugeln, von denen sie anschließend kleinere Stückchen abzwackte und ihnen geschickt die erwünschte Form gab. Blitzschnell rollte sie weitere Nudelschlangen aus und formte unzählige neue Nudeln in kürzester Zeit. Ihre Bewegungen waren wie immer sehr zielgerichtet, und Giulia fragte sich nicht zum ersten Mal, ob sie selbst diese Perfektion je erreichen würde.

Sie nahm eines der Stücke und versuchte es selbst, musste aber zugeben, dass ihr Ergebnis bei weitem nicht Lorettas Gleichmäßigkeit erreichte.

Nach dem dritten Versuch machte sie sich stattdessen daran, die ersten Platten mit Brotbelag, Marmelade und Brötchen für das Frühstück vorzubereiten und nach draußen zu tragen. Die meisten Gäste waren inzwischen aufgestanden. Giulia begrüßte sie und nahm neue Kaffeebestellungen entgegen. Mit einer langen Liste kehrte sie in die Küche zurück und machte sich an die Zubereitung.

Immer wieder tauchten nun auch Gäste direkt in der Küche auf, musterten interessiert die Tabletts mit den frischen Nudeln oder holten sich Kaffee und hielten ein Schwätzchen.

Auch Fulvio kam herein und leerte auf einen Zug ein großes Glas Wasser, bevor er wieder verschwand, um mit den französischen Gästen im Jasmingarten zu fachsimpeln. Ein Handy klingelte. Es dauerte ein paar Sekunden, bis Giulia registrierte, dass es Marcos war. Offenbar hatte er das Telefon in der Küche liegen lassen. Suchend sah sie sich um. Gerade als sie es gefunden hatte, verstummte das Klingeln, begann aber kurz darauf von neuem. Giulia überlegte kurz, dann entschloss sie sich, das Gespräch anzunehmen.

»*Pronto?*«

»Giulia?«

Giulia brauchte einen Moment, um die zitternde Stimme am anderen Ende zu verstehen, dann krampfte sich etwas in ihrem Magen zusammen. Das war Laura. Sie weinte.

DRITTES KAPITEL

Nachdem Giulia Lauras Anruf entgegengenommen und es endlich geschafft hatte, Marcos schluchzende Schwester halbwegs zu verstehen, machte sie sich sofort auf die Suche nach Marco. Sie schaute zuerst im Haus nach. Vergebens. Dann eilte sie über die Terrasse in den Garten, vorbei an den Oliven-, Mandel- und Orangenbäumen, in denen noch die Lampions an die Feier erinnerten, die ihr mit einem Mal so weit entfernt schien. Sie dachte an Laura, die wieder im Krankenhaus war, weil ihre neue Niere überraschend nicht mitmachte. Und sie dachte daran, was diese Nachricht mit Marco machen würde. Nach der Transplantation im letzten Jahr waren sie alle so voller Hoffnung gewesen ...

Marco war auch nicht im Nutzgarten, und Giulias Unruhe wuchs. Und dann schließlich entdeckte sie ihn doch, gemeinsam mit Carlo Martini auf einer der Olivenbaumterrassen. Die beiden fachsimpelten angeregt.

»Hey, Marco«, rief sie, während sie versuchte, ihrer Stimme einen festen Klang zu geben. Es gelang nicht richtig. Marco wandte sich zu ihr und strahlte bei ihrem Anblick über das ganze Gesicht, doch mit ihren nächsten Worten verlor er diesen Ausdruck.

»Es ist etwas mit Laura«, sagte sie und hielt ihm sein Handy hin. »Du musst sie anrufen.«

Er starrte sie an, dann verschwand er mit dem Handy in der Hand.

Giulia blieb mit Carlo Martini zurück, dem sie in knappen Worten von Lauras Krankheit, der neuen Niere und den Komplikationen erzählte. Carlo äußerte sein Mitgefühl und ermunterte Giulia nach scheinbar endlosen Minuten, sich auf die Suche nach Marco zu begeben, der bisher nicht zu ihnen zurückgekehrt war. Sie nahm ihm das Versprechen ab, vorerst niemandem etwas von dieser Entwicklung zu sagen, dann küsste er sie zum Abschied auf die Wangen, und sie versprachen sich einen gegenseitigen Besuch so bald wie möglich.

Giulia fand Marco im Jasmingarten, an der hinteren Mauer, wo sie schon so oft gesessen, miteinander geredet und Pläne geschmiedet hatten, die im Moment plötzlich weit entfernt schienen. Er saß so still da, dass sich Eidechsen und ein Gecko aus dem Gemäuer gewagt hatten, die mit ihrem Näherkommen weghuschten.

Vorsichtig trat sie neben ihn. Sein Gesicht war schneeweiß, seine Miene sehr ernst. Sie streckte die Hand nach ihm aus und berührte seinen Arm. Er regte sich zuerst nicht, dann drehte er sich zu ihr hin und schloss sie in die Arme. Sie spürte die Wärme seines Körpers und dass er fast unmerklich zitterte.

»Laura ist im Krankenhaus«, murmelte er dumpf in ihr Haar.

»Ich weiß.« Sie spürte seinen angestrengten Atem und hielt ihn für diesen Moment einfach nur fest.

»Aus irgendeinem Grund haben sich ihre Werte rapide verschlechtert«, sprach er endlich weiter. »Sie wissen noch nicht, warum, aber offenbar wehrt sich ihr Körper gegen die neue Niere, auch nach so vielen Monaten.«

»Das ist so furchtbar!« Giulia hörte ihre Stimme zittern. Sie erinnerte sich an die Zeit vor der Operation, in der sie sich alle zwischen Hoffen und Bangen bewegt hatten.

»Immerhin ist sie in guten Händen«, sagte Marco, als wolle er nicht nur ihr Hoffnung machen. »Vorerst ist es nur zur Beobachtung, aber es ist beunruhigend.«

Giulia drückte ihn fester an sich und war dankbar, dass er ihre Umarmung erwiderte. Es war gut, einander zu haben. Es war gut, dass das keiner von ihnen alleine durchstehen musste.

»Ja, das ist es«, sagte sie sanft. »Aber sie klang sehr aufgewühlt«, fügte sie hinzu. »Willst du zu ihr nach Genua fahren?«

»Ich weiß es nicht. Sie sagt, das sei nicht nötig, aber ...« Er suchte hilflos nach Giulias Blick. »Ich glaube, ich muss erst einmal meine Gedanken ordnen. Lass uns in die Villa zurückgehen und da besprechen, was zu tun ist.«

Hand in Hand machten sie sich auf den Weg, beide tief in Gedanken versunken. Plötzlich hörten sie hinter einem breiten Olivenbaum Auroras und Jean-Lucs Stimmen.

Sie weiß noch nichts, fuhr es Giulia durch den Kopf, *jemand muss mit ihr reden. Am besten Marco.* Sie beneidete ihn nicht um diese Aufgabe, denn Aurora würde mit Sicherheit erschüttert sein. Sie hatte fast die gesamte Zeit ihres bisherigen Lebens mit der Krankheit der Mutter gelebt, hatte sich um sie gesorgt und immer wieder um sie gebangt, dieses Gefühl hörte sicher nicht einfach auf. Und doch hatte sie sich insbesondere in den letzten Wochen verändert, war geradezu aufgeblüht, mit jedem Tag etwas mehr, als traue sie sich jetzt, ein Jahr nach der

Operation, endlich, daran zu glauben, dass die lange Zeit voller Krankheit und Leid vorbei war. Erst kürzlich hatte ihr das Mädchen abends im Bett zugeflüstert, wie froh sie darüber war, dass ihre Mutter endlich vollkommen gesund sein würde.

Marco und sie fanden die Kinder neben dem Olivenbaum, wo sie mit Autunno spielten, ihn mit stibitzten Leckerchen fütterten und abwechselnd streichelten. Gestern hatte sich der Kater zumeist im Haus versteckt, heute fasste er wieder Mut und eroberte sich sein Gelände zurück. Sein zufriedenes Schnurren war selbst ein paar Schritte entfernt durchaus gut zu hören, sein Schwanz stand wie eine stolze Standarte nach oben. Als er ihre Schritte hörte, verschwand der Kater dennoch mit einem eleganten Sprung im hohen Gras.

Marco ließ Giulias Hand los. »Bitte, ich brauche noch einen Moment«, sagte er, das Gesicht von Sorge gezeichnet. »Geh du schon zu ihr, wenn du magst.«

Giulia strich ihm zärtlich über die Wange, bevor er sich einige Schritte entfernte und das Handy wieder zur Hand nahm. Sie atmete tief durch und trat zu den beiden Kindern. Aurora hob den Kopf und sah ihr direkt ins Gesicht. Bildete sie sich das ein, oder wirkte das Mädchen angespannt? Giulia fragte sich unwillkürlich, ob Aurora doch etwas von Lauras Anruf mitbekommen hatte. War Aurora noch in der Küche mit den Nudeln beschäftigt gewesen, als Giulia das Gespräch angenommen hatte? Sie selbst hatte den Trubel der Küche zwar eilig verlassen, aber Giulia wusste sehr genau, dass das Mädchen besonders feine Antennen hatte, was Stimmungen und Gefühle betraf.

Du darfst sie nicht so anstarren. Giulia wandte hastig den Blick ab.

»Jean-Luc, wo bist du, Jean-Luc?«, rief plötzlich eine Stimme auf Französisch.

Jean-Luc sprang auf und sah sich um. »*Oui, maman?*«

Christine, Jean-Lucs Mutter, mit der Giulia sich am Vortag kurz unterhalten hatte, tauchte zwischen einem Orangen- und einem Zitronenbaum auf, grüßte in die Runde und sagte: »Wir müssen fahren. Es wird Zeit, morgen ist Schule.« Sie strich Aurora über den Kopf und wandte sich dann an Giulia. »Vielen Dank für die Einladung«, sagte sie langsam auf einem Italienisch, das sehr französisch klang. »Es war wunderschön, und wir würden so gerne länger bleiben, aber ...« Sie zuckte bedauernd die Achseln.

»Die Schule«, echote Giulia, während Jean-Luc einen Flunsch zog.

»Ich würde lieber bei meiner Freundin bleiben«, murrte er.

Giulia küsste Jean-Lucs Mutter zum Abschied auf beide Wangen. Jean-Luc verabschiedete sich auf dieselbe Weise von Aurora und lud sie ein, ihn in Grasse zu besuchen. Die nickte ernst: »Sehr gerne.«

Noch einmal drückten die beiden einander fest, doch in diesem Moment bemerkte Giulia, wie Auroras Blick über die Schulter des Jungen hinweg in die Ferne rückte.

Sie weiß, dass etwas nicht stimmt. Sie ist längst mit ihren Gedanken woanders und macht gerade noch gute Miene zu bösem Spiel.

Als die beiden Kinder sich voneinander lösten, zog Giulia Aurora zu sich und legte ihr den Arm um die Schultern. Aurora verharrte reglos neben ihr, während Jean-Luc und seine Mutter aus ihrem Blickfeld verschwanden.

Giulia atmete tief durch und beugte sich dann zu ihr herunter. »Willst du mir etwas sagen?«, fragte sie vorsichtig, obwohl sie die Antwort ahnte.

Aurora biss sich so fest auf die Unterlippe, dass Giulia für einen Moment fürchtete, sie würde zu bluten beginnen. »*Mamma* ist wieder krank«, stieß sie dann hervor und löste sich von Giulia. »Nicht wahr?«

Giulia nickte langsam. Sie bemühte sich, ihrer Stimme einen ruhigen Klang zu geben, als sie sagte: »Ja, das ist so. Sie ist wieder im Krankenhaus.« Sie hätte Aurora gerne wieder in den Arm genommen und ihr versichert, dass alles gut werden würde, aber sie spürte, dass Aurora das nicht zulassen würde. Vermutlich dachte sie gerade sowieso, dass Erwachsene viele Dinge sagten, auf die man sich letztendlich nicht verlassen konnte …

»Und wann wolltet ihr es mir sagen?« Aurora warf ihr einen geradezu vernichtenden Blick zu. »Als du telefoniert hast … ich war da … Ich wusste, dass etwas nicht stimmt«, stieß sie hervor. »Ich kenne das schon. Ich mache das schon ganz lange mit, viel länger als du. Ich bin nicht dumm.« Das Mädchen zitterte jetzt vor Wut und Enttäuschung.

Giulia sah den Schmerz in ihren Augen und konnte ihn ihr doch nicht nehmen. »Aurora … Natürlich wollte ich … wollten wir dir nichts verheimlichen. Laura hatte mich gebeten, Marco Bescheid zu geben …«

Aurora verschränkte die Arme vor der Brust.

»Stimmt das? Du wolltest es mir sagen?«

»Natürlich, du kennst mich doch«, sagte sie eindringlich.

Aurora schwieg einen Moment und ließ die Arme sinken. »Es tut mir leid«, flüsterte sie dann. »Ich war plötzlich so wütend.« Sie schluckte. »Und ich habe Angst, dass sie *mamma* nicht helfen können.«

Giulia fühlte sich vollkommen hilflos. »Aurora, natürlich werden sie ihr helfen, wie immer«, sagte sie, auch wenn sie wusste, dass Aurora auch solche Sätze schon hundertfach gehört hatte.

Aurora sagte darauf nichts, aber Giulia bemerkte, dass sie ihre Fingernägel hart in ihre Handflächen drückte.

»Tu dir nicht weh«, bat sie sanft, und Aurora ließ tatsächlich von ihrem Tun ab.

Marco trat zu ihnen. Er schaute Aurora an, die seinem Blick nicht auswich. Giulia war klar, dass sie sich auch von ihm nicht mit Floskeln abspeisen lassen würde. Wieder verschränkte sie die Arme vor der Brust.

»Aurora, es tut mir so leid«, sagte er ernst. »Ich habe gerade noch einmal mit Laura gesprochen und mit den Ärzten«, fuhr er fort. »Es geht ihr den Umständen entsprechend gut. Es ist bislang nur zur Beobachtung, nichts weiter ...«

Er schwieg. Giulia dachte, dass ihm gewiss ebenso viele Gedanken durch den Kopf rasten wie ihr, Eindrücke, Empfindungen und Ideen, für die er keine Worte fand und für die er vielleicht gar keine Worte finden wollte. Nach einer langen Weile, in der auch Aurora nichts sagte, sich nicht einmal regte, räusperte er sich. »Wir werden deshalb jetzt rasch besprechen, was zu tun ist. Alle zusammen.«

Seine Nichte blitzte ihn an. »Du brauchst mich nicht anzulügen. Ich weiß, dass *mamma* stirbt«, stieß sie mit angestrengter Miene hervor.

Giulia war entsetzt, und auch Marco war jetzt blass. Er ging in die Hocke und nahm seine Nichte in die Arme. Aurora versteifte sich zuerst sichtlich, ließ es dann aber zu und begann zu weinen.

»Sie stirbt nicht, Süße«, sagte Marco. »Lauras Körper muss sich eben immer noch an die neue Niere gewöhnen, und das fällt ihm offenbar etwas schwerer als erwartet. Im Krankenhaus werden sie ihr helfen. Sie haben ihr immer geholfen. Das weißt du doch auch?«

Aurora nickte heftig, aber stumm gegen seinen Oberkörper. Giulia und Marco tauschten einen kurzen Blick.

»Aber sie war schon so oft im Krankenhaus«, sagte das Mädchen dann tonlos. »Ich dachte, das ist vorbei, Onkel Marco. Ich dachte, *mamma* ist endlich gesund.« Ihre Stimme zitterte.

»Ich hoffe, dass sie bald ganz gesund sein wird«, sagte Marco, und Giulia war sicher, dass er versuchte, zuversichtlicher zu klingen, als er war.

»Komm, lass uns ins Haus gehen.« Er stand auf und nahm Aurora an der Hand. Giulia folgte den beiden nachdenklich.

In der Küche gelang es Loretta wider Erwarten, Aurora auf andere Gedanken zu bringen. Das Mädchen hatte nach relativ kurzer Zeit sichtlich Spaß daran, ihr zur Hand zu gehen. Die beiden bereiteten das Mittagessen vor und packten Snacks und Lunchpakete für die Gäste, die schon vor dem Essen abreisten.

Auch Trixi half mit. Sie nahm Giulia kurz in den Arm, als diese ihr knapp schilderte, was geschehen war. »Du weißt, wo du mich findest, wenn du mich brauchst«, sagte sie. Giulia nickte dankbar.

Das Motorengeräusch der sich entfernenden Autos im Hof und entlang des Wegs vor den Toren hörte jetzt geraume Zeit nicht auf. Marco und Giulia verabschiedeten sich nacheinander von den Besuchern, dann bedeutete Marco Giulia, dass er noch einmal mit Laura telefonieren wollte, und machte sich direkt aus dem Hof auf den Weg nach oben, ohne dass Aurora etwas davon mitbekam. Giulia ging hinaus in den Garten, wo Fulvio und ein paar Helfer dabei waren, die Lampions aus den Bäumen zu holen und die Tische und Stühle zusammenzuräumen, die sie nicht mehr für das Mittagessen brauchten. Giulia wollte allein sein und spürte zugleich, dass sie sich beschäftigen musste. Also machte sie sich auf den Weg ins leere Gästehaus, wo sie begann, die bereits geräumten Zimmer in Ordnung zu bringen. Doch mit jedem Handgriff, den sie erledigte, wuchs ihre Unruhe. Also machte sie sich auf die Suche nach Marco, und als sie schließlich die Treppe zu ihrem Schlafzimmer hinaufschlich, schoss ihr blitzartig die Erinnerung daran durch den Kopf, wie glücklich sie heute Morgen beim Aufwachen gewesen war, wie sie ihren Verlobungsring bewundert hatte und ihr klar geworden war, dass das alles hier kein Traum war.

Marco saß auf dem Bett, das Gesicht in den Händen vergraben, als sie eintrat.

»Und?«, fragte sie vorsichtig, obwohl sie die Antwort fürchtete.

Er schluckte schwer. »Ach, Giulia, es ist furchtbar!«, platzte es dann geradezu aus ihm heraus. »Es ist einfach furchtbar! Lauras Körper scheint tatsächlich die Niere abzustoßen, die unsere Mutter ihr gespendet hat. Sie ist vollkommen verzweifelt.«

»Das darf doch nicht wahr sein!«, entfuhr es Giulia. »Wie kann denn das sein, nach so langer Zeit? Es sah doch so gut aus!«

»Ich weiß es nicht.« Marco zuckte die Schultern. »Was ich weiß, ist, dass wir dringend eine neue Niere finden müssen«, fuhr er dann düster fort.

Giulia war entsetzt. Abgesehen davon, dass es ohnehin nicht leicht war, ein passendes Organ zu finden, hatte Laura sich schon beim letzten Mal lange geweigert, die Spende überhaupt anzunehmen. Giulia konnte nur hoffen, dass das dieses Mal anders war. Doch sie wusste, dass die Chancen sowohl auf ein Organ als auch auf Lauras Zustimmung schlecht standen.

Marco bestätigte ihre Befürchtungen. »Laura weigert sich aber, auch nur darüber nachzudenken!«, sagte er verzweifelt. »Ich habe es schon versucht, aber sie sperrt sich vollkommen.« Ein Schatten zog über Marcos Gesicht. »Sie fühlt sich schuldig, weißt du, sie macht sich schreckliche Vorwürfe, weil sie *mamma* eine gesunde Niere genommen hat. Und sie will auch nicht darauf hoffen, dass ein gesunder Mensch stirbt, damit sie weiterleben kann.« Marco schluckte wieder heftig. »Aber wenn sie keine neue Niere bekommt, dann ...« Er brachte die Worte nicht über seine Lippen. Es war zu schrecklich.

Von einem Moment auf den anderen war klar, dass sie sämtliche Pläne über den Haufen werfen mussten. Dabei gab es eigentlich so viele Dinge zu organisieren, Konzepte zu entwerfen und Entscheidungen zu treffen, unter anderem in Bezug auf die nächste Jasminernte oder die zukünftige Nutzung der Villa. Aber Marco konnte seine Schwester natürlich nicht alleine lassen, und Giulia wollte Marco nicht alleine lassen. Das stand außer Frage. Sie besprach sich mit Trixi, der sie die Situation als Erste ausführlich schilderte, verbunden mit einer

Entschuldigung dafür, die kommenden Tage nicht wie geplant mit ihr verbringen zu können.

»Natürlich verstehe ich das. Es wird andere Tage geben, die wir gemeinsam haben werden, und ich weiß durchaus was mit meiner Zeit anzufangen. Mach dir um mich keine Sorgen. Wenn es okay ist, bleibe ich noch bis morgen und reise dann einfach weiter, vielleicht direkt nach Rom, und dann schauen wir mal«, winkte Trixi ab.

»Natürlich ist das okay!« Giulia war erleichtert.

Sie konnte später nicht sagen, wie sie das Mittagessen und die Zeit bis zur Abfahrt der restlichen Familie Martini aushielt. Niemand, bis auf Carlo und Trixi, wusste etwas von den schlimmen Nachrichten. Niemand sollte vorerst davon erfahren. Rocco erzählte ihr noch ein paar Anekdoten aus der Vergangenheit und ließ sich von Loretta mit Geschichten über seinen besten Freund versorgen. Als sei nichts, aßen sie gemeinsam Trofie und Pesto mit Kartoffeln und grünen Bohnen, eine ungewöhnliche, sehr leckere Kombination, plauderten und sprachen über zukünftige Treffen. Endlich war es auch für diesen Teil der Familie Zeit, aufzubrechen, und als Giulia schon glaubte, dass sie sich lange genug beherrscht hatte, nahm Rocco sie beiseite: »Ich habe gemerkt, dass etwas nicht stimmt – was auch immer es ist: Ich drücke euch aus tiefstem Herzen die Daumen, dass alles gut wird.«

»Danke«, flüsterte Giulia und konnte die Tränen plötzlich doch nicht zurückhalten. Sie umarmte den alten Mann und verbarg ihr Gesicht, bis sie sich wieder gefangen hatte, an seiner Schulter. Er drückte sie ebenfalls. »Tränen sind keine Schande«, flüsterte er. »Niemals.«

Als alle abgefahren waren und der Hof nach zwei Tagen wieder still und verwaist dalag, baten Giulia und Marco Loretta und Fulvio in die Küche, um ihnen die Lage zu schildern. Die beiden sagten sofort zu, sich um die Villa und den Garten zu kümmern. Sie kannten Laura, sie war ihnen sehr ans Herz gewachsen. »Das ist doch selbstverständlich. Ihr beide rückt jetzt dem Mädchen den Kopf zurecht«, fügte Loretta dann eher barsch hinzu, aber ihr war deutlich anzusehen, dass sie sich große Sorgen machte. Fulvio klopfte ungelenk auf Marcos Schulter und sagte gar nichts.

Gegen siebzehn Uhr am Nachmittag fuhren sie los. Aurora saß auf der Rückbank und sagte die ganze Strecke lang kein Wort.

VIERTES KAPITEL

Früh am nächsten Morgen telefonierte Marco mit dem Krankenhaus und holte die Genehmigung ein, Laura zu besuchen. Man versprach, ihr Bescheid zu geben. Als Marco und Giulia am Vormittag in der Tür des Zimmers auftauchten, verabschiedete sich der junge Assistenzarzt an ihrer Seite gerade von ihr, und Laura sah ihnen erwartungsvoll entgegen. Sie verzichteten auf eine zu enge Begrüßung, denn jede Form von Ansteckung musste unbedingt vermieden werden.

Laura sah traurig aus. »Wo ist Aurora?«, fragte sie sofort.

»Sie wollte zu Hause bleiben.«

Laura schloss kurz die Augen und schluckte, dann nickte sie. »Ich habe mir sowas schon gedacht. Die Situation ist sicher nicht leicht für sie«, sagte sie leise.

Giulia wusste, dass Laura sich Vorwürfe machte, nicht genug für ihr Kind da zu sein, das hatte sie in der Vergangenheit mehrfach geäußert. »Ja. Gib ihr ein bisschen Zeit«, sagte sie. Sie sagte nicht: »Das wird sicher«, weil es nicht helfen würde. Nicht jetzt.

Wieder nickte Laura. »Ja, natürlich.« Sie schwieg lange, dann atmete sie hörbar durch und griff sich in die Haare. »Guckt mal, wie findet ihr meine neue Frisur?«, fragte sie mit einer Stimme, die sich um Normalität bemühte. »*Mamma* wollte mich wohl aufmuntern und meinte, ich müsste mal etwas Neues ausprobieren. Sie hat extra eine befreundete Friseurin gebeten, vorbeizukommen. Damit es nicht zu anstrengend für mich ist. Es ist ein *long bob* ...« Lauras Stimme wurde immer leiser.

Giulia hörte Marco neben sich schlucken. »An dir sieht einfach alles schön aus, Laura«, sagte er, aber es klang lahm.

Laura lächelte schwach. »Du verstehst es, Komplimente zu verteilen.«

»Es sieht wirklich sehr hübsch aus, Laura.« Giulia meinte es so, auch wenn Laura unübersehbar blass war und die Haut unter ihren Augen grau schimmerte.

»Danke, Giulia! Ich sehe aus wie ein Mozzarella, oder?«, vermeldete sie mit einem schiefen Grinsen. »Aber ihr könnt ruhig mit mir reden. Wenn ich zu müde bin oder ihr zu langweilig seid, schlafe ich einfach ein, dann wisst ihr Bescheid.«

Es war offensichtlich, dass sie sich bemühte, alle aufzumuntern. Dabei war ihr selbst vermutlich am wenigsten zum Lachen. Giulia wusste nicht, was sie sagen sollte.

»Ihr seid schon gestern Abend gekommen, ja?«, fuhr Laura fort. »*Mamma* hat mich heute Morgen angerufen, ich bin ja wegen der ganzen Untersuchungen eh immer früh wach. Sie hat erzählt, ihr habt die Nacht wieder in Marcos und meinem alten Kinderzimmer verbracht! Ich muss sagen, ich finde die Vorstellung irgendwie immer noch komisch.«

»Ja, haben wir«, sagte Giulia. »Es war o.k., wie immer.«

Sie dachte an den Moment, an dem sie gestern vor dem Haus gestanden hatten, in dem Marco und Laura aufgewachsen waren und in dem Laura seit längerem wieder mit Aurora lebte. Es war eines dieser typischen Genoveser Häuser, die

Giulia hin und wieder auch im deutschen Fernsehen gesehen hatte, wenn nach einem Unwetter Autos davor in den Straßen trieben. In einem solchen Haus war auch Carlottas Boutique untergebracht, in der Giulia bei jedem ihrer Besuche hier stöberte. Dieses Mal würde es nicht dazu kommen. Es würde andere Zeiten geben.

Marco hatte die Haustür mit seinem Schlüssel geöffnet und war – »du erlaubst?« – vor ihr und Aurora die Treppenstufen hinaufgestiegen. In diesem Moment hatte Giulias Magen sich doch ein wenig zusammengezogen. Sie freute sich auf Marcos Mutter, aber sie wusste nicht, wie es sein würde, ihr dieses Mal gegenüberzutreten. Zum ersten Mal fragte sie sich, ob Carlottas Absage bei der Feier etwas mit Laura zu tun hatte und nicht, wie sie behauptete, damit, dass sie sich dringend der Buchhaltung widmen musste. Marco klingelte zum Zeichen ihrer Ankunft, schloss die Tür aber dann selbst auf. Als sie in den Flur traten, kam ihnen Carlotta schon entgegen. Sie trug ihre aparte Kurzhaarfrisur wie immer perfekt gestylt. Gekleidet war sie in einen leichten grauen Hosenanzug und trug Schuhe mit hohen Absätzen.

»Hallo! Wie schön, dass ihr da seid«, rief sie.

»Carlotta, schön, dich wiederzusehen«, erwiderte Giulia, worauf Marcos Mutter so warmherzig lächelte, dass es Giulia leicht ums Herz wurde.

Marco umarmte und küsste seine Mutter auf beide Wangen. Hinter ihnen drängte sich Aurora wortlos an ihnen vorbei und verschwand in ihrem Zimmer ...

»In *einem* Zimmer«, riss Lauras Stimme Giulia aus den Gedanken. »Damals sind wir uns manchmal ganz schön auf die Nerven gegangen, oder, Marco?« Offenbar versuchte sie noch einmal, Marco in ein Gespräch einzubinden, der seine Schwester jedoch lediglich mit besorgtem Blick musterte.

»Hm.«

»Kann ich mir vorstellen«, warf Giulia ein.

»Jedenfalls schön, dass ihr hier seid«, fuhr Laura fort. »Ist manchmal wenig los.«

»Es war uns ein Bedürfnis«, sagte Marco plötzlich ernst. »Wie geht es dir?«

Laura zögerte, hielt Marcos Blick aber stand. »Den Umständen entsprechend, wie man so schön sagt.«

»Laura, wir müssen reden«, sagte Marco.

Von einem Moment auf den anderen wurde Lauras Ausdruck so hart, wie Giulia es noch nie an ihr gesehen hatte. Ihre Lippen waren nur noch ein schmaler Strich. »Es gibt nichts zu reden«, verkündete sie knapp.

»Laura, du musst doch an Aurora denken.«

Die Entschlossenheit in Lauras Blick wich einer tiefen Verzweiflung. »Ich denke an sie«, sagte sie traurig. »Ich habe riesige Angst, dass mir etwas zustößt, versteht ihr? Was wird dann aus ihr?«

Marco trat an ihr Bett, setzte sich auf den Stuhl davor und nahm ihre Hände in seine. Laura senkte den Blick auf ihre Finger, die von seinen gehalten wurden.

»Wir sind alle für Aurora da«, sprach Marco behutsam. »So war es immer, und so wird es immer sein. Und du wirst auch wieder für sie da sein, weil einfach alles gut gehen wird.«

Laura hob zögernd den Blick, in ihren Augen glitzerten Tränen. »Ich weiß, dass ihr euch um sie kümmert. Aber es geht mir schlecht, Marco, ich habe mich noch nie so schlecht gefühlt, und ich habe schon viel durchlebt, das weißt du. Ich habe Angst, dass es dieses Mal anders ist, dass ich es dieses Mal nicht schaffe.« Sie schluchzte auf. »Und dann ist da die Spende von *mamma* ... ich habe ihr völlig umsonst eine Niere gestohlen. Ich schäme mich so.«

Marco strich sanft über ihre Hände. »Laura, du weißt, dass du das nicht musst. *Mamma* hat dir ihre Niere freiwillig gegeben, das hätte jeder von uns getan. Und es geht ihr gut damit. Es gibt keinen Grund, sich zu schämen«, sagte er ruhig. »Wir alle haben uns gewünscht, dass es klappt, und auch wenn das nicht der Fall ist, heißt das nicht, dass das nicht passieren kann. Aber du musst zulassen, dass wir dir helfen.« Er suchte ihren Blick. »Bitte lass es uns weiter versuchen«, bat er eindringlich. »Bitte lass uns die Hoffnung nicht einfach aufgeben. Das dürfen wir nicht. Das sind wir auch Aurora schuldig.«

Laura schwieg lange. Giulia konnte ihr förmlich ansehen, wie sie mit sich rang, und sie atmete tief durch, als sie nach einer schier endlosen Weile und einigen weiteren Wortwechseln schließlich zustimmte, nicht aufzugeben. Auch Marcos Gesichtszüge entspannten sich sichtlich.

Sie besprachen das weitere Vorgehen und kamen zu dem Schluss, dass Giulia Aurora mit zurück nach Levanto nehmen würde, wo sie weiter zur Schule gehen sollte. Marco würde vorerst in Genua bleiben und seine Mutter und seine Schwester bestmöglich unterstützen. Giulia war sicher, dass er weitere Überzeugungsarbeit leisten würde, denn einer Spende explizit zugestimmt hatte Laura schließlich noch nicht.

Zurück in der Wohnung berichteten sie Aurora von den Entscheidungen. Das Mädchen sagte kein einziges Wort und stellte auch keine Fragen. Ihr Schweigen war schneidend, aber nach den letzten Entwicklungen auch nicht gerade überraschend.

»Du wirst Autunno jeden Tag sehen«, versuchte Giulia, sie aufzumuntern. »Er vermisst dich sicher schon. Und dann kannst du auch wieder in die Schule.« Sie hatte selbst schon am Morgen dort angerufen, um Aurora für die Zeit ihres Aufenthaltes hier zu entschuldigen.

Doch Aurora zuckte lediglich die Achseln. »Hm.«

Später am Nachmittag besuchten sie Laura noch einmal. Marco versuchte, Aurora zu überzeugen, mitzukommen, aber das Mädchen weigerte sich erneut.

»Lass ihr Zeit«, sagte Giulia, der Marcos Enttäuschung nicht entging. »Ich weiß, dass du deine Nichte gerne bei dir hast, dass du sie jederzeit unterstützt und ihr Trost spendest, aber es war wirklich alles etwas viel. Sie ist enttäuscht, und sie hat Angst. Ich glaube, sie braucht erst einmal Ruhe.«

Marco atmete tief durch und nickte dann.

An diesem Nachmittag sprachen sie nicht viel. Laura war müde, es genügte, dass sie da waren. Auch der nächste Tag brachte keine Veränderungen ihres Zustands und schon gar keine Fortschritte. Dieses Mal blieben sie auch während diverser Untersuchungen an Lauras Seite. In ihrer Mittagspause kam Carlotta dazu und berichtete, dass Aurora immer noch in ihrem Zimmer sei. Auch nachmittags leisteten Giulia und Marco Laura Gesellschaft. Sie redeten wenig und saßen ruhig da, wenn Laura aus Erschöpfung wegdämmerte.

»Es tut mir leid, ich bin keine gute Gastgeberin«, sagte sie etwas undeutlich, als sie am frühen Abend zum wiederholten Male aufwachte.

»Du musst keine gute Gastgeberin sein«, sagte Marco und streichelte ihren Handrücken. »Aber wenn du wieder gesund bist, erwarte ich eine Einladung.«

Laura lächelte mühevoll, während ihr die Augen schon wieder zufielen, und Giulia und Marco verabschiedeten sich. Marco besprach sich auf dem Gang noch kurz mit einem von Lauras Ärzten, dann machten sie sich auf den Heimweg. Für das Abendessen besorgten sie Pizza.

Kurz vor der Haustür verlangsamten sie ihre Schritte. Beide hatten sie die Eindrücke der vergangenen Tage schweigend Revue passieren lassen, jetzt schauten sie sich wie auf einen geheimen Zuruf an und küssten sich.

Es tut so gut, dachte Giulia.

Als sie sich voneinander lösten, lächelte Marco. »Danke, dass du dabei bist. Ich bin so froh, dich zu haben.«

»Das ist doch selbstverständlich. Und ich bin auch froh, dich zu haben.«

Er schob sanft eine Strähne aus Giulias Gesicht. »Ich möchte dir trotzdem danken. Du hast mein Leben verändert. Und nichts sollte einfach klar und selbstverständlich sein. Es ist mir wichtig, dass du hier bist. Ich bin dir wirklich dankbar. Ich wollte niemand anderen an meiner Seite haben.«

Giulia spürte, wie sie errötete, und küsste ihn sanft. Kaum hatten sie die Wohnungstür erreicht, kam Carlotta ihnen schon im Flur entgegen. Giulia hielt unwillkürlich auf dem Treppenabsatz inne, von einer plötzlichen Unruhe erfüllt. Sie wusste nicht genau, warum, vielleicht lag es an Carlottas Gesichtsausdruck.

»Und, ist Aurora inzwischen noch einmal aus ihrem Zimmer gekommen?« Marco spähte an seiner Mutter vorbei in die Wohnung. »Ich glaube, ich habe sie heute überhaupt noch nicht gesehen, oder? Wir haben Pizza besorgt, vielleicht hat sie darauf Lust.«

Für einen Moment war es plötzlich sehr still. Carlottas Gesicht wurde schneeweiß. Sie schaute erst Marco, dann Giulia an. »Aber ... ist sie denn nicht bei euch?«, stotterte sie. »Ich dachte, sie ist bei euch? Sie hat so etwas gesagt, als ich vorhin ...«

»Nein ...«, gab Marco so langsam zurück, dass man die Gedanken, die sich in seinem Kopf überschlugen, fast greifen konnte. Wenig später war klar: Aurora war schon seit Stunden weg. Carlotta hatte sie nach dem Besuch im Krankenhaus auf einem erneuten kurzen Zwischenstopp zu Hause angetroffen, und da hatte Aurora ihr gesagt, dass sie später ihre Mutter besuchen wolle. Carlotta solle sich also keine Sorgen machen, wenn sie nach Ladenschluss noch nicht zu Hause sei. Nach Geschäftsschluss hatte Carlotta sich dann allerdings um die Buchhaltung gekümmert, weshalb sie erst später nach Hause gekommen war. Da war Aurora nicht da gewesen, und sie hatte sie zusammen mit Giulia und Marco im Krankenhaus gewähnt.

Carlotta rang um Fassung. »Ich habe ihr geglaubt. Sie sah aus, als ginge es ihr gut. Allerdings hatte sie wieder keinen Hunger ...« Carlotta hielt inne.

Marcos Kiefer bewegte sich, weil er ihn so fest aufeinanderdrückte. »Wir müssen die Polizei informieren«, platzte es aus ihm heraus.

»Warte«, warf Giulia ein. Sie war wie in Trance, versuchte aber, einen klaren Gedanken zu fassen. Wenn Aurora ihrer

Großmutter erzählt hatte, dass sie ins Krankenhaus wollte, dann gab es nur zwei Möglichkeiten: Entweder war sie nie dort angekommen ... Giulia wagte nicht, den Gedanken zu Ende zu denken; oder, und das hielt Giulia für viel wahrscheinlicher, sie hatte Carlotta getäuscht und war ganz woanders hingegangen. Ihre Abwehrhaltung war in den letzten Tagen nur allzu deutlich gewesen, und vielleicht hatten sie alle zu wenig auf Auroras wirkliche Verfassung geachtet. Vielleicht hatte das Mädchen immer zu gut mitgemacht, aber das hatte darüber hinweggetäuscht, wie sie sich fühlte und dass sie letztendlich doch erst zehn Jahre alt war. »Lass uns kurz nachdenken. Wo könnte sie denn sein?«

Marco zuckte die Achseln. »Woher sollen wir das denn wissen? Ich kenne ihre Freundinnen hier nicht.«

Giulia hörte die Hilflosigkeit in seiner Stimme. Sie wusste nur zu gut, dass er handeln wollte, hier und jetzt. Er wollte nicht tatenlos dasitzen, wie am Krankenbett seiner Schwester, wo er sich quasi zum Nichtstun verdammt fühlte.

»Ich weiß auch nicht«, warf Carlotta ein. »Lass uns kurz nachdenken, bevor wir wirklich die Polizei informieren. Denk an ihren Vater, Marco, an das, was *er* aus dieser Geschichte machen könnte, wenn er es herausfindet.«

Über Marcos Nasenwurzel bildete sich eine steile Falte. »In unserem Leben ist er nicht ihr Vater.«

Carlotta zuckte die Achseln. »Das ist doch egal. Ich traue ihm nicht.«

Auroras Vater. Franco. Giulia hatte ihn nie kennengelernt, aber Marco hatte ihr einiges von ihm erzählt, und nichts davon war gut gewesen. Er war ein selbstsüchtiger Kerl und stets auf seinen Vorteil bedacht.

Marco war offenbar unentschlossen, was zu tun war. Immer wieder öffnete er den Mund und schloss ihn, ohne etwas zu sagen, vielleicht aus Angst, das zu formulieren, was ihn umtrieb. Seine Hände ballten sich zu Fäusten, dann wieder streckte er seine Finger. »Aber was, wenn sie entführt wurde?«, stieß er schließlich hervor.

Giulia war überrascht. »Entführt? Warum? Und von wem? Klingt das nicht etwas unwahrscheinlich?«

Marcos Hände wurden wieder zu Fäusten, die Fingerknöchel traten weiß hervor. »Von ihrem Vater. Ihm traue ich einfach alles zu. Und ich bin mir sicher, dass er die Geschehnisse hier bei uns genau im Blick hat, Giulia. Dieser Mensch war schon immer auf seine Vorteile aus, und zwar nur auf seine Vorteile, vergiss das nicht. Er ist immer da, wo es etwas zu holen gibt. Ihm ist ganz sicher nicht entgangen, dass wir deine Olivenbäume pachten und sich unser Gut damit vergrößert hat. Weißt du, dass er mal Verwalter bei uns werden wollte? Verwalter! Er! Er hat keine Ahnung vom Olivenanbau, nicht die geringste, er wäre uns niemals eine Hilfe gewesen. Das Einzige, was ihn dazu bewogen hat, war der Zugang zu unseren Finanzen. Er ist ein verdammter Parasit. Er ist in seinem ganzen Leben noch keiner ordentlichen Arbeit nachgegangen.«

Giulia wusste nicht, was sie sagen sollte. Sie kannte Franco nicht. Sicher war nur, dass Marco ihn inbrünstig hasste, aber auch wenn sie Marco vertraute, wollte sie nicht einfach über Franco urteilen, ohne ihm begegnet zu sein.

Marco schnaubte vor Wut. »Ich werde nie verstehen, was Laura an ihm fand.«

Giulia sagte auch darauf nichts. Es war Lauras Entscheidung, sich auf ihn einzulassen, und auch, ihn immer wieder in ihr Leben zu lassen, so bedauerlich das auch sein mochte. Manchmal fühlte man sich eben einfach von Menschen angezogen, die einem nicht guttaten. Manche Menschen lernten schneller aus solchen Erfahrungen, manche nie. Sie konnte für die Zukunft nur hoffen, dass Laura sich von Franco nicht mehr umgarnen lassen würde, dass sie ihn nicht mehr brauchte, wenn die anderen füreinander und für sie da waren. »Ich glaube nicht, dass er Aurora entführt hat«, sagte sie schließlich. »Du hast doch mal gesagt, dass er sehr bequem ist, sogar faul ... Ich glaube einfach nicht, dass er so viel Aufwand betreiben würde.«

Marco starrte sie an. »Dein Wort in Gottes Ohr. Ich kann nur hoffen, dass du recht hast.« Er schwieg einen Moment. »Aber was, wenn sie doch bei ihm ist? Haltet ihr das für möglich?«

Carlotta schüttelte den Kopf. »Eigentlich nicht.«

Sie überlegten. Nachfragen konnten sie nicht, denn wenn Franco erfuhr, dass sie nicht wussten, wo Aurora war, würde er dieses Wissen gegen die Familie Signorello einsetzen, davon waren sowohl Marco als auch seine Mutter überzeugt. Wenn Franco erfuhr, dass Aurora verschwunden war, würden zu für ihn gegebener Zeit alle erfahren, dass Laura sich nicht um ihre Tochter kümmerte und dass ihre Mutter und ihr Bruder ebenfalls versagt hatten.

Franco muss ein wirklich furchtbarer Mensch sein, fuhr es Giulia nicht zum ersten Mal durch den Kopf. Wie konnte man sich als Vater nur so verhalten? Ihre eigenen Eltern kamen ihr in den Sinn – sie hatte in all dem Trubel überhaupt noch nicht zu Hause angerufen, wie sie jetzt mit schlechtem Gewissen bemerkte. Dabei hatte sie sich doch erkundigen wollen, wie es ihrer Mutter ging.

Schließlich beschlossen Giulia und Marco, noch einmal loszugehen und die nähere Umgebung abzusuchen. Carlotta würde zu Hause bleiben und sie informieren, falls Aurora auftauchte.

Sie suchten zunächst Plätze auf, von denen Marco wusste, dass seine Nichte sie gerne mochte, in der Hoffnung, dass sie sich vielleicht dorthin zurückgezogen hatte, und weiteten ihren Radius schließlich aus. Vergebens. Es wurde später und später, es dämmerte, und irgendwann war es dunkel. Aurora blieb verschwunden.

Erschöpft ließ Giulia sich auf eine Parkbank sinken. Marco lief noch einmal die anliegende Straße auf und ab, spähte um die Ecke, drehte eine weitere Runde, kam dann aber unverrichteter Dinge zurück und ließ sich neben sie fallen. Eine lange Weile sagte keiner von ihnen beiden ein Wort. Marco beugte sich vor und stützte sein Gesicht in die Hände. Er stieß einen tiefen Seufzer aus, dann klang seine Stimme dumpf zwischen seinen Fingern hervor. »Was machen wir jetzt? Doch die Polizei?«

Giulia lehnte sich rücklings gegen die Bank. Das feste Holz zu spüren tat gut. »Können wir nicht doch versuchen, herauszufinden, wer ihre Freundinnen sind, und sie anrufen?«, überlegte sie.

Marco nahm die Hände herunter und richtete sich auf. »Ich kenne ihre Freundinnen nicht, das habe ich doch schon gesagt. Laura weiß das sicher, aber jetzt ist es schon spät, und ich will sie auf keinen Fall beunruhigen.« Dann sprang er plötzlich auf und begann, unruhig auf und ab zu laufen. »Moment! Da ist eine, die bei uns in der Nähe wohnt, ich weiß sogar, wo. Die kenne ich.«

In Giulia keimte Hoffnung auf. »Dann lass uns dort vorbeigehen.« Sie stand auf.

Marco zögerte keine Sekunde. »Los!« Er beschleunigte seine Schritte bald so, dass Giulia Schwierigkeiten hatte, ihm zu folgen. Kurz vor Carlottas Wohnung bog Marco um eine Ecke, dann um noch eine, und spätestens bei der nächsten hätte Giulia nicht mehr sagen können, wo sie sich befanden. Als sie endlich ihr Ziel erreichten, war sie außer Atem. Marco wartete ungeduldig, bis sie zu ihm aufgeschlossen hatte. Ein kurzer Blick auf die Uhr verriet ihr, dass es bereits 23 Uhr war. Sie wechselten einen kurzen Blick, dann nickte Giulia. »Es ist eine Notlage, eine Ausnahmesituation. Wir *müssen* klingeln.«

Marco atmete tief durch, dann drückte er auf den Klingelknopf. Die Eltern waren noch wach und reagierten keineswegs ungehalten auf die Störung, sondern hörten sich an, was geschehen war. Sie waren sogleich sehr besorgt, doch Aurora war nicht dort. Denn leider hatten ihre Tochter Lina und Aurora sich schon vor deren Umzug nach Levanto auseinandergelebt, sodass sie keine Ahnung hatten, wo Aurora sich aufhalten könnte. Sie versprachen aber, die Augen offen zu halten und ihre Tochter am nächsten Morgen nach den Namen von Auroras Freundinnen in Genua zu fragen und sich gegebenenfalls zu melden.

Müde, enttäuscht und verzweifelt kehrten Marco und Giulia nach Hause zurück. Carlotta fragte nichts, ein Blick in ihre Gesichter genügte. Wieder standen sie in der Küche zusammen und überlegten. Sollten sie die Polizei verständigen? Wie lange war Aurora jetzt eigentlich schon verschwunden? Bei

Kindern wartete man doch sicher nicht so lange? Was machte das wohl für einen Eindruck, wenn sie sich jetzt erst meldeten? Und wie sollten sie es Laura sagen, wenn Aurora am Morgen noch nicht zurückgekehrt war? »Wir sagen Laura erst einmal nichts«, beschied Marco.

Carlotta sog tief die Luft ein.

»Gut«, sagte Giulia, obwohl sie nicht wusste, ob das die richtige Entscheidung war, aber sie konnte sich auch nicht vorstellen, Laura in ihrem Zustand mit diesen Nachrichten zu konfrontieren.

Als sie später in Marcos und Lauras Kinderzimmer lagen, schaute Giulia an die Decke, wo zwischen einem alten Sternenmuster, das Laura einmal dort hingezeichnet hatte, manchmal das Licht der Scheinwerfer der noch spät am Haus vorbeifahrenden Autos zu sehen war. Ein paar Nachtschwärmer liefen lachend vorüber. Marco an ihrer Seite rührte sich nicht, vielleicht schlief er schon, vielleicht hing er wie sie seinen Gedanken nach und starrte an die Decke. Er sagte nichts, und sie hatte keine Ahnung, was sie ihm sagen sollte. Alles, was ihr in den Sinn kam, klang schal, und so drehte sie sich einfach zu ihm, lehnte ihren Kopf gegen seine Brust und legte den Arm über seinen Oberkörper und streichelte ihn sanft. Giulia war der festen Überzeugung, dass sie nicht einschlafen würde, aber irgendwann tat sie es doch.

FÜNFTES KAPITEL

Alessandro hatte diese Nummer schon lange nicht mehr gewählt, seit dem letzten Jahr nicht mehr, um genau zu sein, dem Jahr, in dem sich so vieles verändert hatte. Er musste zugeben, dass es sich gut anfühlte, es jetzt wieder zu tun. Die Dinge hatten sich entwickelt, und jetzt ging es seiner Laura schlecht, und er würde, weiß Gott, nicht noch länger herumsitzen und tatenlos zusehen. Er würde die Entscheidungen nicht weiter anderen überlassen, denn auch er war ein Mann, der Entscheidungen treffen konnte. Und deshalb würde er endlich für seine Tochter tun, was nötig war: ihr die bestmögliche Behandlung zukommen lassen, die allerbeste, die es nur für Geld gab. Das war er ihr schuldig. Er hatte schon viel zu lange gezögert. Als Vater musste er für sie sorgen und sie schützen. Das hatte er stets gewollt, sich aber immer hilflos gefühlt. Vielleicht war es ja sogar möglich, eine Niere zu kaufen, wenn man nur genug Geld bezahlte?

Und genau das würde er beschaffen, deshalb würde er jetzt Paolo Messi anrufen. Er hatte schon einmal mit dem Makler verhandelt, und dieses Mal würde er ihm sein Land zum Verkauf anbieten, das Land und den Hof, die ihm so lieb waren, aber doch weniger lieb als seine Tochter. Das alles hier war vergänglich, die Liebe zu seiner Tochter nicht.

An diesem Morgen war Alessandro früher aufgewacht. Vielleicht hatte er auch gar nicht wirklich geschlafen, er hatte sich auf jeden Fall lange im Bett herumgewälzt und nachgedacht. Ja, auch über die Vergangenheit, darüber, wie Marco als Kind in den Ferien mit Paolo gespielt hatte, wie die beiden ganze Tage lang verschwunden und erst abends mit zerkratzten Armen und Beinen und höllischem Hunger zurückgekommen waren. Manchmal hatte er damals durchaus gedacht, dass Paolo ein seltsamer Junge war, zu früh erwachsen, zu fokussiert in einem Alter, in dem andere Jungen mit sich und ihrem Körper genug zu tun hatten. Schon damals, als sich die anderen kaum Gedanken um ihre Zukunft gemacht hatten, hatte Paolo Pläne gehabt. Manche hatten sich darüber lustig gemacht, hatten seine Ideen lächerlich und hochtrabend genannt. Dann hatte er die Schule verlassen müssen, um seine Großmutter zu unterstützen. Er half hier und da aus, eine richtige Arbeit fand er nicht. Irgendwann verschwand er, worüber es die wildesten Gerüchte gegeben hatte, auch wenn seine *nonna* stets sagte, dass es ihm gut ging und er als gemachter Mann zurückkommen werde.

»Wie dein Sohn, was?«, lachten die anderen und erinnerten an Paolos Eltern, die nach England ausgewandert waren, um eine Eisdiele aufzumachen, und die nie zurückgekommen waren. Paolo hatten sie damals einfach zurückgelassen. Ach, die Leute waren immer gut darin, über Sachen zu schwätzen, von denen sie keine Ahnung hatten. Erst einige Zeit, nein, sogar Jahre später war Paolo dann überraschend in Bologna aufgetaucht, wo Marco studierte. Eine Zeitlang hatte Marco wieder regelmäßig von ihm erzählt. Sie verstanden sich gut, vielleicht sogar besser als früher. Dann war irgendetwas zwischen den beiden passiert, etwas, das mit einer Frau zu tun hatte, mehr wusste Alessandro nicht. Von da an brach der Kontakt ab. Bis Paolo, mittlerweile äußerst erfolgreich, wieder in der Gegend auftauchte, Häuser von Alteingesessenen auf- und an seine gut situierte Kundschaft weiterverkaufte, weshalb er von der Bevölkerung und erst recht von Marco wenig gelitten war. Auch Alessandro hatte er schon einmal ein Angebot gemacht, damals aber hatte Alessandro letztendlich doch abgelehnt.

Jetzt atmete er tief durch und wählte die Nummer. Er hielt kurz den Atem an, als auf der anderen Seite das Signal ertönte. So viele Gedanken in so kurzer Zeit. »*Pronto?*«

Messis Stimme. »Alessandro Signorello hier, ich würde Sie gerne sprechen.«

Wahrscheinlich war es ein glücklicher Zufall, dass Paolo sich gerade in Monterosso aufhielt, wo er eben ein Geschäft abwickelte. Nach einem kurzen Gespräch vereinbarten sie einen Termin für den frühen Nachmittag. Paolo Messi klang weder überrascht noch vorfreudig. *Es ist sicher gut, mit jemandem Geschäfte zu machen, der immer einen klaren Kopf behält*, dachte Alessandro.

Er verbrachte die Zeit damit, das Haus für eine Begehung vorzubereiten. Er wollte, dass es gut aussah, und er hatte sich Worte zurechtgelegt, die er immer wieder bei sich wiederholte und von denen er nicht abweichen würde.

Kurz vor 14 Uhr löste Alessandro den Blick von dem großen Spiegel im Schlafzimmer, strich noch einmal seinen Anzug glatt und trat hinaus in den Flur. Ja, doch, er musste zugeben, dass er unruhig war. Seine Gedanken hatte er mit niemandem geteilt, das hier war etwas, das er mit sich selbst ausmachen musste. Und natürlich war es gut, dass Marco nicht da war. Er war auch bei den Gesprächen mit Paolo im letzten Jahr immer weg gewesen, darauf hatte Alessandro stets geachtet. Es war zu lange her, dass die beiden als Jungs in den Ferien hier über das Gelände gestromert waren. Und seit der Sache mit dieser Frau war das Tischtuch zwischen ihnen zerrissen.

Alessandro straffte die Schultern und schaute auf seine Uhr. Er trug sie selten und nur zu besonderen Anlässen, bei der Arbeit störte sie eigentlich nur. Dann gab er sich einen Ruck und lief über den Flur nach draußen.

SECHSTES KAPITEL

An diesem Morgen waren in der Signorello-Wohnung in Genua alle wie gerädert. Marco war bereits angezogen, als Giulia in die Küche kam, er hatte offenbar noch weniger geschlafen als sie selbst. Carlotta kochte drei Milchkaffee, und sie tranken, ohne ein Wort zu wechseln. *In solchen Momenten*, dachte Giulia bedrückt, *besteht immer die Gefahr, dass man etwas Falsches sagt.* Sie saß im Schlafshirt auf dem Stuhl, die Beine übereinandergeschlagen, und rührte in ihrer Tasse. Carlotta trug bereits ein Kostüm. An diesem Mittwoch wartete wie immer die Arbeit in der Boutique auf sie, und fast hätte Giulia sie darum beneidet, doch als ihr auffiel, wie fahrig Carlottas Bewegungen waren, tat sie ihr leid. Sie wusste sicher auch nicht, wie sie den Tag überstehen sollte. Jetzt kramte sie im Vorratsschrank und stellte ein paar Frühstückskekse auf den Tisch, doch keiner von ihnen nahm davon, alle hingen weiter ihren Gedanken nach.

Marco sprach als Erster aus, was sie vermutlich alle umtrieb: »Ich weiß nicht, was ich Laura sagen soll.«

Carlotta starrte in ihre nunmehr leere Kaffeetasse und stieß einen tiefen Seufzer aus. »Ich auch nicht. Es wird sie sehr aufwühlen. Aber wir können es ihr auch nicht ewig verheimlichen. Es sei denn, wir finden Aurora jetzt schnell. Laura hat heute Vormittag wieder ein paar Untersuchungen, da müssen wir nicht unbedingt dabei sein, deshalb bleibt uns noch ein bisschen Zeit.«

»Aber was können wir denn noch tun, um sie zu finden?«, fragte Giulia. »Also, mal angenommen, dass ihr Vater sie nicht entführt hat«, warf sie vorsichtig ein, woraufhin Marco sie düster anschaute. »Ganz ehrlich: Ich glaube mittlerweile, dass wir davon ausgehen können, dass sie weggelaufen ist. Leider haben wir keine Idee, wohin. Gestern haben wir alle Plätze abgesucht, an denen sie hätte sein können, sind gefühlt jede Straße abgelaufen. Aber«, sie hielt einen Moment inne, »ich glaube ehrlich gesagt nicht, dass Aurora einfach so ohne Plan loslaufen würde, dazu ist sie viel zu vernünftig. Außerdem hat sie dich ja bewusst getäuscht.«

»Ja, da ist was dran.« Carlotta nickte zustimmend.

»Aber wenn das so ist, sollten wir dringend versuchen, ihre Freundinnen auszumachen. Wenn Aurora weggelaufen ist, dann doch am ehesten zu einer von ihnen, oder nicht?«, fuhr sie dann fort. »Die Eltern von Lina gestern waren doch sehr hilfsbereit, oder? Auch wenn sie uns offenbar leider keinen weiteren Tipp geben konnten.«

Marco schaute sie müde an. »Ja, schon. Aber ich kenne ihre Freundinnen eben nicht. In der Zeit, in der sie in Levanto war, habe ich von ihren Freundinnen hier gar nichts mitbekommen. Sie wird auch älter ... Sie bespricht nicht mehr alles mit uns.«

Ja, dachte Giulia, *Aurora hat sich immer ziemlich zurückgezogen, so jung sie auch ist. Sicherlich hat auch die Krankheit ihrer Mutter sie früh reifen lassen.*

»Kennst du ihre Freundinnen denn nicht, *mamma*?«, wandte Marco sich nun an seine Mutter.

Carlotta zuckte die Achseln. »Kaum. Alma und Lina waren die Namen, die ich am häufigsten gehört habe.« Sie schlug sich an den Kopf. »Alma Terzi – bei der könnten wir es noch probieren. Warum bin ich da nicht früher draufgekommen? Ich hatte wohl einfach zu viel im Kopf. Ich konnte nicht klar denken, so ist es doch ...«

»Können wir sie anrufen?«, unterbrach Giulia sie, erfüllt von neuer Hoffnung. »Vielleicht ist jemand zu Hause?«

»Gute Idee.« Carlotta verschwand im Flur, wo sie an einer Pinnwand diverse Telefonnummern, Adressen, Werbezettel und Postkarten aufbewahrte. Giulia trat zu Marco und nahm ihn in den Arm. Es tat gut, sich wenigstens kurz im Arm zu halten und einander zu spüren. Sie küssten sich, bis kurz darauf Carlotta wieder in der Küche stand. »Bei den Terzis geht niemand ran«, sagte sie niedergeschlagen.

Giulia spürte, dass Marco zusammenzuckte. Sie bemühte sich, entschlossen zu klingen, als sie sagte: »Das ist schade, muss aber noch nichts heißen. Wir versuchen es einfach gleich noch einmal. Ich bin sicher, dass wir sie erreichen werden.«

Es tat gut, das auszusprechen, und auch Marco und seine Mutter schauten sie in diesem Moment tatsächlich erleichtert an. *Trixi*, fuhr es Giulia im Stillen durch den Kopf, *wie schön wäre es, wenn du jetzt hier wärst*. Trixi wüsste sicherlich sofort, was zu tun war. Aber die befand sich mittlerweile schon in Rom und hatte gerade gestern Abend noch Bilder geschickt.

»Komm, wir gehen einfach bei ihnen vorbei.« Giulia schaute Marco auffordernd an.

Er nickte.

Giulia zog sich rasch an, und Carlotta entschied kurzentschlossen, die Boutique heute geschlossen zu halten, aus familiären Gründen, und in der Wohnung zu bleiben, falls Aurora wieder auftauchte. Giulia und Marco versprachen, ein entsprechendes Schild aufzuhängen, der Weg an der Boutique vorbei war kein großer Umweg. Carlotta versuchte es noch ein zweites Mal bei den Terzis, leider erfolglos.

Im Flur umarmten sich Marco und Giulia noch einmal fest.

»Ich wüsste nicht, was ich ohne dich tun würde«, flüsterte er in ihr Ohr. Giulia atmete tief durch. »Ich habe nicht den Eindruck, dass ich eine große Hilfe bin.«

»Doch, das bist du.« Marco trat einen Schritt zurück, hielt sie aber immer noch umarmt, seine ineinander verschränkten Finger lagen an ihrem Rücken in der Nähe ihrer Taille. Giulia legte den Kopf in den Nacken, spürte ihre Haare über ihrer Haut im Nacken.

»Oh doch, das bist du«, sagte er noch einmal so sanft, wie sie es heute nicht für möglich gehalten hatte. »Du bist mir eine große Hilfe.«

Giulia spürte einen Kloß im Hals, schluckte ihn aber hinunter. Sie wollte stark sein. Für ihn. Für seine Familie. Sie reckte sich und küsste ihn inniglich. Er erwiderte ihren Kuss, ohne zu zögern.

Als er sich von ihr löste, griff er zu ihrer Überraschung noch einmal zum Telefon.

»Aller guten Dinge sind drei, oder?«

Giulia nickte. Marco wählte. Sie hörte das Freizeichen. Jemand nahm das Gespräch an. »*Pronto.*«

»Marco Signorello hier«, sagte Marco.

Giulia hatte es aus dem Gespräch herausgehört, und trotzdem stand sie wie erstarrt da, als Marco nach dessen Ende zu ihr herumwirbelte und sie in die Arme nahm: »Ja!«, rief er. »Ja, wir haben sie gefunden. Wir haben sie! Sie ist da! Wir haben Aurora.«

Carlotta ließ sich gegen die Wand sinken und stieß einen Seufzer der Erleichterung aus, während Marco das Gespräch zusammenfasste: Aurora war bei ihrer derzeit besten Freundin, Alma Terzi. Deren Mutter hatte sich zunächst für die Nichterreichbarkeit entschuldigt – sie war gerade von einem morgendlichen Arzttermin zurückgekehrt und hatte tatsächlich vorgehabt, in den nächsten Minuten bei Carlotta anzurufen.

»Wissen Sie«, hatte Eleonora Terzi gesagt, »ich war eigentlich von Anfang an misstrauisch. Aurora war einfach sehr still, noch viel stiller als sonst. Und so habe ich mir gestern schon so meine Gedanken gemacht ... andererseits war Aurora ja auch schon lange nicht mehr bei uns. Aber dann sind die Mädchen gerade eben auch noch früher aus der Schule gekomen, angeblich wegen einer Veranstaltung für die älteren Klassen ...« Signora Terzi erklärte, dass sie die Mutter wahrscheinlich außer Haus vermutet hatten, aber dem war nicht so, und so hatte Signora Terzi ihre Tochter schließlich direkt angesprochen. Es hatte nicht lange gedauert, da hatten die Mädchen gestanden. Danach hatte Aurora sich wortlos in Almas Zimmer zurückgezogen und machte seitdem nicht den Eindruck, dass sie wieder herauskommen wollte ... »Es sind gute Mädchen«, hatte Signora Terzi ernst und doch etwas hilflos zum Abschluss am Telefon gesagt.

Giulia und Marco starrten einander an. »Wir haben sie gefunden«, flüsterte Marco noch einmal. »Wir haben sie gefunden.«

Sie fuhren mit dem Auto zur Wohnung der Terzis und fanden zum Glück gleich einen Parkplatz. Giulia schloss sich Marcos großen Schritten und auch seiner raschen Geschwindigkeit an, bis sie wenig später ihr Ziel erreichten. Die Terzis wohnten in einem ähnlichen Haus wie Linas Familie. In fast jedem Stockwerk waren die Fenster geöffnet, Stimmen und Geschirrklappern war zu hören, denn es ging inzwischen bereits auf Mittag zu. Kaum hatte Marco geklingelt, ertönte der Türsummer. Eleonora Terzi erwartete sie an der Wohnungstür, nachdem sie die Treppe in den dritten Stock erklommen hatten. Giulia war ein wenig außer Atem, Marco hingegen zeigte keine Spur von Anstrengung, sondern wirkte vielmehr sehr konzentriert.

»Bitte kommen Sie, kommen Sie herein.« Signora Terzi winkte sie gestenreich näher, offenbar wurden sie bereits sehnlichst erwartet. »Ich bin sicher, Aurora braucht einen von Ihnen an ihrer Seite. Ich weiß ja nicht, was los ist, aber das Mädchen tut mir so leid ...«

Am anderen Ende des Flurs öffnete sich sehr abrupt eine Tür, und ein Giulia unbekanntes Mädchen spähte hinaus. Vermutlich befand sich hinter dieser Tür auch Aurora.

»Aurora«, rief Marco mit fester Stimme, woraufhin das Mädchen eilig verschwand und die Tür hinter sich schloss.

»Bitte, kommen Sie doch erst einmal herein.« Almas Mutter ließ sie an sich vorbei eintreten. »Lassen Sie uns in die Küche gehen. Ich koche gerade das Mittagessen.« Signora Terzi machte eine weitere einladende Handbewegung.

Einen Moment später standen sie in der kleinen Küche, in der ein großer Topf Pasta auf dem Herd kochte. Der Duft von würziger Tomatensauce lag in der Luft. Eleonora Terzi bot Giulia und Marco etwas zu trinken an, und beide entschieden sich für ein Glas Wasser. Signora Terzi war so aufgeregt, dass sie fast eines der hübschen Gläser fallen ließ. »Ich bin wirklich froh, dass Sie hier sind«, sagte sie, nachdem sie sich an den Tisch gesetzt hatten. »Und es tut mir sehr leid, dass Sie so lange Angst und Sorge um Aurora haben mussten. Aber es hat einfach eine Weile gedauert, bis ich herausgefunden hatte, dass die Mädchen mir nicht die Wahrheit sagen. Die beiden sind ja nicht böse. Im Nachhinein hätte ich natürlich gleich gestern anrufen sollen, aber man will ja auch, dass sie einem vertrauen, nicht wahr?«

Sie suchte erst Marcos Blick, dann Giulias. Marco nickte, blickte aber düster drein.

»Sie müssen sich keine Sorgen machen«, sagte Giulia in dem Versuch, sie zu beruhigen. »Natürlich konnten Sie nicht wissen, was los ist. Wir machen Ihnen keine Vorwürfe.«

Eleonora Terzi atmete erleichtert auf. Dann stand sie auf und schüttete sich einen Espresso ein. »Es tut mir leid, ich habe heute Nacht schlecht geschlafen. Man merkt wahrscheinlich doch, wenn etwas nicht stimmt, nicht wahr? Wollen Sie beide nicht doch auch einen?«

Marco und Giulia schüttelten fast synchron den Kopf. Zum ersten Mal seit einer gefühlten Ewigkeit musste Giulia lächeln. Sie fühlte sich einfach unendlich erleichtert.

Dann erzählte Almas Mutter von Auroras Ankunft am Tag zuvor. Alma und Aurora hatten angegeben, dass Aurora bei Alma übernachten dürfe, wobei Eleonora Terzi doch überrascht gewesen war, dass Aurora weder Nachthemd noch Wechselkleidung oder Zahnbürste dabeihatte. Die habe sie leider vergessen, hatte Aurora sehr überzeugend gesagt und darum gebeten, ihre *nonna* nicht zu stören, denn die müsse gerade sehr hart arbeiten und habe wenig Zeit. Vielleicht hätten die Terzis ja noch eine Zahnbürste für sie?

»Und ja, dann habe ich ihr eine neue Zahnbürste aus dem Schrank geholt und ihr ein Nachthemd von Alma gegeben. Aurora hat sich bedankt ... Ich habe sie dann sogar gefragt, ob sie jetzt wieder in Genua wohnt, und da hat sie genickt. Ich hatte eigentlich keinen Grund, bei Carlotta anzurufen und mich zu erkundigen, ob alles seine Richtigkeit hat, denn gewöhnlich lügen sie mich ja, wie gesagt, auch nicht an. Das haben sie noch nie getan.« Eleonora Terzi blickte zerknirscht drein. »Es tut mir wirklich sehr, sehr leid. Ich weiß nicht, wie ich mich entschuldigen kann. Sie und Carlotta müssen vor Sorge ganz krank gewesen sein.«

»Alles gut, Sie konnten das ja nicht wissen«, wiederholte Giulia.

Signora Terzis Gesichtsausdruck spiegelte Dankbarkeit. »Die beiden können wirklich sehr überzeugend sein. Und sie spielen auch so herrlich miteinander. Wenn Aurora hier ist, hört man den ganzen Tag nichts von den beiden. Es ist wirklich eine gute Freundschaft. Alma hat sich so gefreut, dass Aurora mal wieder bei ihr zu Besuch ist. Die beiden haben sich im letzten Jahr oft Nachrichten geschickt, und sobald Aurora mal in Genua zu Besuch war, haben sie sich getroffen. Sie haben sich wirklich kaum gesehen, trotzdem hat die Freundschaft gehalten.« Almas Mutter schwieg einen Moment. »Aber manchmal kam mir Aurora gestern doch noch ruhiger vor als sonst, andererseits hat sie es ja auch nicht leicht wegen der Krankheit ihrer Mutter. Meine Alma hat mir gesagt, dass sie in den Nachrichten der letzten Tage doch manchmal niedergeschlagen klang.«

Es war offensichtlich, dass Almas Mutter neugierig war, aber sie fragte nicht nach. »Es tut mir jedenfalls wirklich leid«, beteuerte sie stattdessen noch einmal.

»Es ist wirklich kein Problem«, winkte auch Marco jetzt ab. »Zuerst einmal sind wir sehr froh, dass wir Aurora gefunden haben.« Er lächelte freundlich. »Und ja, Sie haben recht: Es war alles nicht leicht für meine Nichte. Die Krankheit ihrer Mutter und dann die Transplantation. Und jetzt ist ihre Mutter wieder im Krankenhaus ...«

»Oh nein! Das wusste ich noch nicht. Das tut mir furchtbar leid!«

Giulia lauschte in die Wohnung hinein, in der es aber still blieb. Auch aus Almas Zimmer war nichts zu hören – offenbar hatte Aurora nicht die Absicht, von selbst herauszukommen.

»Oh, die Pasta!«, rief Eleonora Terzi in diesem Moment und sprang an den Herd, um die Nudeln über einem Sieb in der Spüle abzuschütten.

Marco stand auf und deutete in Richtung Flur. »Dürfte ich jetzt?« Er war sichtlich angespannt, und Giulia wusste nur zu gut, dass er angestrengt darüber nachdachte, was er zu Aurora sagen würde. Sie griff nach seiner Hand und drückte sie. Er ließ es zu. Eleonora Terzi nickte, während sie die Nudeln in den Topf mit der Sauce gab, wo beides noch einen Moment gemeinsam schmurgeln sollte. Marco verschwand mit schnellen Schritten, kurz darauf ertönte ein Klopfen. Giulia beobachtete, wie Almas Mutter fahrig die Gläser vom Tisch in die Spüle räumte und mit viel zu viel Spülmittel reinigte. Im Flur öffnete sich eine Tür, ansonsten blieb es weiterhin still. Um das Schweigen in der Küche und ihre eigene Nervosität zu durchbrechen, fragte Giulia Eleonora nach ihrem Rezept für den Tomatensugo, und Almas Mutter begann so erleichtert wie bereitwillig, zu erzählen. Leider bekam Giulia kaum etwas mit, sie nickte lediglich ab und an.

Etwa fünfzehn Minuten später saß sie bereits wieder neben Marco im Auto auf dem Weg zu Carlotta. Marco hielt das Lenkrad fest umklammert, er war angespannt. Aurora auf der Rückbank hatte bisher kein Wort gesagt und sprach auch jetzt nicht. Nachdem sie ausgestiegen waren, lief Aurora immer ein paar Schritte hinter ihnen.

Als Marco stehen blieb, damit sie aufschließen konnte, hielt Giulia ihn am Arm zurück. »Lass ihr Zeit«, sagte sie.

Marco zögerte, ging dann aber weiter.

Giulia atmete erleichtert auf. *Das*, dachte sie, *gibt mir auch die Nähe, die mir, abgesehen von kurzen Momenten, heute den ganzen Tag über gefehlt hat.*

»Sie muss das alles erstmal verarbeiten. Dass sie weggelaufen ist, ist ja auch ein Zeichen dafür, wie durcheinander sie ist. Und ich bin froh, dass sie zu Alma gelaufen ist.«

Marco stieß einen Seufzer aus. »Ja, ich weiß. Aber es ist so schwer zu ertragen. Vor allem, dass sie nicht spricht.«

»Ich weiß.« Giulia räusperte sich. »Aber gut daran ist auch, dass Franco nichts damit zu tun hatte«, fügte sie leise hinzu. »Nicht wahr?«

Sofort beschleunigte Marco seine Schritte. »Sag das nicht zu früh«, stieß er hervor. »Ich bin mir sicher, dass er uns immer im Blick hat. Sowohl unsere Familie als auch die Vorgänge auf unserem Olivenhof. Er ist immer auf seinen Vorteil aus, und er kann sehr böse werden, wenn er ihn nicht bekommt. Die

Erfahrung wirst auch du möglicherweise noch machen, auch wenn ich es nicht hoffe.«

Giulia warf einen Blick über die Schulter, doch Aurora lief in einiger Entfernung, es war unwahrscheinlich, dass sie seine Worte gehört hatte. Sie fragte sich dennoch, ob Aurora ihr Vater etwas bedeutete. Vermisste sie ihn? War sie gerne mit ihm zusammen? Wollte sie, dass er Teil ihres Lebens war, oder war er ihr einfach zu fern? Soweit sie sich erinnerte, hatte Aurora ihr gegenüber nie von ihm gesprochen.

Schweigend liefen sie weiter, dann blieb Marco plötzlich stehen und zog Giulia an sich. Sie genoss die Berührung. Sie spürte Marcos Lippen an ihrer Schläfe, dann küsste er die zarte Haut seitlich ihrer Augen. »Meinst du, ihr schafft das in Levanto mit Aurora? Alessandro und du? Wo immer sie ist, hab bitte auch du ein Auge auf sie, ja? Sicherheitshalber ...«

Giulia nickte. »Klar, werde ich das. Aber lieber wäre ich bei dir.«

»Es wird sich alles lösen. Bald. Und dann werden wir wieder zusammen sein. Und die Zukunft planen.«

Die Hochzeit. Die Ernte. Was mit der Villa geschehen wird, dachte Giulia, sprach es aber nicht aus.

»Natürlich«, sagte sie nur und schmiegte sich noch einmal enger an ihn in der Gewissheit, diese Berührungen schon bald wieder schmerzhaft zu vermissen.

In der Wohnung schloss Carlotta ihre Enkelin erleichtert in die Arme. Dann begleiteten Marco und Giulia Aurora zu ihrem Zimmer. Marco wollte versuchen, in Ruhe mit ihr zu reden, deshalb ließ Giulia die beiden allein. Ein Lichtschalter wurde betätigt, es gab ein kleines, vertrautes Geräusch, dann traten

Marco und Aurora ein. Aurora steuerte sofort auf ihr Bett zu und ließ sich darauf nieder. Marco ging vor dem Bett in die Hocke.

»Aurora«, sagte er sanft, doch sie reagierte nicht. »Aurora, Aurora, mein Herz! Sprich mit mir«, fuhr Marco fast flehentlich fort. »Wir haben uns solche Sorgen gemacht, Kleines. Wir haben dich gesucht gestern, bis spät in die Nacht hinein. Wir waren überall.«

Aurora schwieg.

»Liebes, ich möchte doch, dass es dir gut geht bei uns. Ich möchte einfach nur verstehen, warum du weggelaufen bist.«

Aurora holte tief Luft. »Ich musste einfach«, sagte sie leise.

»Du musstest einfach? Warum?«, hakte Marco sanft nach.

»Ich habe euch reden hören«, fuhr Aurora mit fester Stimme fort. »Und ich will nicht mehr weg von Mami. Ich will hierbleiben, bei Mami. Sie braucht mich, und ich bin alt genug. Ich will nicht schon wieder mit euch wegfahren. Ich will ihr helfen.«

Giulia war zutiefst berührt, und sie konnte spüren, dass auch Marco betroffen war. Sie alle, auch Alessandro, hatten sich in den letzten Monaten nach bestem Wissen und Gewissen um Aurora gekümmert, hatten versucht, für sie da zu sein und ihr die Sorgen abzunehmen. Denn natürlich hatte sie Angst um ihre Mutter, sogar große Angst. Diese war im Verlauf der Wochen nach der Operation mit der zunehmenden Genesung ihrer Mutter immer weniger geworden, kehrte jetzt aber wohl mit voller Wucht zurück. Offenbar zusammen mit Schuldgefühlen, so ging Giulia jetzt auf. Sie hatte den Eindruck, ihre Mutter durch die räumliche Trennung im Stich zu lassen, nicht für sie da zu sein. Und es zeugte zugleich von der enormen Hilflosigkeit, die das Kind empfand. *Das hätte uns auffallen müssen,* fuhr es Giulia durch den Kopf.

»Das verstehe ich«, sagte Marco, als hätte er dasselbe gedacht. Er schluckte. »Aber du hilfst deiner *mamma* am besten, wenn sie weiß, dass es dir gut geht und sie sich keine Sorgen um dich machen muss. Sie braucht ihre Kraft, um gesund zu werden. Deshalb ist es gut, wenn sie weiß, dass sich jemand um dich kümmert. Und das geht im Moment am besten bei Giulia und mir und bei *nonno* in Levanto«, sagte er ruhig. »Und du bist doch gerne bei uns?«, hakte er vorsichtig nach.

Aurora presste die Lippen aufeinander und starrte auf den Boden. Ihr kleines Gesicht war weiß. Ihre Mundwinkel zuckten, dann rieb sie sich entschlossen so heftig mit dem Handrücken über das Gesicht, dass es schon vom Zusehen schmerzte. Marco zog sie zu sich in die Arme. Sie sperrte sich zuerst, dann ließ sie sich doch fallen und schluchzte auf.

Er strich ihr sanft über den Rücken. »Aurora, ich denke einfach, es wäre das Beste, wenn du auch jetzt wieder ein paar Tage bei *nonno* bist. Oder bei Giulia, ganz wie du magst. Nur, bis wir hier ein paar Dinge geklärt haben. Bis wir wissen, wie es weitergeht.«

»Aber ich will bei Mami sein«, sagte Aurora sehr ernst und hob ihm ihr Gesicht entgegen, auf dem Tränen ihre Spuren hinterlassen hatten.

»Kleines«, Marco strich ihr über die Haare, »das verstehe ich. Aber du kannst ihr hier nicht helfen. Und du lässt deine Mami nicht im Stich, nur weil du mit nach Levanto fährst. Sie weiß, dass du sie lieb hast, egal wo du bist.«

Aurora schluckte schwer und presste wieder die Lippen aufeinander. Es dauerte lange, bis sie wieder sprach: »Darf ich

Mami dann vorher noch einmal sehen und mich von ihr verabschieden?«

»Natürlich.« Marco strich seiner Nichte erneut über das Haar. Giulia zog sich zurück. Sie wusste, dass sie die beiden jetzt allein lassen sollte, aber sie stand bereit, sobald ihre Hilfe benötigt wurde.

Es wurde eine schweigsame Rückfahrt, die sie nach einem späten Mittagessen in Richtung Levanto führte. Aurora hatte sich noch eine Weile flüsternd mit Marco unterhalten, war aber immer wieder verstummt, wenn Giulia sich genähert hatte. Giulia wusste, dass sie dem Mädchen Zeit geben musste, das hatte sie selbst immer wieder gesagt, aber sie musste zugeben, dass es ihr schwerfiel. Im Auto versuchte sie anfangs noch, Aurora in ein Gespräch zu verwickeln, leider erfolglos. Noch nicht einmal auf die Frage, ob sie abfahren und nach einer Eisdiele suchen wollten, antwortete sie. Schließlich gab Giulia es auf. Dann musste sie eben warten, bis Aurora von selbst auf sie zukam, und sie war sicher, dass das irgendwann geschehen würde.

Für den Rest der Strecke verlegte sie sich darauf, Radio zu hören und ab und an über den Rückspiegel einen Blick auf Aurora zu werfen. Das Mädchen saß auf ihrer Sitzerhöhung, ihren Kuschelhasen Gepetto eng an sich gedrückt, und schaute aus dem Fenster.

Irgendwann fuhren sie von der Autobahn ab und erreichten schließlich die Bucht von Levanto, deren Anblick Giulia in ein wunderbares Gefühl des Heimkommens versetzte.

Endlich, dachte sie. Es ging durch die Allee mit den Platanen und am Bahnhof vorbei auf die Hügel auf der anderen Seite der Stadt zu. Bald fuhren sie auch schon dicht an den Häusern vorbei um die Kurven. Giulia erinnerte sich noch gut an diese Stelle, die ihr bei ihrer ersten Ankunft im letzten Jahr Kopfzerbrechen bereitet hatte. Hier wäre sie fast wieder umgekehrt, weil sie sich gar nicht hatte vorstellen können, dass dies eine offizielle Straße war. Sie folgte ein paar weiteren engen Kurven, und dann lag er wieder vor ihr, dieser beeindruckende Blick über die weite Bucht von Levanto hinweg. Als sie die Straße erreichten, von der sowohl die Einfahrt zur Jasminvilla als auch zum Olivenhof der Signorellos abging, meldete Aurora sich plötzlich zu Wort, so unerwartet, dass Giulia zusammenzuckte.

»Ich will zu *nonno*«, sagte sie bestimmt.

»Natürlich«, antwortete Giulia so verständnisvoll wie möglich, auch wenn sie das Mädchen gerne bei sich aufgenommen hätte. *Sie ist nicht wütend auf mich. Es ist die ganze Situation, die schwierig für sie ist*, versuchte Giulia, sich zu beruhigen.

Alessandro trat eilig aus der Tür, als sie in den Hof fuhren. Er grüßte Giulia nur knapp und nahm Aurora in die Arme, die sich an ihn schmiegte und dann den Wunsch nach einem Spaziergang zu den Olivenbaumterrassen äußerte. Alessandro stimmte sofort zu. Verwundert bemerkte Giulia, dass er Anstalten machte, fast ohne ein Wort zu ihr zu verschwinden. Ging er ihr etwa aus dem Weg? Dabei hatte sich ihre Beziehung im Laufe der Zeit doch Stück um Stück normalisiert? Nun, manchmal stand die Vergangenheit offenbar doch noch zwischen ihnen, eine Vergangenheit, für die Giulia nichts konnte. Vielleicht würde Alessandro nie ganz verwinden, dass Giulias Mutter ihn verlassen hatte, um mit einem Deutschen gemeinsam in dessen Heimat zu ziehen. Vielleicht war es wie eine Entzündung des Herzens, die hin und wieder aufbrach, eine Narbe, die Verwachsungen aufzeigte, die niemals ganz verschwinden würden. Sie alle mussten lernen, damit umzugehen.

Aber vielleicht irrte sie auch. Wahrscheinlich lag es an der Anspannung der letzten Tage, dass sie sich solche Gedanken machte. Vermutlich war sie einfach überempfindlich.

Giulia fuhr weiter zur Villa, wo sie zur Sicherheit auch ein Bett für Aurora bereitstellen würde, für den Fall, dass sie irgendwann in den nächsten Tagen das Gefühl hatte, zu ihr kommen zu wollen. Dann sollte Aurora sich in jedem Fall willkommen fühlen.

Langsam steuerte sie bald auf die Jasminvilla zu. Beim Anblick des im Hof geparkten motorisierten Dreirads der Renzos durchströmte Giulia eine Welle der Erleichterung. Sie freute sich sehr darauf, die beiden zu sehen. Sie öffnete die Haustür, stellte ihre Reisetasche neben der Garderobe ab und machte sich eilig auf die Suche.

Loretta fand sie in der Küche, wo sie Tortelloni mit Spinat-Ricotta-Füllung zubereitete. Sie trug eine Schürze, die mit Mehl bestäubt war, und strahlte über das ganze Gesicht, als sie Giulia bemerkte.

»Wunderbar! Alessandro sagte schon, dass ihr kommen würdet, und dann auch noch so schnell. Wie schön!«

Die beiden Frauen schlossen sich in die Arme.

»Ja, jetzt bin ich froh, dass ich wieder hier bin«, brach es aus Giulia heraus, und in diesem Moment wurde ihr einmal mehr die enorme Anspannung bewusst, die in den letzten Tagen auf ihr gelastet hatte.

»Oh, *poveretta*, das freut mich natürlich, es war bestimmt nicht leicht.« Loretta tätschelte ihr den Rücken, dann schilderte Giulia in knappen Worten, was in Genua geschehen war. Loretta war entsetzt und äußerte ihr Mitgefühl. So harsch die Haushälterin auf den ersten Blick wirkte, so mitfühlend war sie in Wirklichkeit. Giulia wollte ihre Freundschaft keinesfalls mehr missen.

»Jetzt müssen wir erstmal schauen, wie es weitergeht«, fuhr Giulia fort. »Marco klärt alles mit Laura und den Ärzten, da kann ich nicht viel ausrichten. Im Moment bin ich hier von größerem Nutzen.« Ihr Blick fiel auf die bereits fertigen Tortelloni auf dem Tisch. »Und wenn ich das da sehe, habe ich zum ersten Mal seit Tagen richtig Hunger! Wie schön, dass es frische Nudeln gibt.«

Loretta lächelte. »Ja, ich hatte Lust darauf. Außerdem hat mir meine Freundin Marcella Walnüsse mitgebracht, und da habe ich entschieden, eine Walnusssauce zu kochen und einen Nusskuchen zu machen, eine *crostata di noci*.«

»Das klingt himmlisch.«

Giulia sah Loretta über die Schulter und begann, selbst Tortelloni zu formen. Nicht ohne Stolz bemerkte sie, dass sie dieses Mal weniger unförmig waren, wenn auch bei weitem nicht so perfekt wie Lorettas.

Von Loretta erfuhr sie währenddessen, dass Fulvio am Montag Trixi zum Bahnhof gefahren und dann lange im Gemüsegarten gewerkelt hatte, dass es laut seiner Aussage für die Gemüseernte wieder einmal sehr gut aussah, dass es den Hühnern gut ging und Autunno zwei Tage verschwunden, aber wieder aufgetaucht war. Zudem hatten Loretta und Fulvio einige wichtige Vorbereitungen für die Jasminernte auf den Weg bringen können, und der Abnehmer des Jasmins bat um einen Anruf. Giulia beschloss, die Sache gleich zu erledigen, sie unterhielt sich immer gerne mit Signor Esposito von der kleinen Parfummanufaktur. Es wurde ein gutes Gespräch. Zum Abendessen schloss Fulvio sich ihnen an. Auch er war hocherfreut, Giulia zu sehen. Sie setzte ihn knapp über die Ereignisse der letzten Tage in Kenntnis, dann aber besprachen sie die Dinge, die in den nächsten Tagen getan werden mussten. Insbesondere die Organisation der neuen Jasminernte musste weiter vorangetrieben werden. Giulia stand inzwischen in gutem Kontakt mit ihren Helfern und Käufern, die sich alle darüber freuten, dass die Villa Martini die Produktion wiederaufgenommen hatte, und förmlich auf den Startschuss für dieses Jahr warteten. *Es tut gut, sich über etwas anderes Gedanken zu machen.*

Dabei war der Jasminanbau durchaus nicht das Einzige, was sie antrieb. Giulia spielte schon seit längerem mit dem Gedanken, eine Art Kiosk bereitzustellen für Wanderer, die in der Hauptsaison doch häufiger auf dem Weg in der Nähe vorbeikamen. Loretta hatte mit ihrer Freundin Marcella bereits ein mögliches Angebot an Kuchen besprochen, dazu konnten sie kleinere Snacks, Obst und Gemüse aus dem eigenen Garten und natürlich Süßigkeiten reichen.

Giulia lächelte bei dem Gedanken daran. Plötzlich kam ihr Trixi in den Sinn und ein Bild, das die Freundin ihr von der Herstellung von Kosmetik in der eigenen Küche zugeschickt hatte. »Mit deinem Jasminöl!«, hatte sie dazu geschrieben und »*throwback*«. In Giulias Kopf nahm eine Idee Gestalt an: Vielleicht sollten sie auch über den Verkauf von Jasminprodukten nachdenken: Seife, Duftöle und was es da noch alles geben mochte.

»Wir könnten vielleicht auch einen warmen Mittagstisch anbieten. Was meinst du?«, riss Loretta sie aus den Gedanken.

Giulia überlegte. Sie kochte gerne, aber das war doch ein recht hoher Aufwand. »Ich weiß nicht. Vielleicht ist es besser, die Sache erst einmal klein aufzuziehen. Andererseits kann man damit natürlich mehr Geld einnehmen.«

Loretta sah die Sache genauso. Giulia war ihr dankbar, als sie schließlich anbot, die Küche heute alleine fertig zu machen, und so drehte sie mit Fulvio eine letzte abendliche Runde durch den Gemüsegarten und von dort in den Jasmingarten. Giulia spürte, wie die Anspannung der letzten Tage mit jedem Schritt mehr von ihr abfiel.

»Ich komme gerne hierher, wenn ich runterkommen muss«, sagte Fulvio schüchtern, als hätte er ihre Gedanken gelesen. Inzwischen kannte Giulia diese Seite an ihm sehr gut, aber sie war überrascht über seine Formulierung. Sie passte nicht recht zu ihm, und das bemerkte er offenbar selbst, denn jetzt lächelte er schief.

Giulia erwiderte sein Lächeln. »Ja, das stimmt. Ich fühle mich auch gleich besser, wenn ich hier bin.«

Sie gingen die Reihen an Sträuchern ab und begutachteten besonders den Bereich, in dem die neuen Setzlinge gepflanzt worden waren.

»Es sieht gut aus«, sagte Fulvio. »Die nächste Ernte kann kommen.«

»Ich freue mich darauf!« Giulia hob einen Jasminzweig auf und hielt ihn vorsichtig in den Händen, um ihn genauer zu betrachten. Anfangs war ihr zuallererst der Geruch der Blüten aufgefallen, erst später hatte sie sich die Zeit genommen, die Pflanze selbst genauer anzusehen. Die Blüten waren etwas über zwei Zentimeter breit und befanden sich an relativ langen Stielen. Der Blütenkelch selbst war winzig.

Giulia dachte an den Moment, in dem sie ihr erstes eigenes Fläschchen Jasminöl in der Hand gehalten hatte. Sie war stolz gewesen, und alle mit ihr, denn es war auch der Beweis dafür, dass hier auf diesem Gut alles weitergehen würde.

Abschließend tranken sie noch ihren obligatorischen *caffè* zusammen, dann verabschiedeten sich die Renzos. Giulia war alleine und hatte endlich wieder Zeit für sich. Sie räumte die Tassen weg und prüfte in der Küche den Inhalt des Kühlschranks. Morgen würde sie einkaufen, das stand fest. In diesem Moment kündigte ein Ton eine Nachricht von Trixi an, die ein Foto schickte, das sie auf der Spanischen Treppe in Rom zeigte.

Giulia schickte ein Herz zurück. »Hab immer noch ein schlechtes Gewissen«, schrieb sie.

»Ach, Quatsch«, gab Trixi zurück. »*Sto bene.*«

Giulia lächelte. Um Trixi musste sie sich wirklich keine Sorgen machen.

Kurzentschlossen rief sie ihre Mutter an und erkundigte sich nach ihrem Gesundheitszustand. Pinas Stimme klang immer noch rau, aber nicht mehr so erschöpft, und sie sagte, dass es ihr deutlich besser ging. Giulias Vater war bei irgendeinem Arbeitsessen, aber ihre Mutter hob hervor, dass er sich rührend um sie kümmerte. Kam es Giulia nur so vor, oder arbeitete er derzeit mehr als ohnehin schon, und sollte sie sich Sorgen machen? Auch er wurde schließlich älter, hoffentlich schonte er sich ausreichend. Sie sprachen fast eine halbe Stunde. Giulia erzählte von der Familienfeier und den anwesenden Verwandten, Pina hakte interessiert nach. Nachdem sie sich verabschiedet hatten, schickte Giulia Pina noch ein paar Fotos und beschloss dann spontan, sich noch ein bisschen zu bewegen und einen kurzen Spaziergang über den Garten und die Zufahrtsstraße bis zur Hauptstraße zu machen und den Sonnenuntergang über der Bucht zu bewundern. Sie war zwar heute schon seit frühmorgens auf den Beinen, aber sie würde jetzt ohnehin keine Ruhe finden.

Gerade als sie die Straße durch das kleine Wäldchen hinter sich gelassen und die Wildblumenwiese erreicht hatte, wurde ihre Aufmerksamkeit auf eine Bewegung direkt vor ihr gelenkt. Zuerst dachte Giulia an eine optische Täuschung, aber dann wurde ihr klar, dass sie es tatsächlich sah: Mitten auf dem Weg stand eine wunderschöne Frau und sah ihr entgegen. Sie war schlank, mit langen Beinen und Armen und glatten blonden Haaren, die aussahen wie aus einer Shampoowerbung. Ein paar wenige Strähnen bewegten sich im Wind, was dynamisch wirkte. Gekleidet war sie in einen leichten Einteiler aus schwarzem Seidenstoff. Die Fremde schaute Giulia unverwandt an, dann lächelte sie und sagte: »Du musst Giulia sein.«

Giulia war vollkommen überrascht – woher wusste die Frau ihren Namen? Sie setzte zu einer Antwort an, doch dann sah sie ihn: Paolo Messi. Den Makler kannte sie durchaus. Er hatte den Hof der Signorellos aufkaufen wollen und auch Interesse an der Jasminvilla gehabt. Im letzten Jahr hatte sie ihn öfter in der Gegend getroffen, aber nie in Begleitung einer Frau – und diese hier war auch noch atemberaubend schön.

Das muss Michelle sein, schoss es Giulia durch den Kopf. Marco hatte ihr kurz von Paolo Messis Frau erzählt, die ihm seinerzeit bei der Suche nach Giulias Verwandten geholfen und diese bei Grasse ausfindig gemacht hatte. Er hatte ihr auch gestanden, dass er und Michelle einmal ein Paar gewesen waren, bevor sie ihn mit Paolo betrogen hatte. Doch das war lange her. Aber ... Hatte er dabei eigentlich erwähnt, wie unfassbar schön diese Frau war, oder hatte er ihr das verschweigen wollen?

»Signor Messi!«, rief Giulia und hätte gerne souveräner geklungen.

Auch Paolo wirkte zumindest für einen kurzen Moment verunsichert, offenbar hatte er Giulia tatsächlich erst jetzt bemerkt. Sein Blick war in die Ferne gerichtet gewesen, vielleicht hatten sie, wie Giulia selbst es vorgehabt hatte, über die Bucht von Levanto gesehen und den Sonnenuntergang genossen. Er trat zu Michelle, die eine Hand auf seinen Arm legte. Während sie aufeinander zugingen, fühlte Giulia sich mit jedem Schritt unwohler. Paolo lächelte, er hatte offenbar seine Selbstkontrolle zurückgewonnen, Michelle hingegen wirkte zurückhaltender.

»Ah, Sie sind also zurück«, sagte Paolo. »Man hat mir gesagt, Sie und Marco wären in Genua, etwas mit Marcos Schwester ... Geht es ihr nicht gut?«

Das gefiel Giulia ganz und gar nicht. »Wer hat Ihnen das gesagt?«

Paolo löste den Arm aus Michelles Griff und legte ihn ihr dann um die Schultern. »Ich weiß nicht ... ach doch, das muss Marcos Vater gewesen sein ... Wir haben ihn getroffen. Darf ich Ihnen übrigens Michelle vorstellen?«

Sie hatten Alessandro getroffen? Wo? Alessandro fuhr so gut wie nie nach Levanto, die Besorgungen erledigten Marco und sie. Wo also hatten sie sich getroffen, wenn nicht bei Alessandro? Und wieso? Giulia hörte die Alarmglocken schrillen, schließlich hatte Paolo Messi schon einmal versucht, den Hof zu erwerben. Sie würde Alessandro bei der nächstbesten Gelegenheit dazu befragen. Warum nicht gleich, bevor sie zu Bett ging?

Michelle löste sich aus Paolos Arm und trat freundlich lächelnd auf sie zu. Giulia streckte blitzschnell die Hand aus, als Michelle Anstalten machte, sie auf beide Wangen zu küssen. Für einen kurzen Moment verharrten sie unschlüssig, dann lächelte Michelle. »Wie schön, Sie zu treffen, Giulia, ich habe ja durchaus schon ein bisschen von Ihnen gehört.«

Ein bisschen? Giulia überlegte. *Von Paolo? Warum hat er über mich geredet?* Sie räusperte sich. »Ja, ebenfalls schön, Sie zu treffen, Signora ...«

»Signora Palombo.«

Auch aus der Nähe betrachtet war Michelle Palombo absolut makellos. Giulia hatte nicht den Eindruck, dass Marcos Erzählungen ihrer Schönheit auch nur ansatzweise gerecht geworden waren. Warum hatte er ihr das verschwiegen? Sie verspürte mit einem Mal etwas wie einen Nadelstich in ihrem Herzen. War sie etwa eifersüchtig?

»Wo ist denn Marco?«, erkundigte sich Michelle in diesem Moment. »Ist er auch hier?«

»Er ist unterwegs«, bekundete Giulia reserviert. Sie war auf der Hut.

Michelle verlor ihr freundliches Lächeln nicht. »Schade.«

Giulia nickte lediglich zur Antwort. Oh nein, sie würde ihr nicht sagen, was er machte, weil es diese Frau nichts anging. Noch einmal verspürte sie einen Stich. Konnte sie wirklich davon ausgehen, dass Marco es ernst mit ihr meinte, wenn seine Ex eine solch atemberaubende Schönheit war? Hatte er sie wirklich vergessen, wie er behauptete, oder würde er ihr nicht doch eigentlich immer hinterhertrauern? Der Zweifel nagte in ihr, auch wenn ihre Vernunft das Gegenteil behauptete.

Sie schaute zu Paolo. Und er? War er auf der Suche nach neuen Grundstücken? Hatte er Alessandro deshalb getroffen? Oder was machten die beiden sonst hier?

Sie tauschten noch ein paar Belanglosigkeiten aus und verabschiedeten sich dann voneinander. Michelle sah Giulia eine Weile hinterher. Sie hatte sich Gedanken über diese neue Frau in Marcos Leben gemacht, seit sie von ihrer Existenz gehört hatte. Warum eigentlich? Ging sie das etwas an? Nun, es interessierte sie eben, schließlich hatten sie ihr Leben einmal geteilt, und das würde immer ein Teil von ihr sein.

Paolo riss sie aus den Gedanken. »Kommst du endlich?« Er klang ungeduldig.

Michelle warf noch einen Blick in Richtung Villa. »Wollten wir uns nicht noch etwas umsehen?«

»Hab alles Nötige gesehen.« Sein Gesichtsausdruck war undurchdringlich, aber Michelle kannte ihn gut genug, um zu wissen, dass er jetzt wirklich gehen wollte. Allerdings hatte sie die Jasminvilla noch nicht gesehen, und das war schade, schließlich hatte Paolo ihr davon vorgeschwärmt. Und nur aus diesem Grund hatte sie ihn heute begleitet, zumal sie ja wussten, dass Giulia in Genua war. Sollte sie ihm das durchgehen lassen? Sie trat zu ihm und schmiegte sich in seinen Arm. »Schade, ich hätte die Villa wirklich gerne einmal richtig gesehen. Das muss ein imposantes Gebäude sein, wenn ich dem glaube, was du erzählst. Ein Jammer, dass sie nicht zu verkaufen ist.«

»Ja«, murmelte er, schien ihr aber nicht ganz bei der Sache

zu sein. Für den Bruchteil einer Sekunde sagte er nichts, eine Verzögerung, die vermutlich kaum jemand anderem aufgefallen wäre. Dann sagte er: »Lass uns zum Auto gehen.«

Sie sprachen erst wieder, als sie im Porsche saßen.

»Du hast ihr nichts von dem Vorvertrag gesagt«, sagte Michelle, als sie sich angeschnallt hatten. »Denkst du nicht, sie sollte darüber Bescheid wissen?«

Paolo schaute sie an, während er die Kupplung trat, den Wagen startete und den Gang einlegte. »Warum? Ist es ihr Haus? Nein, es ist Alessandro Signorellos Hof. Es ist seine Entscheidung. Ich denke also, sie muss das nicht wissen.« Er warf einen prüfenden Blick aus dem Seitenfenster und fuhr dann auf die Straße. Michelle wandte den Blick nach vorn durch die Windschutzscheibe. Paolo entfernte über den Scheibenwischer ein paar trockene Blätter.

Der Motor brummte, als er beschleunigte. Vermutlich war es doch gut, dass sie Marco nicht begegnet waren. Manchmal fragte sie sich, wie es sein würde, ihn wiederzusehen. Sie waren vielleicht kein Paar mehr, aber sie konnten doch Freunde sein, oder etwa nicht?

Auf der Hauptstraße bog Paolo in Richtung Süden ab. Die letzte Nacht hatten sie im Haus von Paolos Großmutter verbracht. Für dieses Mal waren die Dinge vor Ort erledigt, und es ging wieder in Richtung Mailand. Mit einem Mal bemerkte Michelle im Scheinwerferlicht eine Frau am Straßenrand. Giulia? Nein, sie hatte sich geirrt, aber Michelle musste doch zugeben, dass sie mehr über Giulia nachdachte, als sie erwartet hatte.

SIEBTES KAPITEL

Giulia musste das Licht anmachen, als sie ins Haus zurückkehrte. Sie zapfte sich ein Glas Wasser am Hahn und trank es am Küchentisch leer. Es klirrte leicht, als sie es schließlich auf den Tisch stellte, und das kleine Geräusch wiederum rief ihr ins Gedächtnis, wie still es in der Villa war, die vor wenigen Tagen noch so voller Leben und Hoffnung gewesen war. Sie bemerkte, dass sie mit den Fingern den Verlobungsring berührte, ihn leicht hin- und herdrehte.

So darf ich nicht denken.

Ihr kam die Begegnung mit Paolo in den Sinn. Hatte er sich mit Alessandro getroffen? Sollte sie Marco davon berichten, oder hatte der nicht ohnehin zu viel im Kopf, sodass sie ihn besser nicht damit belastete? Ihre Gedanken wanderten weiter zu Michelle, und plötzlich stellte sie sich vor, dass Marco mit dieser schönen Frau zusammen gewesen war. Wie lange eigentlich? Sie wollte diese Bilder nicht in ihrem Kopf, aber es war, als machten sich ihre Gedanken selbstständig. Warum hatte Marco eigentlich ausgerechnet seine alte Freundin gebeten, Giulias Familie ausfindig zu machen? Was sollte sie denken, wenn ihrem Freund, jetzt sogar Verlobten, als Erstes einfiel, die Ex anzurufen?

Giulia fröstelte. Im nächsten Moment machte ein empörtes Miauen sie auf Autunno aufmerksam, der vor einem der

Küchenfenster darauf wartete, hereingelassen zu werden, und ihr wenig später mit einem beherzten Kopfstoß fast die Dose Katzenfutter aus der Hand beförderte.

Nachdenklich schnitt Giulia sich etwas von dem Brot ab, das Loretta gebacken hatte, und aß es mit ein paar Tomaten und etwas Wildleberpastete.

Jetzt krieg dich wieder ein, Giulia, freu dich auf gemeinsame Abendessen mit Fulvio und Loretta in den nächsten Tagen, auf das gemeinsame Arbeiten und die Weiterentwicklung von Ideen.

Gegen zehn Uhr rief sie bei Alessandro an, um sich nach Auroras Befinden zu erkundigen und ihn, wenn möglich, nach Paolo zu befragen. Sie wechselten ein paar Worte, dann reichte er den Hörer direkt an Aurora weiter, die noch wach war, sich allerdings sehr unwillig und wortkarg zeigte.

Giulia ließ sich noch einmal Alessandro geben, fand aber die richtigen Worte nicht. Es ließ sich nicht leugnen, der Umgang miteinander fiel ihnen beiden immer noch nicht leicht, und Marcos Antrag hatte die Sache vermutlich nicht unbedingt besser gemacht. Hatte Alessandro gewusst, dass sein Sohn sich entschieden hatte, um Giulias Hand anzuhalten, um die Hand der gemeinsamen Tochter seiner einst großen Liebe und des verhassten Deutschen? War er von seinem Sohn informiert worden, hatten sie über all diese Dinge gesprochen? Giulia war sich zwar sicher, dass Alessandro in diesen Fragen keine Entscheidungsgewalt hatte, ihr war aber ebenso klar, dass man diese Dinge nicht außer Acht lassen durfte. Sie beendete das Gespräch, ging bald darauf nach oben, duschte und betrat ihr Schlafzimmer. Es dauerte lange, bis sie endlich in einen traumlosen Schlaf fiel.

Am nächsten Morgen saß Giulia nachdenklich mit ihrem Kaffee beim Frühstück am Küchentisch und schaute durch die geöffnete Terrassentür nach draußen. Davor hockte Aurora und spielte mit Autunno. Giulia war ihr und Alessandro auf ihrem Morgenspaziergang am Rand der Signorello-Terrassen begegnet, die bis nahe an die Villa heranreichten und ursprünglich Giulias Großvater gehört hatten. Alessandro hatte Giulia mitgeteilt, dass er seiner Enkelin noch etwas Erholung gönnte und sie erst nächste Woche wieder in die Schule gehen würde. Dann hatte Aurora den Wunsch geäußert, den Kater zu besuchen. Giulia hatte erfreut zugestimmt, und so hatten sie sich gemeinsam auf den Weg zur Villa gemacht, schweigend zwar, aber immerhin. *Es ist ein Fortschritt*, dachte Giulia. Das Klingeln ihres Handys ließ sie zusammenzucken. Sie hatte es gleich nach dem Aufstehen angemacht, weil sie eigentlich auf eine Nachricht von Marco gehofft hatte. Gestern hatte er sich nicht gemeldet, und sie hatte so viel nachgedacht, dass es irgendwann zu spät geworden war, ihn anzurufen. Sie hatte ihm lediglich eine kleine Nachricht gesendet und ihm eine gute Nacht gewünscht. Von seiner Seite war nichts gekommen. Wie angespannt sie war, erkannte Giulia daran, dass ihre Finger zitterten, als sie das Gespräch annahm.

»Hallo, Giulia!«, rief Marco. »Es tut mir leid, aber ich bin gestern einfach eingeschlafen. Es war wieder ein langer Tag. Alles klar bei euch?«

»Hallo, so weit alles o.k.«, brachte Giulia hervor. »Und bei euch?«

»Keine Veränderungen, keine Verbesserungen, aber auch keine Verschlechterungen. Laura ist stabil. Ich hatte ein etwas längeres Gespräch mit Dr. Serra, einem der Assistenzärzte.« Er seufzte, dann fragte er mit mehr Fröhlichkeit in der Stimme, als er vermutlich verspürte: »Wie geht es Aurora?«

»Gut, glaube ich. Sie hat bei Alessandro geschlafen. Aber heute Morgen wollte sie Autunno sehen, und jetzt spielt sie mit ihm.«

Marco schwieg einen Moment, dann sagte er: »Hast du den Eindruck, sie kommt mit der Situation zurecht?«

»Ich denke schon.«

»Ich würde sie gerne sprechen, auch um ihrer Mutter etwas sagen zu können ...«

Giulia blickte zur Terrassentür, doch Aurora und der Kater waren nicht mehr zu sehen. »Sie ist im Garten. Es geht ihr so weit gut, denke ich. Alessandro und ich tun jedenfalls unser Bestes. Wenn ich sie sehe, sage ich ihr, dass sie dich bitte anrufen soll.«

»Danke. Es ist nur ... Sie war zwar immer recht zurückhaltend, hat sich aber immer auch stark und zuversichtlich gezeigt. Und das ist dieses Mal anders. Sie war ja wirklich sehr durcheinander.«

»Das stimmt. Aber vielleicht haben wir vorher einfach nicht genau hingeguckt.«

Apropos ... Paolo kam ihr in den Sinn, doch bevor sie einen Satz dazu formulieren konnte, wurde sie von Marco unterbrochen.

»Du, hör mal«, begann er. »Nach meinem Gespräch mit dem Arzt gestern weiß ich, dass Laura ganz sicher eine neue Niere braucht. Ich hatte ja vorübergehend noch gehofft, dass man etwas mit Medikamenten erreichen kann, aber ...« Seine Stimme wurde leise, nachdenklich. »Aber das funktioniert nicht.«

Giulia hörte Marco tief durchatmen. *Wie gerne wäre ich jetzt bei ihm*, fuhr es ihr durch den Kopf, *würde ihn in die Arme schließen, ihm über den Rücken streicheln und beruhigende Sätze in sein Ohr murmeln.*

»Weiß Laura das?«

»Ja. Sie hat uns beiden ja versprochen, nicht aufzugeben, und sie hat mir gegenüber Gott sei Dank auch signalisiert, einer Spende zuzustimmen, wenn wir denn ein geeignetes Organ finden.«

»Das ist ja wunderbar!« Giulia war zutiefst erleichtert.

»Ja, eigentlich schon.« Marco klang jedoch keineswegs euphorisch. »Aber sie tut sich immer noch schwer mit einer Lebendspende aus dem Verwandten- oder Freundeskreis. Dabei ist genau da unsere Chance am größten, genau dort werden wir am ehesten ein geeignetes Organ finden. Wenn es so weit ist, kann alles eigentlich sehr schnell gehen. Das wissen wir ja auch schon.«

Ja, das wussten sie. Im günstigsten Fall brauchte es die passende Blutgruppe und eine Gewebeverträglichkeit, und diese beiden Voraussetzungen erfüllten sich im Kreis der Verwandtschaft am ehesten. Andererseits war Giulia auch klar, wie sehr Laura darunter litt, dass ihr Körper ausgerechnet die Lebendspende ihrer Mutter abstieß.

Aber sie muss auch an Aurora denken, und das tut sie sicher.

»Es ist nicht leicht für sie«, sagte Giulia leise. Wie schwer es doch war, einen Menschen unter Druck setzen zu müssen, dem es so schlecht ging.

»Nein, das ist es nicht. Ich weiß das.«

Giulia räusperte sich. »Der erste Schritt ist ja gemacht. Sie steht noch unter dem Schock der neuen Diagnose. Aber Aurora ist ihr wichtig. Ich glaube, sie braucht nur ein bisschen Zeit. Sie wird sicher erkennen, dass sie ihre Tochter nicht ...«

»Aber genau das haben wir nicht: Zeit. Das ist der Punkt«, unterbrach Marco sie. »Wir müssen die Sache jetzt vorantreiben. Die Ärzte können einfach nicht sagen, wie lange alles noch so weitergehen kann. Ja, sie ist stabil, aber es steht auf Messers Schneide, ganz einfach, ich ...« Er schluckte hörbar. »Ich muss dich deshalb um etwas bitten, Giulia. Wir haben uns etwas überlegt, *mamma* und ich.«

»Ja?« Giulias Herz schlug vor Aufregung plötzlich schneller.

»Wir möchten unbedingt so schnell wie möglich Kontakt zu den Verwandten unserer Mutter aufnehmen. Vielleicht ist unter ihnen ein geeigneter Spender, das ist im Moment unsere größte Chance auf Erfolg. Leider ist der Kontakt vor Jahren abgebrochen, aber wir brauchen ihre Hilfe. Deshalb meine Bitte: Könntest du dich vielleicht darum kümmern? Ich weiß, das ist sehr viel verlangt, aber ich würde dich nicht fragen, wenn es nicht sehr dringend wäre oder eine andere Möglichkeit gäbe ...«

Giulia bemerkte, dass sie mit ihrer linken Hand die Tischkante umklammert hielt. Die Knöchel traten weiß hervor, und als sie die Finger löste, blieb das Gefühl des Festhaltens noch für einen Moment bestehen. Auch ihr Kiefer schmerzte, denn sie hatte die Zähne aufeinandergepresst. »Natürlich mache ich das, Marco. Gerne«, stimmte sie zu.

Er atmete tief durch. »Du kannst dir gar nicht vorstellen, wie dankbar ich dir dafür bin!« Die Erleichterung war seiner Stimme deutlich anzuhören. »Danke! Warte, ich gebe dir eine Nummer ... Hast du was zu schreiben?«

Giulia griff nach einem Bleistift und einem Einkaufszettel, und Marco diktierte ihr eine lange Reihe von Zahlen. »Ich habe allerdings keine Ahnung, ob diese Nummer noch gültig ist. Sie gehörte wohl mal Fabiola, der mittleren der drei Schwestern meiner Mutter, ich weiß aber nicht, ob sie unter diesem Anschluss erreichbar ist. Vielleicht kann man dir da aber zumindest weiterhelfen. Bitte meld dich sofort, wenn du was erreicht hast, oder gerne auch mit einem Zwischenbericht, okay?«

»Mach ich.«

»Danke. Aber jetzt erzähl mal, wie ist es bei dir? Irgendwelche Neuigkeiten?«

Giulia starrte ihren Verlobungsring an. Hier war sie jetzt, die Gelegenheit, Paolos Anwesenheit in der Gegend anzusprechen – oder Michelles ...

»Ja, nein, ich weiß nicht ...«, hörte sie sich sagen. *Sag es ihm! Aber was genau?* Paolo ist in der Gegend – das war er schließlich nicht zum ersten und nicht zum letzten Mal. Was hieß das schon?

Wahrscheinlich würde Marco sich nur unnötig aufregen. Giulia schob den Gedanken an Paolo energisch von sich, sei es aus Feigheit oder weil sie Marco nicht noch mehr belasten wollte. In jedem Fall lief die Nachricht ja nicht weg, und sie würde auch erstmal mit ihren Gedanken an Michelle alleine zurechtkommen. »Ich vermisse dich«, sagte sie stattdessen.

»Ich dich auch.«

Kaum hatte sie einen Abschiedskuss ins Telefon gehaucht und das Gespräch beendet, stand Aurora wieder in der Küche, die Arme vor der Brust verschränkt.

»Hast du jetzt vielleicht Hunger? Ich könnte dir Pfannkuchen machen«, schlug sie Aurora heiterer vor, als sie sich fühlte. Es war nicht angenehm, Dinge für sich zu behalten. Sie war nie der Typ dafür gewesen.

Aurora schüttelte nur den Kopf und verschwand im nächsten Moment wieder nach draußen. Giulia folgte ihr. Unten vor der Terrasse tauchte der Kater auf, als habe er auf sie gewartet.

Giulias Blick fiel auf einen Lampion, der noch von der Feier am Sonntag in einem Mandelbaum hing, als sie mit ihrer eigenen, lange verschollenen Familie mütterlicherseits zusammengesessen hatte. Und jetzt sollte sie sich also auf die Suche nach der Familie von Marcos Mutter machen, zu der ebenfalls seit langem kein Kontakt bestand. Sie wussten von Loretta lediglich, dass sie mit einer von Carlottas Schwestern zur Schule gegangen war, aber auch das hatte sich verlaufen. Und Giulia war eine Fremde, mit nichts als einer Telefonnummer. Sie würde ihr Bestes geben.

ACHTES KAPITEL

Marco hatte sich immer noch nicht an den Anblick seiner Schwester gewöhnt, es fiel ihm weiterhin schwer, sie so schwach und niedergeschlagen zu sehen. Er kannte sie anders. Sie war immer mutig gewesen, trotz ihrer Krankheit, immer kämpferisch, ungeachtet aller Rückschläge, doch in den letzten Tagen, seit er hier an ihrer Seite saß, war das anders. Ja, sie hatte einer Spende zugestimmt, trotzdem wirkte sie niedergeschlagen, weil sie natürlich wusste, dass die Chancen nicht gut standen, ein neues Organ zu finden, und zudem die Zeit drängte. Und trotzdem konnte sie sich nicht durchringen, einer Spende durch einen Verwandten zuzustimmen. Und das machte ihm Angst. Große Angst. Ihr Zustand konnte sich jederzeit weiter verschlechtern, daran hatten die Ärzte ihm gegenüber keinen Zweifel gelassen.

Sie muss diese Entscheidung annehmen. Sie muss mit im Boot sein.

Er hatte ihre Meinung immer akzeptiert, doch dieses Mal konnte er es nicht. Er war fest entschlossen, nicht aufzugeben – das war er ihr, aber auch sich selbst schuldig. Er würde alles, was in seiner Macht stand, dafür tun, einen geeigneten Spender zu finden, und diesen Weg zum zweiten Mal gemeinsam mit ihr gehen. Er würde sie unterstützen und für sie da sein. Und deshalb saß er jetzt wieder an ihrer Seite am Bett, deshalb würde er ihr noch einmal ins Gedächtnis rufen, welche Verantwortung sie trug. Sie hatte es nicht leicht gehabt, aber das rechtfertigte nicht alles, und wenn sie »normal« behandelt werden wollte, dann gehörte dies hier auch dazu.

Sein Blick streifte das Tablett mit der Schonkost, von der sie fast nichts zu sich genommen hatte. Er räusperte sich. »Laura, wir müssen nochmal über die Optionen nachdenken, die wir haben.«

Laura drehte den Kopf abrupt zum Fenster und schwieg.

»Ich habe mir überlegt, Kontakt zu *mammas* Verwandten aufzunehmen«, fuhr Marco mit fester Stimme fort. »Ihre Schwestern ... Sie sind mit uns verwandt, vielleicht gibt es unter ihnen jemanden, der kompatibel ist ...«

Laura wandte sich ihm mit einem Ruck wieder zu. Auch ihre Stimme klang fest, als sie sagte: »Vielleicht kann ich das aber nicht, Marco, nicht noch einmal. Vielleicht kann ich nicht noch einmal jemandem ein gesundes Organ nehmen?« Sie schaute ihn traurig an. »*Mamma* hat mir eine gesunde Niere gespendet, und mein Körper hat sie einfach abgestoßen. *Mamma* hatte zwei gesunde Nieren, und was habe ich ihr angetan? Ich weiß nicht, ob ich mir das je verzeihen werde.« Sie begann zu weinen. Still und leise liefen die Tränen über ihre Wangen.

Marco atmete tief durch. »Laura, das haben wir doch schon so oft besprochen. Du hast das nicht absichtlich getan, und es war *mammas* Entscheidung. Sie wollte dir helfen. Sie war sich durchaus bewusst, dass Komplikationen auftreten können.«

Laura schluckte schwer. »Trotzdem«, sagte sie leise, »trotzdem tut es weh. Verstehst du? Es tut so weh.«

Er hielt ihrem Blick stand, konnte ihre Zerrissenheit fast mit den Händen greifen. »Ja, das verstehe ich«, sagte er so ruhig wie möglich. »Aber noch einmal: Es gibt nichts an dieser Sache, was du dir verzeihen musst; nichts, was du hättest anders machen sollen.« Er mahnte sich selbst zur Ruhe, als er weitersprach: »Und jetzt musst du es noch einmal machen, Laura. Denk an Aurora, du musst für sie da sein, du kannst sie nicht alleine lassen. Sie braucht dich. Ich weiß, dass du dir nie verzeihen würdest, nicht alles möglich gemacht zu haben, um für sie da zu sein.«

Er hatte sich nicht vorstellen können, dass Laura noch weiter in sich zusammensinken würde, doch sie tat es, und es tat ihm leid, diesen Druck auf sie auszuüben. Sie schwiegen beide, dann hörte er ein leises Schluchzen. Sie hatte nicht aufgehört, zu weinen.

»Laura, wir müssen es versuchen«, insistierte er. »Ich will dir nicht wehtun, aber wir müssen das einfach tun ...« Er bemerkte, dass er aufgesprungen war. »Und denk an ihren Vater!«, stieß er hervor. »Vielleicht würde er sich nicht melden, aber wenn er es tut ...«

Laura schaute zu ihm auf und sah so schmal, so zart, so zerbrechlich aus. Er wusste, dass er ihr wehtat, dass seine Worte sie verletzten. Er wollte das nicht, aber ihm blieb einfach keine Wahl. Er musste Klartext sprechen. Noch wusste sie nicht, dass er Giulia bereits beauftragt hatte, Kontakt mit *mammas* Verwandten aufzunehmen. Eine Weile war es still im Raum, nur Lauras leises Schluchzen war zu hören, dann verklang auch das. Nach einer schier endlosen Weile wandte sie den Kopf und schaute aus dem Fenster. Lange. Marco sagte nichts, ließ sie in Ruhe nachdenken. Dann hörte er, wie sie durchatmete. Es klang, als müsse sie eine zentnerschwere Last bewegen.

»Ich tue es«, flüsterte sie.

»Was?« Er hatte darum gekämpft und war doch perplex.
»Ich tue es.«
»Oh, Laura, ich ...« Marco setzte zu einer Umarmung an.
Sie hob die Hand. »Bitte geh, Marco. Ich brauche jetzt einen Moment für mich.« Sie wandte den Blick erneut zum Fenster. »Bitte, gönn mir diesen Moment für mich.«
Er öffnete den Mund, sie hob erneut die Hand.
»Bis morgen«, sagte er schließlich sanft.
»Bis morgen«, erwiderte sie, wie ihm schien, etwas ruhiger. »Morgen reden wir weiter.«

NEUNTES KAPITEL

Giulia entschied, auf der Terrasse einen Kaffee zu trinken und dabei möglichst unauffällig ein Auge auf Aurora zu haben, das hatte sie Marco versprochen. Und sie wollte keinesfalls, dass das Mädchen noch einmal verschwand. Nach einer Weile beauftragte sie Aurora damit, Autunnos Näpfe zu reinigen und Wasser nachzufüllen. Das Mädchen zuckte die Achseln, weigerte sich aber nicht. Als Giulia nachsah, hatte sie auch das Schlafkörbchen in Ordnung gebracht und sogar das Katzenklo gereinigt.

»Super«, lobte Giulia und klopfte ihr auf die Schultern. Aurora drehte sich unter der Berührung weg. »Ich will jetzt wieder zu *nonno*«, sagte sie knapp.

Giulia versuchte, sich ihre Enttäuschung nicht anmerken zu lassen. Aurora war verletzt, und sie war ein Kind. Es würden auch wieder andere Tage kommen.

Sie brachte das Mädchen auf dem gewohnten Weg über die Terrassen zu Alessandro, der sie in Empfang nahm.

»Meldet euch, wenn ihr etwas braucht«, sagte Giulia lediglich, denn auch Alessandro schien irgendwie kein Interesse daran zu haben, dass sie blieb. Er nickte nur zur Antwort. Irgendetwas stimmte hier ganz und gar nicht. Doch darum würde sie sich später kümmern, jetzt musste sie erst einmal telefonieren.

Zurück in ihrer eigenen Küche, nahm sie die Nummer, die Marco ihr diktiert hatte, zur Hand und strich einmal darüber. Mehrfach atmete sie tief durch, dann wählte sie. Angespannt lauschte sie den Freizeichen. Giulia nahm sich vor, gleich zu Anfang Loretta zu erwähnen, sollte tatsächlich diese Fabiola das Gespräch annehmen. Vielleicht half das, etwaiges Misstrauen über den Anruf einer Fremden abzuwehren.

Doch niemand meldete sich. Giulia legte auf, tippte die Nummer nochmals ein und wartete. Sie hatte es bereits wieder mehrfach klingeln lassen und war schon nahe daran, aufzulegen, als endlich, endlich jemand abnahm. »*Pronto?*«

Es war tatsächlich Fabiola gewesen, die den Anruf entgegengenommen hatte, und sie war hörbar verwundert über den Anruf einer Fremden, und dann auch noch mit deutschem Akzent. Giulia hatte sich vorgestellt und gesagt, dass sie in Marco Signorellos Namen anrufe. Es hatte etwas gedauert, bis Fabiola ihn als Carlottas Sohn eingeordnet hatte. Dann hatte sie noch hinzugefügt, dass sie eine Freundin Lorettas sei, und Grüße bestellt. Darüber hatte sich Fabiola gefreut. Das Gespräch war alles in allem dennoch nicht einfach gewesen, und Giulia war zum Ende nicht sicher, ob sie viel erreicht hatte. Sie hatte lediglich angerissen, dass Carlottas Tochter Hilfe brauchte und sie deshalb Kontakt aufnahmen. Mehr wollte sie gerne in einem persönlichen Gespräch berichten. Immerhin hatte Fabiola einer Einladung für den übernächsten Tag zugestimmt, war ansonsten höflich, aber eben doch reserviert geblieben. Was sollte man auch von einer Wildfremden halten, die mit Namen um sich warf und Wichtiges mit einem besprechen wollte, aber nicht am Telefon?

Giulia verspürte danach erst einmal das Bedürfnis, eine Runde spazieren zu gehen und ihre Gedanken zu ordnen. Nach einer Weile setzte sie sich auf eine Mauer inmitten der Oliventerrassen, holte das Handy hervor und rief Marco an. Er nahm das Gespräch schon beim ersten Klingeln an, als habe er auf ihren Anruf gewartet. Sie setzte ihn von ihren Fortschritten in Kenntnis.

»Sehr gut, ich danke dir!« sagte er, als sie geendet hatte. »Ich habe auch gute Neuigkeiten: Laura hat zugestimmt! Du kannst dir gar nicht vorstellen, wie erleichtert ich bin!«, rief er in den Hörer.

Giulia war begeistert und ebenfalls zutiefst erleichtert. Sie versprach, sich mit Neuigkeiten zu melden, und setzte sich wieder in Bewegung. Wie von selbst schlug sie den Weg in Richtung Olivenhof ein, und als sie wenig später auf dem Hof der Signorellos ankam, wehte ihr aus dem Küchenfenster ein verführerischer Duft entgegen. *Egal,* dachte Giulia, *wenn ich schon hier bin, kann ich auch reingehen.* Sie betrat kurzentschlossen das Haus und dann die Küche.

Alessandro blickte überrascht auf. »Hallo, Giulia!« Er verengte die Augen zu Schlitzen. »Du hast mit Fabiola gesprochen?«

Giulia war überrascht. »Woher ...?«

»Marco hat mich gerade angerufen«, antwortete Alessandro knapp und machte sich daran, das Nudelwasser abzuschütten. Einen kleinen Rest behielt er zurück und vermengte ihn mit der Sauce. Giulia ließ ihren Blick durch das Fenster nach draußen wandern, auf der Suche nach Aurora, bis sie die Stimme des Mädchens plötzlich im Haus vernahm. Sie telefonierte offenbar.

Plötzlich spürte sie, dass Alessandro sie beobachtete. Er hatte die Schüssel mit den Nudeln und der Sauce auf den bereits gedeckten Tisch gestellt, den Wasserkrug daneben.

»Du musst das nicht tun, Giulia. Ihr beide müsst das nicht tun«, begann er. »Ich werde mich nämlich um die Sache kümmern, Laura ist meine Tochter. Ich werde ihr helfen.«

Giulia war mit einem Mal hellwach. Wie wollte er ihr denn helfen? Eine Niere konnte er ihr nicht spenden, er war nicht kompatibel, das hatten sie schon im letzten Jahr herausgefunden. Hatte also seine Begegnung mit Paolo Messi damit zu tun? Sie wartete, doch er lächelte nur vielsagend und sagte nichts mehr weiter zu dem Thema.

»Willst du mitessen?«, fragte er stattdessen. »Ich denke, Aurora würde sich freuen. Sie hat seit heute Morgen mehrfach von dir gesprochen.«

»Wirklich?«

Alessandro zuckte die Achseln. »Na ja, warum sollte ich das sonst sagen? Bin ich jemand, der viele Worte macht?«

Sie schüttelte den Kopf. In diesem Moment waren Auroras Schritte zu hören, dann hüpfte sie auch schon durch die Tür, blieb aber abrupt stehen. »Giulia!«, rief sie.

Giulia war überrascht. In den letzten Tagen hatte Aurora fast nur gesprochen, um die Distanz zu ihr zu betonen.

»Ich wollte gerade gehen«, sagte sie deshalb.

Aurora blickte sie an. »Das musst du nicht.« Sie atmete tief durch, verschränkte die Hände ineinander und löste sie wieder. »Du kannst gerne bleiben.«

»Weißt du was, das würde ich wirklich sehr gerne.« Giulia freute sich sehr. War das ein Zeichen, dass Aurora sich aus ihrer Erstarrung lösen konnte?

Einen Augenblick später saßen sie alle gemeinsam am Tisch. »Das sieht wirklich köstlich aus«, sagte Giulia. »Vielen Dank für die Einladung.«

Am nächsten Morgen tauchte endlich Loretta wieder auf, und Giulia erzählte ihr sofort von Marcos Idee und von ihrem Anruf bei Fabiola.

Loretta war überrascht. »Du hast sie wirklich angerufen? Das ist ja lustig. Die Schwestern haben seit Ewigkeiten kein Wort mehr miteinander gesprochen. Wie war es? Wie klang sie? Hast du Grüße bestellt?«

»Habe ich. Ich glaube, das hat geholfen ... Na ja ... sie war freundlich. Und höflich. Und reserviert. Aber nachdem dein Name gefallen war, fiel es ihr ein bisschen leichter. Sie kommt übermorgen, dann sehen wir weiter.«

»Das ist gut.«

»Magst du mir ein bisschen über die Familie erzählen, Loretta?«

»Gerne, aber ich kenne die Familie eigentlich nicht wirklich gut. Wir waren nur mehr oder weniger alle gemeinsam auf der Schule, Carlotta, ihre drei Schwestern und ich.«

Loretta lehnte sich in ihrem Stuhl zurück und berichtete, was sie wusste: Die Schwestern wohnten eigentlich alle noch in der Gegend. Alessia, die Älteste, war alleinstehend und nach Monterosso gezogen, die Jüngste, Maddalena, wohnte mit ihrer Familie und drei Kindern in La Spezia, wo sie irgendwo bei der Verwaltung arbeitete. Fabiola war im Haus der Eltern in den Ausläufern von Levanto geblieben, das sie sich mittlerweile mit ihrer Tochter teilte. »Wie hieß die Tochter noch ...? Ich kann mich einfach nicht an ihren Namen erinnern, zu dumm!«, überlegte Loretta zunehmend ärgerlich. »Der Ärger in der Familie fing jedenfalls an, als Carlotta ihren Mann verlassen wollte. Ihre Eltern sind sehr traditionell und konnten damit gar nichts anfangen. Sie haben den Kontakt abgebrochen und erwartet, dass das alle anderen auch tun. Und wie das so ist, hat sich keiner dagegengestellt. Die Familie, weißt du ...« Sie warf Giulia einen entschuldigenden Blick zu. »Na ja, es ist nicht leicht, sich gegen die Familie zu stellen. Vor ein paar Jahren sind die beiden dann hochbetagt kurz nacheinander gestorben, aber da war wohl zu viel Zeit vergangen. Himmel, wie hieß Fabiolas Tochter nur?«

»Puh, das ist alles schon lange so«, überlegte Giulia. »Da kann ich ja froh sein, dass mir überhaupt zugehört wurde.«

»Das stimmt. Aber der Anruf kann auch für dich wirklich nicht leicht gewesen sein.« Loretta lächelte Giulia mitfühlend zu.

Das tat Giulia gut. »Nein«, sagte sie ehrlich. »Aber während meiner Arbeit als Anwältin musste ich auch das ein oder andere schwierige Telefonat führen«, hörte sie sich sagen. *Allerdings wolltest du da auch keinen der Angerufenen als Nächstes um eine Organspende bitten*, fügte eine Stimme in ihrem Kopf hinzu, *wobei ich das natürlich auch noch nicht getan habe.* Hatte sie Fabiola damit arglistig getäuscht? Hätte sie mit ihrem Anliegen schon am Telefon rausrücken müssen? Nein, beruhigte Giulia sich, all das waren sicherlich keine Themen, die man mit einer Fremden am Telefon besprechen sollte oder wollte. Und genau deshalb hatte sie Carlottas Schwester ja auch zu sich eingeladen, in die Jasminvilla.

Sie tranken zur Abwechslung noch einen Tee, bevor sie in den Jasmingarten gingen, wo sie Fulvio antrafen.

Sie arbeiteten eine Weile nebeneinander, ohne jedoch viel zu reden, dann beschloss Giulia, zu Alessandro zu gehen, um nach Aurora zu sehen. Die beiden waren dabei, Holzkisten mit Olivenölflaschen aus der Ernte vom letzten Jahr zu bestücken und sie für den Verkauf vorzubereiten, als Giulia eintraf. Marcos Vater bot ihr einen Kaffee an.

»Ein Glas Wasser wäre nett«, sagte Giulia. Sie gingen in die Küche und setzten sich an den Tisch, Aurora landete auf Alessandros Schoß. Giulia berichtete ein wenig von der Organisation der Ernte und dem, was sonst noch zu tun war in der Jasminvilla. Tief in ihrem Inneren war sie froh darum, denn verglichen mit allem anderen war das zumindest etwas, was einfach und klar umrissen war.

Alessandro erzählte, was sie seit Auroras Ankunft gemeinsam getan hatten und dass sie heute das Olivenöl zum Verkauf bringen würden.

Dann herrschte Stille. Giulia trank einen Schluck Wasser, und Aurora lehnte sich rücklings gegen Alessandro.

»Glaub nicht, dass ich untätig bin«, stieß der im nächsten Moment hervor. »Weder hier noch anderswo. Auch ich kümmere mich um eine Lösung, das habe ich dir ja schon gesagt.«

Giulia war vollkommen verblüfft und wusste nicht, was sie sagen sollte. Seit sie Paolo getroffen hatte, hatte sie das Gefühl, dass etwas im Busch war, aber sie wagte nicht, nachzufragen. Alessandro wirkte entschlossen, und wenn sie ihm das Gefühl gab, sich in seine Entscheidungen einzumischen, dann würde er vermutlich zumachen.

Und so bedachte sie ihn nur mit einem langen Blick. »Kommst du mir später im Jasmingarten helfen?«, wandte sie sich stattdessen an Aurora. Zu ihrer Freude nickte das Mädchen.

Aurora schien die körperliche Arbeit insoweit gutzutun, dass sie wieder etwas auftaute. Sie sprach viel mit Loretta und Fulvio, ging Fulvio sehr entschlossen zur Hand und lauschte seinen Ausführungen zu den Geheimnissen des Jasminanbaus und darüber, wie der Jasmin im Gepäck einer persischen Prinzessin nach Europa gelangt sei. Danach half sie Loretta mit den Hühnern, spielte zwischendurch aber auch immer wieder mit Autunno, der eine ganz besondere Beziehung zu ihr aufgebaut hatte, was Giulia sehr freute. Giulia selbst ging noch einmal langsam durch die Reihen der Jasminsträucher, hielt Ausschau nach Veränderungen, begutachtete die neuen Pflanzen und die, die man neu gepropft hatte.

Plötzlich klingelte ihr Handy. Die Nummer auf dem Display war ihr fremd. »*Pronto*«, meldete sie sich.

»*Buongiorno*. Anna hier, Anna Bellucci, Fabiolas Tochter.«

Fabiolas Name half Giulia aus der Verwirrung. Wenn Anna ihre Tochter war, dann war sie Lauras und Marcos Cousine. Giulias Herz schlug schneller.

»Giulia Zeidler«, sagte sie und hörte das Zittern in ihrer Stimme geradezu überdeutlich.

»Hallo, Giulia, meine *mamma* hat gesagt, dass ich Sie anrufen soll. Sie sind zwar für morgen verabredet, aber sie findet, ich kann solche Sachen besser als sie, und ich soll schon einmal anrufen. Es geht wohl um meine Cousine Laura.«

Giulia atmete tief durch. »Hallo, Anna.« Sie ließ sich auf eine Mauer sinken. War das der erste große Schritt?

Anna und sie sprachen fast eine Stunde miteinander. Anna hatte ihre Cousine bislang nicht kennengelernt, was sie zutiefst bedauerte. »Zwischen Carlotta und dem Rest der Familie ist der Kontakt damals vollkommen abgebrochen, als meine Tante ihren Mann verlassen hat und nach Genua gezogen ist«, erklärte Anna. »Mein Großvater konnte es nicht fassen, dass Carlotta die vor Gott geschlossene Verbindung einfach aufgekündigt hat, dass sie einfach gegangen ist, obwohl Alessandro sie doch immer gut behandelt hat.« Annas Tonfall verriet, dass sie diese Ansichten nicht teilte. »Er ist ein guter Mann, das hat *nonno* immer gesagt. Er hat nicht verstanden, wie das ist, mit einem Mann zu leben, der einen nicht liebt.« Anna hielt einen Moment inne. »Ich wäre auch gegangen an ihrer Stelle. Ich habe sie immer verstanden. Aber das hat nicht dazu geführt, dass wir Kontakt hatten. Ich bereue das zutiefst. Die Familie ist stark bei uns. Es ist nicht leicht, sich gegen sie zu stellen.«

Und damit sprach sie darüber, dass es an der Zeit war, dass die Familie endlich wieder zusammenwuchs. Giulia konnte Annas Bedürfnis vor dem Hintergrund ihrer eigenen Geschichte nur zu gut nachempfinden.

Auch über Franco und Aurora sprachen sie, und nicht zuletzt über Lauras Krankheit und ihren schlechten Zustand. Von ihrer Idee verriet Giulia jedoch zunächst nichts, und doch war sie dankbar, als Anna vorschlug, an Fabiolas Stelle zu kommen. »Ich könnte auch sofort losfahren. Wenn das in Ordnung ist?«

»Sehr gerne.«

»Kann ich meine Tochter Chiara mitbringen?«

»Natürlich, gerne«, sagte Giulia und beendete das Gespräch.

Giulia stand neben Fulvio und reparierte mit ihm zusammen die Lampe neben dem Hauseingang, als ein italienischer Kleinwagen durch das Tor rumpelte und schließlich anhielt. Dann tat sich einen Augenblick lang nichts, bevor zwei Türen schwungvoll aufgingen und eine Frau und ein junges Mädchen, etwa in Auroras Alter, ausstiegen: Das mussten Anna und Chiara Bellucci sein. Giulia war mit einem Mal aufgeregt. Sie ließ die Hände sinken, mit denen sie Fulvio gerade ein Werkzeug angereicht hatte, wischte sie sich an den Seiten ihrer Jeans ab und trat den beiden entgegen.

Anna Bellucci war etwa in ihrem Alter und praktisch, aber elegant gekleidet. Sie trug einen Kurzhaarschnitt, der in einem leicht rötlichen Braunton gefärbt war. Chiara neben ihr war blond und hatte einen sonnengeküssten Hautton.

Anna lächelte. »Sind Sie Giulia?«

»Ja. Und Sie Anna? Anna Bellucci?«

»Die bin ich. Und das ist Chiara, meine Tochter.«

Giulia spürte instinktiv, dass Aurora ganz nahe war, dass sie das alles hier beobachtete. »Herzlich willkommen«, sagte sie freundlich. »Lassen Sie uns auf die Terrasse gehen, da können wir alles Weitere besprechen.« Die Terrasse – irgendwie ging Giulia mit allen Gästen zuerst auf die Terrasse, wenn es das Wetter ermöglichte, was es meistens tat. Manchmal saßen sie auch in der Küche oder in Enzos Arbeitszimmer zusammen, wo die wuchtigen Ledermöbel immer noch an ihn erinnerten.

»Sehr gerne.«

Giulia blickte fragend zu Fulvio. »Kein Problem, komme alleine zurecht«, sagte der und grüßte dann: »Guten Tag, Signora Bellucci! Ich bin Signor Renzo, Lorettas Ehemann. Meine Frau ist mit Ihrer Mutter in die Schule gegangen.«

»Guten Tag, Signor Renzo. Ja, die Welt ist manchmal klein. Schön, Sie kennenzulernen«, sagte Anna freundlich.

Sie gingen durch die Villa nach draußen auf die Terrasse, wo Aurora auftauchte, mit Autunno im Arm, der sich das dieses Mal gefallen ließ.

»Ich bin Aurora.«

»Hallo, Aurora!«, sagte Anna.

»Willst du den Kater streicheln?«, wandte Aurora sich an Chiara. Die nickte und fragte dann ihre Mutter im Flüsterton, ob sie sich umschauen dürfe.

»Klar«, sagte Giulia lächelnd. Chiara zuckte zusammen, offenbar war sie davon ausgegangen, dass sie nicht gehört worden war.

Einen Moment später verschwanden die Mädchen zu Giulias Erleichterung gemeinsam im Garten, und Anna und Giulia konnten in Ruhe miteinander reden.

Auch Loretta begrüßte Anna. Sie stellte Kaffee, ein paar Knabbereien und Kekse bereit, dann zog sie sich diskret zurück.

Giulia erzählte Anna nun ausführlicher von Laura, von ihrer Krankheit, ihrem Zustand und nicht zuletzt von Marcos Plan, unter den Verwandten mütterlicherseits nach einem weiteren potentiellen Spender zu suchen. Auch die Dringlichkeit ihres Anliegens verheimlichte sie nicht. Anna hörte aufmerksam zu, stellte hin und wieder eine Frage oder ließ sich Einzelheiten genauer erklären. Sie konnte gut nachvollziehen, dass Giulia und die anderen Kontakt aufnahmen.

»Was könnte wichtiger sein, als jetzt endlich alle Auseinandersetzungen hinter uns zu lassen und neu zu beginnen?«, sagte sie. »Ich bin jedenfalls nicht böse, weil keiner der Signorellos über die letzten Jahre den Kontakt zu uns gesucht hat. Das hätten wir ja auch machen können. Wir alle hätten etwas tun müssen, aufeinander zugehen ... Ich werde mit den anderen reden, so schnell wie möglich.«

Als sie dann auch noch berichtete, dass ihre Tante Maddalena in einem Krankenhaus arbeitete und damit nötige Tests vielleicht schneller in die Wege leiten konnte, konnte Giulia ihr Glück nicht fassen.

»In einem Krankenhaus? Ich dachte, sie arbeitet in der Verwaltung?«

»In der Krankenhausverwaltung.«

Sie blickten sich an und mussten beide lachen. Anna versprach, sich sofort mit Maddalena in Verbindung zu setzen. »Und natürlich werde ich mich auch testen lassen.«

»Aber wir wollten keinen Druck ...«

»Natürlich nicht, aber das ist doch wohl selbstverständlich.«

»Danke.«

Dann redeten sie noch ein bisschen über Aurora und Chiara, und schließlich umriss Giulia sogar in groben Zügen, wie es sie selbst in die Gegend verschlagen hatte, berichtete von ihrer Mutter und der Erbschaft. Anna hörte gespannt zu. Sie hatten bereits eine gute Stunde zusammengesessen, als Giulia auf das Geräusch eines Motorrads aufmerksam wurde, das sich der Villa näherte. Erstaunt stand sie auf. Das Motorengeräusch verstummte, und während Giulia noch überlegte, wer da gekommen sein könnte, näherte sich durch den Garten auch schon eine schwarzgekleidete Gestalt. *Ein Mann.* Giulia trat an den Rand der Terrasse. Wer war das, und warum hatte er einfach so ihren Garten betreten? Der Fremde erreichte die Terrasse und sprang leichtfüßig die Stufen hinauf.

»*Ciao*«, sagte er. Das Erste, was Giulia auffiel, war, dass er aussah, als passe er nicht hierher. Sein Haar war stilvoll unfrisiert, und Giulia hatte den Verdacht, dass man lange brauchte, um es so aussehen zu lassen. Zu dunkelblauen Jeans und Doc Martens trug er eine Lederjacke. Er war dünn, so dünn, dass man meinte, ihn beschützen zu müssen, aber da war auch etwas Sehniges, Zähes an ihm, das Durchsetzungsfähigkeit signalisierte. Eine Sonnenbrille bedeckte einen Teil seines durchaus hübschen Gesichts. Plötzlich kam Giulia ein Gedanke: Das konnte nur Franco sein, Auroras Vater, der Mensch, den Marco möglicherweise noch mehr verabscheute als Paolo. Sie wollte etwas sagen, doch er kam ihr zuvor.

»Giulia? Du bist Giulia, oder?«

Sie nickte. »Franco?«

»Ja. Laura hat mir von dir erzählt.«

Giulia war sofort auf der Hut. Sie konnte nur hoffen, dass das schon eine Weile her war – oder hatten Laura und Franco in letzter Zeit Kontakt gehabt? Wenn, dann wollte sie sich gar nicht vorstellen, was geschah, wenn Marco davon erfuhr.

Franco grinste. »Ich wollte dich und das alles hier unbedingt einmal kennenlernen, seit ich gehört habe, dass Marco es mal wieder mit einer Frau versucht. Er war ja jahrelang solo, der Arme.« Francos Lächeln erreichte seine Augen nicht.

Giulia war zutiefst irritiert. Marco hatte recht gehabt: Irgendwann würde Franco auftauchen. Jetzt war es so weit, und auch sie konnte ihn schon nach den ersten Worten nicht leiden. Warum duzte dieser Mensch sie einfach?

»Alessandro hat mir gesagt, wo ich euch finde«, fuhr er fort. »Denn eigentlich bin ich gekommen, um meine Tochter zu sehen. Wo ist sie denn?« Er schaute sich um.

Giulia versuchte, sich zu sammeln. Ein Seitenblick auf

Anna zeigte, dass die das Geschehen aufmerksam verfolgte. Giulia traf eine Entscheidung: »Anna, darf ich vorstellen ... Das ist Lauras ...« Was sollte sie sagen? Partner?

»Mann«, vervollständigte Franco, »und der Vater ihrer Tochter. Nett, dich kennenzulernen, Anna.«

»Das ist Anna Bellucci, Lauras Cousine«, fuhr Giulia fort und überlegte zugleich, ob ihn das etwas anging. »Warum haben Sie nicht geklingelt?«

»Sie?« Franco schaute sie abschätzig an. »Ach, komm, Giulia, sind wir nicht alle eine Familie? Du bist mit Lauras Bruder zusammen, ich mit seiner Schwester. So ist es doch, oder? Näher werden wir uns ja kaum kommen, oder?« Er grinste.

Giulia straffte die Schultern und hoffte beinahe im gleichen Moment, dass Franco das nicht mitbekam. Tatsächlich streifte sein Blick gerade noch einmal flüchtig Anna, dann wurde seine Aufmerksamkeit von den Rufen der Kinder im Garten abgelenkt: Offenbar versuchten Aurora und Chiara, Autunno zu locken, aber es war nicht auszumachen, wo genau sie sich befanden.

Franco schenkte Giulia ein Lächeln, das er offenbar für einnehmend hielt. »Außerdem hat mir ein Vögelchen gezwitschert, dass der Olivenhof der Signorellos verkauft werden soll, und da dachte ich einfach – jetzt, wo wir wie gesagt eine Familie sind –, schau mal vorbei und guck, was für dich drin ist.«

Giulia bemühte sich, die Kontrolle über ihre Gesichtszüge zu behalten. Was redete er denn da? Sie musterte ihn von oben bis unten, so wie es eigentlich gar nicht ihre Art war, aber dieser Typ regte sie auf, und alles, was sie bisher über ihn gehört hatte, machte die Sache auch nicht besser. In jedem Fall würde sie ihn nicht duzen. »Wirklich? Woher haben Sie das?«

Franco runzelte die Stirn. »Ja, wirklich, woher habe ich das? Ach, das tut nichts zur Sache. Ich habe meine Quellen. Ich habe meine Freunde.« Wieder lächelte er. »Hat Marco dir erzählt, dass ich früher manchmal hier ausgeholfen habe?«

Giulia zuckte die Achseln, was Franco verärgerte: »Nicht? War ja klar ... Ich war ihm nie willkommen, aber ich gehöre eben dazu. Mich wird er nicht los.«

Giulia bedachte ihn mit einem langen Blick, dann sagte sie so ruhig wie möglich: »Gut, dann wissen wir Bescheid, und ich möchte Sie jetzt doch bitten, mein Grundstück zu verlassen. Ich bin gerade in einer wichtigen Besprechung.«

Franco war sichtlich irritiert. Er zögerte, als wolle er widersprechen, sagte aber nichts. »Dann auf Wiedersehen. Schön, dich kennengelernt zu haben«, stieß er endlich hervor und machte sich auf den Rückweg. Von seinem Wunsch, Aurora zu treffen, sprach er nicht mehr.

»Auf Wiedersehen«, riefen Giulia und Anna ihm hinterher.

Franco hatte die Hausecke fast erreicht, als er sich noch einmal umdrehte. »Man sieht sich immer zweimal«, sagte er und verschwand.

Giulias Magen zog sich zusammen. Sie atmete tief durch und blickte zu Anna, unsicher, ob es gut war, dass Lauras ihr noch so unbekannte Cousine Zeugin dieser Begegnung geworden war.

»Es tut mir leid, dass du das mit ansehen musstest«, sagte sie ehrlich.

Anna schüttelte den Kopf. »Das muss dir doch nicht leidtun. Das ist ja ein furchtbarer Kerl«, sagte sie. Giulia war erleichtert, dass sie ihre Meinung offensichtlich teilte. Und jetzt war sie doch froh darum, dass Anna da war.

»Er ist nun mal der Expartner deiner Cousine, auch wenn er sich als ihr Mann bezeichnet, und Vater ihres Kindes. Ich fürchte, er *ist* Teil unseres Lebens.«

In diesem Moment kamen die Mädchen herbei und stibitzten ein paar Knabbereien. Giulia war froh, dass Aurora nichts von der Anwesenheit ihres Vaters mitbekommen und dieser wiederum nicht realisiert hatte, wie nah er seiner Tochter war – oder es hatte ihn einfach nicht interessiert. Hätte er sich denn sonst so einfach vertreiben lassen?

Nach der Unterbrechung durch Franco überlegten Anna und Giulia, was jetzt genau in Bezug auf Laura zu tun war. Anna würde noch heute ihre Verwandtschaft informieren und um deren Unterstützung bitten. Und sie würde gleich mit ihrer Tante Maddalena sprechen und in Erfahrung bringen, wie sie so rasch wie möglich alle nötigen Tests veranlassen konnten. Sie hofften beide, dass viele bereit waren, zu helfen, und dass sich dadurch baldmöglichst eine Lösung auftat.

Es war später Nachmittag, als sie sich voneinander verabschiedeten. Die Mädchen maulten, weil sie gerne noch weitergespielt hätten, und überlegten, wann sie sich wiedersehen konnten. Giulia freute sich darüber. Es war schön, Aurora wieder lachen zu sehen.

Anschließend zog Giulia sich in die Küche zurück, um zu kochen. Diese Tätigkeit entspannte sie immer, und heute brauchte sie das mehr als je zuvor. Loretta, die gerade die Arbeitsplatten abgewischt hatte, warf ihr nur einen kurzen Blick zu und verschwand dann. Offenbar verstand sie, dass Giulia allein sein wollte, und Giulia war ihr dankbar, dass sie keine Fragen stellte.

Ihre Gedanken wanderten zu Franco zurück. Sie hatte zugegebenermaßen manchmal an Marcos Worten gezweifelt, aber jetzt konnte sie seine heftige Ablehnung schon nach der ersten Begegnung uneingeschränkt nachvollziehen. Was bildete der Kerl sich ein? Tauchte hier einfach auf und sprach von der Familie, die zusammenhalten musste – wofür er selbst noch nie etwas getan hatte.

Mit schnellen, wütenden Bewegungen hackte Giulia Zwiebeln und Knoblauch klein. Sie bezweifelte sehr, dass Franco rechtlich Ansprüche erheben konnte – zumal Laura und er ja nicht verheiratet waren –, aber er war der Typ, der Ärger machte. Daran hatte sie keinen Zweifel.

Und es ärgerte sie, dass sie immer noch über Franco nachdachte, wo doch der Tag durch die Begegnung mit Anna eigentlich sehr positiv verlaufen war.

Als das Essen fertig war, rief sie Loretta, Fulvio und Aurora herein, die noch geholfen hatte, die Hühner in den Stall zu bringen. Es tat gut, gemeinsam zu essen, und Giulia entspannte sich ein wenig. Sie freute sich darauf, Marco anzurufen und ihm die guten Nachrichten zu überbringen. Andererseits hatte sie ja auch schlechte Nachrichten im Gepäck, nun noch um Francos Auftauchen erweitert – was sollte sie damit tun? Eigentlich musste sie es Marco sagen. Sie beschloss, zu warten, bis sie Ruhe hatte, und so wählte sie seine Nummer erst, als Fulvio und Loretta sich verabschiedet hatten, die versprachen, Aurora auf dem Heimweg bei Alessandro abzusetzen.

Giulias Herz klopfte immer wilder, je länger sie den Freizeichen lauschte. Endlich meldete er sich: »*Pronto!*«

»Marco? Ich bin's, Giulia.«

»Giulia! Ich freue mich so, deine Stimme zu hören. Ehrlich gesagt kann ich mir, glaube ich, gerade nichts Schöneres vorstellen! Es ist einsam hier ohne dich. Ich vermisse dich so sehr!«

Seine Stimme klang warm, und das schien plötzlich alles noch komplizierter zu machen. »Ich vermisse dich auch«, brachte sie heraus. Klang ihre Stimme seltsam? Auch er schien das gehört zu haben.

»Stimmt etwas nicht?«

Gute Frage. Stimmte wirklich etwas nicht? Oder reimte sie sich das alles nur zusammen? Sie beschloss, mit der einfachsten Nachricht zu beginnen, mit der, wegen der sie eigentlich angerufen hatte. »Ich habe nach dem Telefonat mit Fabiola und auch mit ihrer Tochter Anna gesprochen, deiner Cousine. Sie war heute sogar hier, zusammen mit ihrer Tochter Chiara. Aurora hat sich schon mit deiner Nichte angefreundet.«

»Das freut mich. Und?« Er war so ungeduldig.

»Anna will helfen, und sie wird mit dem Rest der Familie reden. Ich glaube, sie kann sehr überzeugend sein«, sagte Giulia, und eine Welle der Erleichterung durchströmte sie, während ihre eigenen Worte in ihr nachklangen.

Marco schwieg einige Sekunden lang, aber sie hörte, wie er tief durchatmete. »Ich bin erleichtert«, sagte er leise.

»Ich auch.«

Am liebsten hätte sie ihn jetzt umarmt, ihn an sich gezogen, seine Wärme gespürt und ihm ihre Wärme gegeben. Sie hörte ihn schlucken.

Sie räusperte sich, schwieg dann aber.

»Wolltest du mir noch etwas sagen?«, fragte er. »Ich habe irgendwie den Eindruck, dass da noch etwas ist.«

Giulia entschied sich für die Wahrheit. »Franco war hier«, sagte sie mit fester Stimme.

Marco stieß ein Schnauben aus. »Dieser Bastard«, rief er wütend. »Weißt du was, ich komme sofort, gleich morgen. Was will der verdammte Kerl? Weißt du das?«

»Du musst nicht ...«

»Doch, ich muss. Wenn er in der Nähe ist, muss ich kommen. Das verheißt nichts Gutes.«

Ich kriege das auch selbst hin, dachte Giulia, aber seine Stimme duldete keinen Widerspruch. Er war so wütend, dass sie beschloss, nichts von Francos Bemerkung zum Verkauf der Plantage zu sagen und auch Paolo und Michelle nicht zu erwähnen. Sie hatte durchaus kein gutes Gefühl dabei, aber letztendlich waren doch alles nur Vermutungen und ein Gerücht.

»O.k. Wie geht es Laura?«, fragte sie also.

»Unverändert. Aber ich glaube, sie freundet sich allmählich mit ihrer Entscheidung an.«

»Das ist gut. Sie ist sehr tapfer.«

»Das ist sie.« Seine Stimme war jetzt sanfter, wie so oft, wenn er von seiner Schwester sprach.

»Aurora entspannt sich auch, denke ich.«

»Ich bin dir sehr dankbar, dass du für meine Nichte da bist«, sagte er liebevoll. »Du bist das Beste, was mir passieren konnte. Das weißt du doch, ja?«

»Ja, das weiß ich.« Giulia war zutiefst gerührt, aber zugleich wuchs die Anspannung in ihr ins Unermessliche, und sie hatte das Gefühl, gleich in Tränen auszubrechen. »Wir sehen uns dann morgen«, brachte sie hervor.

»Bis morgen, Giulia.«

»Schlaf gut.«

ZEHNTES KAPITEL

Marco traf früh am nächsten Vormittag ein. Sie umarmten sich lange, was Giulia zutiefst genoss, auch wenn sie spürte, wie angespannt er war. Die vergangenen Tage waren nicht leicht gewesen, weder für sie noch für ihn.

Er schlug sofort vor, zu seinem Vater zu fahren, der um diese Zeit wahrscheinlich gerade von der Inspektion der Olivenbaumterrassen zurückkam. Marco war überzeugt, dass es nichts Gutes verhieß, dass Franco in der Gegend war und sich bei Alessandro nach Aurora erkundigt hatte. »Und wer weiß, worüber sie sonst noch gesprochen haben«, sagte er grimmig. Aber natürlich wollte er selbst auch Aurora sehen.

Das Mädchen entdeckte sie als Erstes und flog ihnen, noch im Schlafanzug, aber mit Gummistiefeln an den Füßen, entgegen. Alessandro blieb abwartend stehen, während Marco seine Nichte in den Arm nahm und einmal um sich herumwirbelte. »Aurora, wie schön, dich zu sehen!« Marco stellte sie auf dem Boden ab und wandte sich an seinen Vater.

Von einem Moment auf den anderen änderte sich die Stimmung, denn was Marco als Nächstes sagte, ließ auch Giulia zusammenzucken: »Stimmt es, dass Paolo hier war?«, fragte er. Woher wusste er das? Marco hatte seit seiner Ankunft keinen Ton darüber gesagt, dass er Bescheid wusste. Wusste er denn auch, dass sie es wusste?

Alessandro runzelte die Stirn. »Und wenn?«, blaffte er zurück. »Woher weißt du das, und was geht's dich überhaupt an?«

Marco musterte seinen Vater schweigend. »Vielleicht habe ich auf dem Weg hierher einen Bekannten getroffen«, sagte er dann, »und der hatte es auch noch von Franco selbst, der weiß nämlich schon, dass der Makler bei uns war ...«

Aurora trat von Marco weg und stellte sich dicht zu Giulia, die sofort einen Arm um sie legte. In diesem Moment schaute Marco sie an, sein Blick wanderte wieder zu seinem Vater, dann zurück zu ihr, und dann huschte ein wissender Ausdruck über sein Gesicht. »O.k., o.k. ... Wann wolltet ihr mir all das sagen?«

»Ich wollte«, brachte Giulia heraus, während Aurora sich eng an sie schmiegte, »ich ...«, doch Marco wandte sich schon wieder seinem Vater zu. »Also: Was wollte Paolo hier?«, verlangte Marco zu wissen.

»Geht dich nichts an.«

»Vielleicht doch. Mein Kumpel sagt, laut Franco willst du verkaufen? Das würde zumindest erklären, warum Paolo hier war. Warum sollte er sonst herkommen ...? Wir kennen ihn ja alle, nicht wahr?«

Alessandro verschränkte die Arme vor der Brust und schüttelte den Kopf. »Franco ist ein Schwätzer, das war er schon immer.«

»Aber dass du verkaufen willst, das leugnest du nicht?«

Alessandro schaute seinen Sohn an, sagte aber nichts.

»Ich fasse es nicht«, stieß der hervor. »Darüber reden wir noch, *papà*. Im Moment ist allerdings Lauras Wohl wichtiger, und deshalb ...«

»Mir ist Lauras Wohl auch wichtig!«, unterbrach ihn Alessandro ungehalten. »Wichtiger als euch allen! Und ja, ich verkaufe, genau deshalb, die Sache ist entschieden! *Basta!*«

Giulia war fassungslos, auch wenn sie eine solche Nachricht doch vermutet hatte. Die Entschiedenheit, mit der Alessandro agierte, beunruhigte sie zutiefst.

»Laura würde niemals wollen, dass du unseren Hof verkaufst«, ging Marco seinen Vater scharf an. Die Stimmung war plötzlich so geladen, dass Giulia den Blick abwandte, um sich zumindest ein bisschen Erleichterung zu verschaffen – und da sah sie es, im Schatten neben Alessandros altem Traktor: das Motorrad. Sie zuckte zusammen, Marco folgte ihrem Blick …

»Wo ist er?«, rief er im nächsten Moment aufgebracht und ballte die Fäuste.

»Hier«, ertönte mit einem Mal Francos Stimme. »Himmel, lange hätte ich es ohnehin nicht mehr ausgehalten. Was für ein Theater!« Er trat aus dem Haus, und die Stimmung war sofort am Gefrierpunkt.

»Was willst du hier?«, ging Marco ihn ohne Umschweife an. »Du hast hier nichts verloren!«

»Meine Güte, ich gehöre zur Familie, und ich bin einfach gerne auf dem Laufenden.«

Marco sah so aus, als wolle er sich auf Franco stürzen. »Niemals. Du wirst niemals Teil der Familie sein«, stieß er gepresst hervor.

»Das hast du nicht zu entscheiden.«

»Er hat mir ein Geschenk mitgebracht, Onkel Marco«, meldete sich zum ersten Mal wieder Aurora zu Wort.

Marco schenkte seiner Nichte keinen Blick. »Er wird es wieder einpacken und damit verschwinden.«

»Aber, Onkel Marco«, Aurora war hörbar irritiert. »Es ist ein Kleid! *Papà* hat mir ein wunderschönes Kleid geschenkt.«

Marco starrte seine Nichte an. »Wir brauchen es nicht. Du wirst es also zurückgeben.«

»Nein, das werde ich nicht. Und du bestimmst das auch gar nicht. Das ist mein Kleid«, platzte Aurora heraus, während im nächsten Augenblick eine tiefe Röte über ihr Gesicht zog. Sie war einen Schritt vorgetreten und verschränkte die Arme vor der Brust.

»Aurora, ich …«, versuchte Marco sich an einer Erklärung.

»Nein, nein, nein.« Aurora stampfte mit dem Fuß auf, drehte sich um und stürmte durch das Tor davon. Giulia überlegte, ihr nachzulaufen, entschied sich aber dagegen. Plötzlich spürte sie, wie Franco sie musterte. »Haben die beiden dir eigentlich schon alles von den Plänen erzählt, lieber Schwager?«

»Ich weiß Bescheid.«

»Das ist schön.« Franco grinste. »In Levanto pfeifen es die Spatzen ja ohnehin schon von den Dächern.« Er ließ Marco nicht aus den Augen. »Es kann dir nicht gefallen, dass deine Familie jetzt doch Geschäfte mit Messi macht. Und das Projekt soll auch schon weit gediehen sein.«

»Ich mache keine Geschäfte mit Messi«, sagte Marco vehement, dann wandte er sich an seinen Vater. »Und wir reden noch.«

Alessandro wirkte gequält. Ihm war deutlich anzusehen, dass ihm dieses Gespräch nicht behagte. »Ich muss dir keine Rechenschaft ablegen, Sohn, und es geht dich durchaus nichts an, was ich mit dem Land mache.«

»Genau«, mischte sich Franco mit einem nunmehr höhnischen Grinsen ein, das Giulia Schauer über den Rücken jagte,

»dein Vater ist erwachsen. All das geht dich nichts an, Marco. Irgendwann musst du das lernen.«

Der Blick, mit dem Marco ihn maß, war voller Gift. Er hatte die Arme halb erhoben und die Hände wieder zu Fäusten geballt. »Verschwinde!«

»Ich gehöre zur Fami...«

»Du gehörst hier nirgendwo dazu. Du bist ein elender Parasit. Das warst du schon immer. Verschwinde!« Marco trat einen Schritt vor.

Franco wich zurück. »Das wird dir noch leidtun«, brachte er hervor.

»Willst du mir etwa drohen?« Marco schaute ihn verächtlich an. »Ich habe keine Angst vor dir.«

»Ich sag es ja nur, das wird dir noch leidtun!«

Damit wandte Franco sich ab und ging mit raschen Schritten zu seinem Motorrad, schwang sich in den Sattel und ließ den Motor aufheulen.

»Puh«, stieß Giulia hervor, als er vom Hof fuhr und das Motorengeräusch zunehmend verschwand. »Ich befürchte, das könnte Folgen haben.«

»Blödsinn!« Marco hielt inne, verbesserte sich aber, als er ihren Gesichtsausdruck sah. »Keine Sorge. Franco ist ein Feigling. Das war und ist sein hervorstechendster Charakterzug.«

Giulia nickte langsam, doch die Szene hatte sie unruhig gestimmt und ein schlechtes Gefühl in ihr geweckt. Sie hoffte sehr, dass Marco sich nicht irrte.

»Ich werde verkaufen, Marco«, durchbrach Alessandro ihre Gedanken, »und dagegen wirst du nicht das Geringste tun können. Der Vorvertrag ist im Übrigen geschlossen. Die erste Rate wird bald ausgezahlt. Ich werde meiner Tochter helfen, so wie ich das schon lange hätte tun sollen. Ich werde ihr die bestmögliche Behandlung zukommen lassen, so wie es meine Aufgabe als Vater ist.«

Giulia starrte ihn an. Sie war fassungslos, und offenbar ging es Marco genauso. Ein Schwarm Vögel stob über dem Dach des Hauses auf und ließ sie alle zusammenzucken.

Marco trat einen Schritt auf seinen Vater zu. »Das kannst du nicht machen!« Er klang verzweifelt. »Du musst nicht verkaufen, *papà*. Wir sind doch dabei, eine Lösung zu finden ...«, sagte er fast flehentlich. »Ich spreche doch mit *mammas* Verwandten. Wir werden einen Spender finden. Wo sollen wir denn hin, wenn ...« Marco brach ab.

»Ich werde eine Wohnung mieten. Ich habe mir das alles überlegt. Eure Mutter hat auch eine Wohnung gemietet und lebt doch seit Jahren recht gut damit. Und du, Marco ...« Alessandro blickte zu Giulia. »In der Villa ist Platz genug für euch beide. Wir brauchen den Hof nicht, aber das Geld, und ich werde auch nicht jünger. Ich möchte einmal in meinem Leben noch etwas Gutes tun.«

»Aber wir ...«, setzte Marco an.

In diesem Moment klingelte Giulias Handy. Es dauerte eine Weile, bis sie es hervorgeholt hatte. »*Pronto!*«

»Himmel, Giulia, ich war nahe daran, aufzulegen.«

»Anna!« Giulia freute sich, ihre Stimme zu hören.

Am anderen Ende ertönte ein Lachen. »Ja, ich bin's, Anna. Ich hab gute Neuigkeiten, und ich dachte, ich sag sie dir direkt. Hast du gerade Zeit?«

Giulia blickte von Marco zu Alessandro, dann wandte sie sich ab und entfernte sich ein paar Schritte. »Ja, natürlich.«

»Prima, dann hör gut zu.«

»Und das stimmt? Es stimmt wirklich?« Marcos Stimme klang rau. Auch Alessandro war aufgewühlt, seine Hände zitterten. Giulia holte noch einmal tief Luft. Sie selbst war durch die gute Nachricht ebenfalls immer noch überwältigt.

»Ja, es stimmt. Es stimmt wirklich. Anna hat nach ihrer Rückkehr gestern direkt herumtelefoniert – und schon drei Verwandte deiner Mutter ausgemacht, deren Blutgruppe kompatibel ist. Jetzt folgen zeitnah weitere Tests, deine Tante Maddalena hat das bereits in die Wege geleitet. Anna selbst hat noch gestern Abend über Maddalena eine Blutprobe entnehmen lassen, allerdings ist jetzt erst einmal Wochenende und ...«

»Verstehe, verstehe ... Maddalena ist die, die im Krankenhaus arbeitet?«

»Ja, es ist jetzt zumindest nicht mehr ganz unwahrscheinlich, dass wir einen Spender finden, der kompatibel zu Laura ist, noch dazu zeitnah. Dann muss derjenige natürlich noch die Entscheidung treffen, tatsächlich zu spenden, aber Anna wäre schon einmal bereit, und etwas sagt mir ...«

»Das klingt unglaublich«, stieß Marco atemlos hervor. Alessandro räusperte sich, brachte aber keinen Ton über die Lippen. Für einen Moment standen sie nur da, versunken in Freude und Hoffnung. Giulia lauschte auf die Geräusche ihrer Umgebung: ein Motor in weiter Entfernung, eine Pumpe, ein Hahn, das Alarmgezwitscher von Vögeln.

»Ich bin so froh, dass Laura ihre Entscheidung getroffen hat«, sagte Marco plötzlich. »Dann kann es ja vielleicht wirklich ganz schnell gehen. Ich ...«

Giulia streckte die Hand nach ihm aus, und Marco ergriff sie. Und dann, von einem Moment auf den anderen, lagen sie sich in den Armen.

»Und Anna kommt gleich her, sagst du?«, meldete sich Alessandro zu Wort.

Giulia löste sich von Marco. »Ja. Sie will ihren Cousin kennenlernen. Sagte sie zumindest.«

Marco nickte. »Ich möchte sie auch gerne kennenlernen. Das muss eine unglaubliche Frau sein, wenn sie bereit ist, so etwas für eine eigentlich Wildfremde zu tun ...« Er sah nachdenklich in die Ferne.

Giulia folgte seinem Blick. »Ja, das ist sie. Lernt euch kennen, sprich mit ihr, und dann solltet ihr schnellstmöglich zu Laura fahren, damit auch die beiden sich kennenlernen. Spätestens dann wird Laura nicht mehr mit ihrer Entscheidung hadern, selbst wenn Anna nicht kompatibel ist. Irgendetwas sagt mir, dass Anna sehr überzeugend sein kann.«

Marco nickte und zog Giulia nochmals an sich.

»Ich stelle mir übrigens auch schon vor, dass ich meine Tante Fabiola anrufe und wie wir uns alle nach und nach kennenlernen ...«

»Ja, auch das ist eine gute Idee. Aber triff jetzt erst einmal Anna. Nimm einen Schritt nach dem anderen.« Giulia fühlte mit jedem Wort mehr Zuversicht in sich.

»Klar.« Marco nickte.

Giulia bemerkte erfreut, dass er in Gedanken sanft über seinen Verlobungsring strich. Sie nahm seine Hand und drückte sie, während sie beide schweigend in die Richtung schauten, in die Aurora verschwunden war.

»Ich suche nach ihr«, sagte Giulia, die Marcos Gedanken erriet.

»Nein«, Marco schüttelte den Kopf, »das ist meine Sache. Ich habe es verbockt.« Er wandte sich an seinen Vater. »Außerdem würde ich nachher mit dir gerne einmal über den Verkauf reden, aber dafür brauche ich einen Moment, bevor ich etwas Dummes sage.«

Alessandro öffnete den Mund, erwiderte zu Giulias Erleichterung aber nichts. Vorerst war genug gestritten worden. Es war besser, die Dinge sacken zu lassen, jeder für sich.

»Beeil dich. Anna wird gleich hier sein«, sagte sie.

Marco nickte. »Chiara kommt auch mit, oder? Vielleicht habe ich damit bei Aurora einen Trumpf in der Hand.«

»Gut möglich.«

Und so war es. Marco entschuldigte sich bei Aurora, und die nahm die Entschuldigung an. Sie hakte Chiara sofort unter, und sie liefen zusammen in Richtung der Terrassen davon. Giulia hörte Aurora noch sagen, dass sie Chiara jetzt alles zeigen würde, den Hof ihres Großvaters, die Hühner, die sich manchmal unter den Olivenbäumen verirrten, den alten Traktor, und später könnten sie dann drüben bei der Villa Autunno suchen, der sich vermutlich irgendwo in der Nähe herumtrieb. Als sie sich wieder zu den anderen wandte, hatten Marco und Anna sich bereits begrüßt. Mit einer Handbewegung bat er sie nach drinnen. Alessandro stellte etwas zu trinken hin. Schnell gingen alle zum Du über. Anna berichtete noch einmal, dass, nachdem sich ihre Blutgruppe schon als kompatibel erwiesen hatte, über Maddalena bereits weitere Testungen hinsichtlich ihrer Gewebemerkmale liefen. »Maddalena hängt sich richtig rein. Spätestens morgen wissen wir mehr, obwohl Wochenende ist. Aber insgesamt habe ich schon jetzt ein gutes Gefühl. Ich würde Laura wirklich gerne eine Niere spenden, wenn ich kompatibel bin.«

Giulia war zutiefst bewegt.

Marcos Stimme klang rau, als er sprach. »Das ist großartig! Und du hast dir das wirklich gut überlegt?«

»Natürlich! Ich habe seit gestern viel darüber gelesen, auch über die Gefahren und möglichen Folgen. Ich werde zur Sicherheit nochmal mit einem Spezialisten darüber reden, aber ich bin fest entschlossen. Jetzt müssen wir nur noch hoffen, dass es auch klappt.« Anna lächelte. Für einen Moment schwiegen alle.

»Ich weiß nicht, wie ich dir danken kann«, sagte Marco schließlich.

Anna schüttelte den Kopf. »Noch ist ja nichts sicher. Aber es ist gut so, und es ist wunderbar, dass wir uns wiedergefunden haben.«

»Du hast recht«, Marcos Stimme klang jetzt fest, »wir waren viel zu lange getrennt, das hätten wir einfach nicht zulassen sollen.«

Abends aßen Giulia und Marco zusammen in der Jasminvilla, wobei es eher schweigsam zuging. Aurora hatte lieber bei ihrem Großvater bleiben wollen. Über den Verkauf hatten Marco und Alessandro nach Annas Besuch nicht mehr gesprochen, der Tag war ohnehin emotional gewesen. Und sollte Anna tatsächlich als Spenderin infrage kommen, mussten die Karten sowieso neu gemischt werden, dann bestand auch für Alessandro keine Notwendigkeit mehr, den Hof zu verkaufen. Zumindest hoffte Giulia das.

Während des Essens hing jeder seinen Gedanken nach. Marco lobte Giulias Fischsuppe, sprach ansonsten aber nicht viel, zumeist war von ihm nur Geschirrklappern zu hören.

Giulia hätte gerne ein paar Dinge geklärt, spürte aber, dass dies nicht der richtige Moment war. Nach dem Essen schlug sie deshalb vor, einen kleinen Spaziergang zu machen, in der Hoffnung, doch noch einmal die eine oder andere Sache ansprechen zu können, die trotz der Erleichterung rund um Annas Besuch gefühlt wie eine Wolke zwischen ihnen hing. Er würde am Montag früh zurückfahren, bis dahin wollte sie die Zeit unbeschwert mit ihm genießen. Und das konnte sie nur, wenn diese Dinge geklärt waren.

»Du weißt, dass ich immer gern mit dir spazieren gehe. Aber bist du mir böse, wenn ich hierbleibe?«, fragte er. »Ich muss noch etwas erledigen.«

»Klar, kein Problem«, hörte Giulia sich sagen, obwohl das nicht der Wahrheit entsprach. Aber sie wäre sich kindisch vorgekommen, wenn sie auf seiner Begleitung beharrt hätte. Natürlich hatte er noch viel zu erledigen, natürlich gab es Dinge, die Vorrang hatten, aber war Zweisamkeit mit ihr nicht auch wichtig? Zumal er doch offenbar spürte, dass etwas nicht stimmte?

Als hätte er ihre Stimmung bemerkt, zog er sie im nächsten Moment in die Arme und küsste sie zärtlich. Giulias Herz klopfte schneller, als sie den Kuss erwiderte. Oh ja, sie vermisste das! Seit Marcos Verlobungsantrag schienen ihr endlose Wochen ohne Zweisamkeit vergangen zu sein, auch wenn es sich lediglich um ein paar Tage handelte, die allerdings äußerst ereignisreich gewesen waren. Selbst während der Erntephase in Sommer und Herbst, wo ihre Beziehung noch neu gewesen und Lauras Operation gerade erst erfolgt war, hatten sie mehr Zeit füreinander gehabt. Giulia vermisste diese Zweisamkeit. Sie sehnte sich nach dem Tag, an dem es wieder anders sein würde.

Er löste sich bald von ihr. Es überraschte sie nicht, und eigentlich sollte sie sich darüber keine Gedanken machen, aber sie tat es.

»Bis später!«

»Bis später«, entgegnete Giulia. Sie küssten sich noch einmal, verschränkten ihre Finger ineinander. Dann verschwand Marco nach oben, Giulia wischte noch einmal gedankenverloren mit dem Lappen über den längst sauberen Tisch, bevor sie nach draußen trat. Sie wählte den Weg aus dem Tor hinaus und ging dann hinüber auf die Terrassen mit den Olivenbäumen, vorbei an dem alten blauen Traktor, der hier gestrandet war. Aurora und sie hatten sich hier einmal fotografiert und die Bilder dann mit albernen Filtern bearbeitet. Beim Gedanken daran schlich sich ein Lächeln auf Giulias Gesicht. Das hatte Spaß gemacht. Ein Stück entfernt konnte sie das Meer sehen.

Mit einem Mal fand sie sich plötzlich bei der Stelle wieder, an der Marco und sie einander zum ersten Mal begegnet waren. Wie viel war seitdem geschehen! Sie hatte ein Leben zurückgelassen und ein neues begonnen. Sie hatte sich verlobt und eine Familie wiedergefunden, von der sie keine Ahnung gehabt hatte. Ihre Mutter hatte sich endlich, nach so vielen Jahren des Schweigens, mit ihrer Vergangenheit versöhnt. Noch immer war Pina Zeidler die Besitzerin der Villa, aber sie überließ alle Entscheidungen bezüglich des Hauses ihrer Tochter.

Giulia fröstelte. Es war eine innere Kälte, gegen die auch keine Jacke geholfen hätte. Die Situation zehrte an ihnen allen, ihrer aller Kräfte schwanden. Sie machte sich auf den Heimweg, als sie für einen kurzen Moment in gut zwanzig Metern Entfernung zwischen den Olivenbäumen eine Bewegung wahrnahm. Erst zweifelte sie, dann schaute sie noch einmal genauer hin. War das etwa Franco, und wenn ja, was machte er hier?

ELFTES KAPITEL

Tief in Gedanken kehrte Giulia zur Villa zurück. Marco telefonierte, als sie ins Wohnzimmer trat. Sie holte sich etwas zu trinken, und als sie zurückkam, hatte er aufgelegt.

»Ich habe noch einmal mit Aurora gesprochen.«

»Wie geht es ihr?«

»Ganz gut. Ich bin froh, dass sie meine Entschuldigung angenommen hat. Sie sagte, sie freut sich darauf, mit *nonno* fernzusehen. Angeblich ist er nicht so streng wie ich oder *nonna*. Außerdem hat sie mir ein bisschen von Chiara erzählt, die beiden verstehen sich gut.«

Er stand auf und nahm Giulia in die Arme. Sie küssten sich.

»Ja, die beiden verstehen sich gut«, sagte Giulia leise. »Von Anfang an. Sie haben sich gleich gefunden. Das ist wirklich schön, und es tut Aurora gut.«

»Ja, das sehe ich auch so.« Er küsste Giulias Haar. »Himmel, ich weiß einfach nicht, was ich denken soll«, murmelte er dann. »Ich weiß nicht, ob ich mir wieder Hoffnungen machen soll oder ob ich besser abwarte, Giulia. Ich sage mir, dass ich Ruhe bewahren muss, aber dann wieder will ich einfach nur schreien, damit ich diese verdammte Anspannung loswerde.« Er schaute Giulia hilflos an. »Ich rede Blödsinn, oder?«

Giulia schüttelte den Kopf. Sie wusste nur zu gut, wovon er sprach. Ihr ging es genauso. Nicht nur in Bezug auf Laura.

Wenig später betraten sie das Schlafzimmer, denn nach diesem Tag waren sie beide müde. Giulia trug bereits ihr knielanges Schlafshirt, während Marco sich in T-Shirt und Unterhose auf das Bett gesetzt hatte. Sie kletterte zu ihm hinüber und umfing ihn mit beiden Armen. Für einen Moment saß Marco reglos da, dann schmiegte er sich rücklings an sie. Er atmete unregelmäßig, und es dauerte einen Augenblick, bis er ruhiger wurde.

»Ich habe dich vermisst«, flüsterte er rau. »Diese ganzen letzten Tage ... Habe ich dir das schon gesagt?«

»Das hast du. Mehrfach. Ich habe dich auch vermisst.« Giulias Mund berührte sein linkes Ohr. Ihre Stimme war kaum mehr als ein Flüstern. Ihre Hände glitten unter sein T-Shirt und streichelten seine Brust und den Bauch. Seine Haut lockte mit ihrer Wärme.

»Wenn das Schlimmste geschafft ist, haben wir viel zu bereden, denke ich«, murmelte er, während sich sein Körper ihren Händen entgegendrängte.

»Das stimmt.« Giulia streichelte ihn weiter. Sie spürte, wie sein Körper ebenso wie ihr eigener auf ihre gegenseitigen Berührungen reagierte, als begännen sie beide einen Tanz miteinander, der eigenen Regeln folgte.

Arm in Arm, fast ineinander verschlungen, wachten sie am frühen Morgen auf.

Sie frühstückten zusammen, und Giulia spürte dem Gefühl der Wärme nach, das sie immer noch erfüllte. Noch war nicht alles geklärt, aber sie verspürte eine intensive Nähe zu Marco und hätte weinen wollen vor Glück. Marco war ebenfalls guter Dinge und riss mit seiner Zuversicht auch sie mit. Sie entschieden, einen Spaziergang über die Oliventerrassen zu machen. Irgendwann legte er dann den Arm um sie. Giulia genoss es, es war irgendwie wie früher. Ihre Füße raschelten durch die schmalen silbrig grünen Blätter der Olivenbäume, die hier und da den Boden bedeckten. Ab und zu war in der Ferne das Meer zu sehen. Plötzlich blieb Marco stehen, drehte sie zu sich hin und küsste sie. »Ich liebe dich.«

»Ich liebe dich auch.«

Sie küssten sich wieder, länger diesmal, und gingen dann weiter. Als sie schließlich wieder durch das Tor der Villa schritten, blieb Marco noch einmal stehen und zog sie an sich, hielt sie fest. »Das habe ich so vermisst«, flüsterte er ihr ins Ohr.

»Ich auch«, flüsterte Giulia und dachte, dass für den Moment, für diesen Moment, nur das hier zählte. Alles andere war nicht wichtig. Michelle, Franco, Alessandro – all das und all das, was es bedeutete, war jetzt nicht wichtig. Jetzt gab es nur Marco und sie.

Der Rest des Sonntags verlief ebenso ruhig. Am späten Nachmittag meldete sich Anna unverhofft noch einmal bei Marco. Ihre Gewebemerkmale sahen vielversprechend aus, wusste er danach zu berichten, und dass Maddalena bereits über einen Freund einen Termin im Krankenhaus in Genua hatte vereinbaren lassen.

»Sie hat sich bereit erklärt, schon morgen mit mir nach Genua zu fahren, auch um Laura weiter in ihrer Entscheidung zu stärken. Sogar auf ihrer Arbeit ist schon alles geklärt. Nach dem Mittagessen können wir los ... Ist das nicht verrückt?«

Es war verrückt; verrückt und wunderbar zugleich.

Doch abends, kurz nach dem Essen, zu dem sie Alessandro

und Aurora eingeladen hatten, gerieten Marco und sein Vater aneinander. Natürlich ging es um den Verkauf des Hofes.

»Das kannst du einfach nicht tun! Du kannst nicht verkaufen«, rief Marco gereizt. »So einfach ist das.«

Alessandro stellte sich breitbeinig auf, winkelte die Arme leicht an und ballte die Fäuste. Sein Nacken war starr, als trage er eine schwere Last.

»Was kann ich nicht tun? Mein eigenes Hab und Gut kann ich nicht verkaufen? Natürlich kann ich das. Denn ich werde meine Tochter unterstützen. Niemand kann mich davon abhalten.«

Marco schüttelte den Kopf. Auf seinen Gesichtszügen zeichnete sich Verzweiflung ab, und Unwillen darüber, dass sich sein Vater so uneinsichtig zeigte.

»Wie willst du ihr denn helfen mit deinem Geld? Sie braucht eine Niere, kein Geld, und unsere Cousine Anna ...«

Alessandro presste die Lippen aufeinander. »Das geht keinen von euch etwas an«, platzte er dann heraus. »Laura hat mir gesagt, wie schwer sie sich mit einer erneuten Lebendspende einer Verwandten tut. Aber es gibt Wege. Jeder kennt sie, aber nicht jeder getraut sich, sie zu gehen. Die, die Geld haben ...«

Marco starrte seinen Vater fassungslos an. »Du willst ein Organ kaufen, geht es darum?«

Auch Giulia war überrascht. Sie hatte keine Vorstellung gehabt, dass Alessandro sich diese Gedanken machte.

ZWÖLFTES KAPITEL

Am Montag aßen sie vor der Abfahrt auf der Terrasse der Villa zusammen zu Mittag. Es tat Giulia an diesem Vormittag gut, noch einmal für alle zu kochen und sich nur damit zu beschäftigen, welche Geschmäcker und auch welche Gerüche sich besonders gut miteinander kombinieren ließen. Es gab Salat, danach Spaghetti mit einer einfachen Hackfleischsauce und zum Nachtisch Pannacotta. Zum Salat hatte Giulia eine neue Saucenkreation ausprobiert. Marco stellte eine Flasche Wein dazu. Er und sein Vater hatten keines der Themen klären können, die zwischen ihnen standen, dennoch war die Stimmung nach dem gestrigen Abend besser als erwartet. Aurora war in der Schule und hatte sich deshalb bereits zum Frühstück verabschiedet. Giulia saß neben Marco, Loretta und Fulvio hatten ihnen gegenüber Platz genommen. Fabiola und Anna würden nach dem Essen dazustoßen. Von Anna wusste Giulia, dass ihre Mutter sehr gespannt auf die Villa war, von der sie im Laufe der Jahre schon einiges gehört hatte.

Dennoch zog sich Giulia der Magen zusammen, als Marco seinen Vater unerwartet über den Rand seines Dessertschüsselchens anlächelte, bevor er sagte: »Wir reden noch einmal über alles, wenn ich wieder da bin, nicht wahr?«

Meine Güte, kann er die Sache für diesen Moment nicht einfach auf sich beruhen lassen, fuhr es Giulia durch den Kopf. Ja, sie mussten das klären, aber doch nicht jetzt!

Alessandro richtete sich ruckartig auf, sein Löffel fiel mit einem Klappern in den Teller. »Es gibt nichts zu besprechen, das habe ich doch schon deutlich gemacht«, stieß er hervor. »Der Vorvertrag ist abgeschlossen. Ein Teil des Geldes wird in wenigen Tagen auf dem Konto eingehen, der Rest im Anschluss. Das war's dann, und ich bin glücklich mit meiner Entscheidung. Ich hätte sie viel früher treffen müssen. Leider war ich zu feige.«

»*Papà!*« Marco stellte die Schüssel mit einem Klirren zurück auf den Tisch. »Aber *papà*, das kannst du einfach nicht tun!«

Alessandro gab ein Schnauben von sich. »Doch, das kann ich. Ich habe meine Entscheidung getroffen, und sie ist gut, wie sie ist. Die Ablösesumme ist ohnehin zu hoch, als dass wir es uns leisten könnten, sie zurückzuzahlen. Und ich will das auch gar nicht. Ich will meiner Laura helfen. Ich will nicht, dass sie sich wieder zu etwas zwingen muss, das sie zerreißt.«

Die beiden Männer funkelten sich an. Es klingelte.

Loretta sprang sofort auf. »Ich mache auf.«

Giulia nickte lediglich zur Antwort. Fulvio sah aus, als wäre er seiner Frau am liebsten gefolgt, blieb aber sitzen. Giulia wusste, dass er Auseinandersetzungen nicht mochte.

»Ich ...«, setzte Marco wieder an.

»Nicht jetzt«, sagte Giulia und brachte damit Vater und Sohn zum Schweigen.

Loretta kam bald darauf mit Fabiola und Anna im Schlepptau zurück.

Anna begrüßte alle mit einem freundlichen Lachen. Von

der angespannten Stimmung bekam sie offenbar nichts mit, oder sie ließ es sich nicht anmerken. »Schön, dich so schnell wiederzusehen, Giulia!«

»Hallo, Anna.« Sie küssten sich auf die Wangen.

Dann begrüßte Giulia auch Fabiola, mit der sie bisher nur am Telefon gesprochen hatte. »Das nächste Mal kommt ihr ein bisschen früher, zum Essen«, sagte sie mit etwas bemühter Leichtigkeit.

»Gerne!«, gaben die beiden zurück.

»Ja, das machen wir«, bekräftigte Fabiola dann noch einmal. »Ich würde mir auch Haus und Garten gerne genauer ansehen. Das ist ja schon von hier wirklich prächtig!«

»Sehr gerne. Wir haben viel Arbeit hineingesteckt, uns aber auch noch ein paar Sachen vorgenommen. Irgendwann im nächsten Jahr wollen wir zum Beispiel die Fassade neu streichen. Komm einfach mal vorbei, wenn es passt, und bring unbedingt Chiara mit«, bot Giulia an.

»Ihr müsst los«, mahnte Giulia nach dem Espresso zum Aufbruch. Marco erhob sich sofort und machte sich auf den Weg zum Wagen. Im Flur nahm er seine fertig gepackte Reisetasche.

Die anderen folgten ihm in den Hof. Dort wechselten sie noch ein paar Worte, eher ziellos, so wie man es in einer Abschiedssituation tat oder wenn man einfach unsicher war – und das waren sie, auch wenn sie alle hofften, dass Marco und Anna Erfolg haben würden. Fabiola verabschiedete sich als Erste und fuhr zurück nach Hause, sie würde während Annas Abwesenheit auf ihre Enkelin aufpassen. Fulvio half Anna, ihr Gepäck in Marcos Auto zu laden, Loretta reichte ihnen noch schnell ein kleines Lunchpaket, dann stiegen sie ein, bereit für die Fahrt nach Genua.

Giulia vermisste Marco jetzt schon. Gewiss, sie hatten sich Mühe gegeben, das Wichtigste zu besprechen, doch ob das ausreichte?

Anna hatte betont, dass ihre Gewebemerkmale offenbar gut zu Lauras passten und dass sie große Hoffnungen in die Untersuchungen in der Klinik setzte, wo alles noch einmal genauestens überprüft werden würde. Giulia hoffte es auf jeden Fall, denn dann würde man auch schnellstmöglich mit der Planung der nötigen OP voranschreiten können. Sie war im Übrigen sicher, dass Laura und Anna sich gut verstehen würden. *Fahrt los*, dachte sie, *fahrt los*. Doch noch bevor sie die Türen geschlossen hatten, bog ein kleiner Sportflitzer rasant in den Hof ein und kam mit quietschenden Reifen zum Stehen. Giulia erkannte den Wagen sofort. Das war Paolo Messis Auto. Michelle stieg aus. Giulia gefror das Blut in den Adern.

»Michelle«, entfuhr es Marco.

Die Schöne lächelte. »Hallo, Marco!«

»Was machst du hier?«, fragte er überrascht.

»Ich wollte Giulia wiedersehen.«

Giulia beobachtete voller Entsetzen, wie Marco erstarrte.

Michelle hingegen ließ ihren Blick von ihm zu Giulia wandern. »Hat dir Giulia nichts von unserer Begegnung erzählt?«, fragte sie unschuldig.

Und Giulia ging auf, dass sie das unbedingt hätte tun sollen. Marco hatte geschluckt, dass sie von Paolos Besuch bei Alessandro gewusst hatte, ohne ihm davon zu berichten. Was würde er hieraus machen?

Marco suchte ihren Blick. »Nein, hat sie nicht«, beschied er knapp und sehr scharf.

»Das ist aber schade«, flötete Michelle. »Wir sind uns letzte Woche zum ersten Mal begegnet, und ich fand es eigentlich ganz nett. Jetzt waren Paolo und ich in der Gegend unterwegs und sind auf dem Weg zurück nach Mailand, und da dachte ich spontan, ich schau noch einmal vorbei. Außerdem muss ich unbedingt endlich ein paar Bilder von der Villa machen und sie Freunden zeigen. Das ist so ein prächtiges Haus. Es ist echt schade, dass sie nicht zum …«

»Sie steht nicht zum Verkauf, wenn du das meinst, und das wird sie auch nie tun«, unterbrach Marco sie jäh. Giulia war überrascht. Denn auch wenn sie selbst natürlich nicht an einen Verkauf dachte, abgesehen davon, dass ihre Mutter Pina da immer noch ein Wörtchen mitzureden hatte, war das in jedem Fall nicht seine Entscheidung. Dann spürte sie mit einem Mal Loretta an ihrer Seite, die ihr sanft über den Arm strich. Sie war ihr dankbar für diese Geste, und am liebsten hätte sie sich einfach gegen die ältere Frau gelehnt und stützen lassen.

Giulia beobachtete Marco und Michelle. Was war das zwischen ihnen, das sie da wahrnahm? War es etwas von früher, das immer noch da war? Ja, warum sollte er sie auch vergessen haben: Michelle war eine blendend schöne Frau … So jemanden vergaß man doch nicht.

Michelles schöner Mund verzog sich, und sie hob die Augenbrauen leicht an. »Egal. Es fühlt sich gut an, dich mal wiederzusehen, Marco!«, rief sie.

Marco schwieg, was Michelle mit einem amüsierten Lächeln quittierte. »Na, hast du wirklich kein weiteres Wort für eine alte Freundin?«, erkundigte sie sich.

Doch Marco gab weiterhin keine Antwort. Michelle wartete noch einen Moment, dann schnalzte sie mit der Zunge und nahm eine Pose ein, als erwarte sie, jeden Moment fotografiert zu werden.

»Was willst du wirklich hier?«, fragte Marco scharf.

»Ich will spazieren.«

»Spazieren, du?«

»Die Gegend ist wunderschön. Das ist mir während der letzten Besuche hier durchaus aufgefallen. Vielleicht lerne ich ja mittlerweile, auch solche Dinge zu schätzen, ich werde schließlich auch älter und weiser.« Sie schenkte ihm einen Augenaufschlag, der Giulia innerlich zum Kochen brachte.

Marco machte eine winzige Bewegung, trat dann einen Schritt vom Auto weg und drückte die Tür sanft zu.

»Ich muss noch etwas holen.« Er ging mit großen Schritten zum Haus.

Giulia holte ihn im Flur ein.

Marco drehte sich abrupt zu ihr um. »Warum hast du mir nicht gleich gesagt, dass sie hier waren? Und dass du viel mehr über die Pläne meines Vaters wusstest?«

»Ich wusste nicht viel mehr, und ich wusste vor allem nicht, wie ich beginnen sollte. Das ist nicht so leicht.« Giulia spielte nervös an einer unebenen Stelle an ihrem linken Daumennagel herum. Warum verteidigte sie sich hier? Was sollte das? »Warum hast du mir eigentlich nie gesagt, wie nah ihr euch noch seid?«, hörte sie sich dann selbst fragen.

Marco starrte sie an. »Nah? Wie meinst du das?«

»Sie ist eine wunderschöne Frau.«

»Ja?«

Giulia öffnete den Mund und schloss ihn dann wieder. Da

war ein Gefühl, das sie dieser Frau gegenüber hatte, für das sie einfach keine Worte fand. Ja, sie fühlte sich bedroht, ja, Michelles Schönheit verunsicherte sie. War es wirklich vorstellbar, dass Marco jegliches Interesse an dieser Frau verloren hatte – oder machte sie sich hier einfach nur dumme Gedanken?

»Wir sollten reden, wenn ich aus Genua zurück bin«, sagte Marco. Und streckte dann unwillkürlich die Hand nach ihr aus. Giulia zögerte, dann lehnte sie sich gegen ihn. »Ja«, sagte sie. Glücklich war sie nicht.

DREIZEHNTES KAPITEL

Kurz darauf war der Hof wieder leer. Michelle war abgefahren, während Giulia und Marco im Haus waren, dann waren Marco und Anna nach Genua aufgebrochen, Alessandro verabschiedete sich zu der Inspektion der Olivenbaumterrassen, die er offenbar trotz allem durchzuführen gedachte. Fulvio wollte ein paar Besorgungen für die Instandsetzung des Hühnerstalls machen, der inzwischen in die Jahre kam. Giulia und Loretta blieben alleine zurück. Loretta nahm Giulia noch einmal kurz in den Arm und drückte sie an sich, dann machte sie sich auf den Weg in Richtung Nutzgarten. »Du rufst mich, wenn du mich brauchst, ja?«

Giulia nickte. Sie war froh, jetzt allein zu sein, und machte sich daran, Küche und Terrasse aufzuräumen.

Als sie mit dem Geschirr fertig war, ging sie nach draußen, wo sie Autunno mitten auf dem Tisch dabei erwischte, wie er eine Pfote in die Karaffe mit Wasser steckte und diese dann abschleckte. Giulia klatschte in die Hände, um ihn zu vertreiben, doch der rote Kater sah sie nur ungerührt an und wandte den Blick dann wieder ab. Also schob Giulia ihn kurzerhand vom Tisch. Autunno miaute empört und stolzierte mit hocherhobenem Schwanz davon.

Giulia reinigte die Karaffe gründlich, dann ging sie rasch nach oben und zog sich robustere Kleidung an. Sie wollte ein wenig im Garten arbeiten, das würde sie vielleicht ablenken. Ihre Gedanken wanderten zu Marco. Ob er tatsächlich dachte, dass es Dinge gab, die sie ihm verschweigen wollte? Ja, vielleicht hätte sie ihm direkt von der Begegnung erzählen sollen, aber das hieß doch nicht, dass sie sie ihm verschweigen wollte! Für manche Dinge musste man eben erst die richtigen Worte finden, dazu noch die richtige Gelegenheit – und es waren einfach so viele andere Dinge dazwischengekommen, die genauso wichtig oder eben wichtiger gewesen waren.

Ihre Gedanken schweiften ab zu der Begegnung zwischen Marco und Michelle. Zwischen den beiden hatte sie eine deutliche Anspannung wahrgenommen. In jedem Fall war Michelle Marco nicht gleichgültig, da war sich Giulia sicher. Und allein der Gedanke versetzte ihr einen deutlichen Stich im Herzen.

Abends kamen überraschend Alessandro und Aurora vorbei, und Giulia bot ihnen an, gemeinsam zu essen. Loretta und Fulvio waren bereits zu einer Einladung aufgebrochen. Zu Giulias Überraschung stimmte Alessandro sofort zu, und Aurora stieß einen Jubelschrei aus.

»Du kannst mal nach dem Kater sehen«, sagte Giulia zu ihr. »Er ist heute Nachmittag in einen heftigen Katzenstreit geraten, ich habe es nicht gesehen, nur gehört, aber kurz danach ist er reingegangen und leckt seitdem seine Wunden.«

Aurora machte sich sofort besorgt auf den Weg.

»Du kannst ihm ein paar Leckerchen geben«, rief Giulia ihr hinterher.

Als das Mädchen verschwunden war, suchten Alessandro und Giulia wie auf Kommando den Blick des anderen. Giulia wusste nicht, was sie sagen sollte. Jetzt gerade stand wieder so viel zwischen ihnen, wartete darauf, in Worte gefasst zu werden. Und Giulia war sicher, dass er an diesem Abend nicht einfach so vorbeigekommen war.

Doch Alessandro schien ebenso unsicher zu sein, auch er sagte nichts.

»Ich hole dann noch zwei Gedecke«, sagte sie schließlich.

»Danke.«

Wenig später saßen sie alle um den Abendbrottisch und aßen Bruschetta, frisches Weißbrot und Vitello tonnato. Alessandro lobte ihre Kochkünste. Sie gab das Kompliment zurück, sie hatte bei ihm bisher zwar nicht oft, aber doch immer hervorragend gegessen.

»Ich musste ja«, gab er mit einem Lächeln zurück, das zwischen Stolz und Wehmut schwankte.

»Gibt's hier eigentlich endlich einen Fernseher?«, fragte Aurora, die bereits fertig war, ungeduldig.

»Tut mir leid.« Giulia schüttelte den Kopf.

Aurora stöhnte auf. »Dann werde ich was lesen.«

»Tu das.«

»Oder kann ich dein Handy haben?«

Giulia holte es aus der Tasche, und Aurora verschwand damit ins Haus. Am Terrassentisch blieb es still. Giulia überlegte, wie sie Alessandro doch noch einmal auf den geplanten Verkauf ansprechen konnte. Gab es überhaupt eine Möglichkeit, ihn davon abzubringen? Alessandro war ein Sturkopf, daran gab es nicht den geringsten Zweifel.

»Wie geht es Pina?«, fragte Alessandro plötzlich völlig überraschend.

»Ganz gut. Sie hat die Angina überstanden, inzwischen geht es ihr besser.«

Alessandro beugte sich vor und aß die letzten Reste von seinem Teller, bevor er sich die Finger an der Serviette abputzte. »Grüß deine Mutter doch bitte von mir, wenn du sie das nächste Mal sprichst.«

»Mache ich.« Giulia zögerte kurz. »Aber sie würde sich sicher auch freuen, wenn du sie anrufst. Sie denkt gerne an eure Treffen.«

Alessandro hielt einen Moment inne. »Das werde ich vielleicht«, sagte er dann langsam. »Das werde ich vielleicht einmal.«

Sie schwiegen wieder, dann stand Alessandro plötzlich auf. »Komm, ich helfe dir mit dem Abwasch«, sagte er freundlich. Gemeinsam räumten sie das Geschirr in die Küche. Sie fragte, ob er noch Lust auf einen *caffè* hätte, und bat ihn, einen zuzubereiten, als er zustimmte. Derweil ließ sie Wasser ins Spülbecken. Das Geschirr war schnell gespült. Alessandro nahm das Geschirrtuch zur Hand und half ihr, während der Kaffee in der Espressokanne auf dem Herd fertig köchelte.

Als er den letzten Teller in den Schrank räumte, räusperte er sich. »Marco meint es nicht so«, sagte er plötzlich. »Er liebt dich wirklich. Michelle ... Das ist Vergangenheit.«

»Hm.« Sie war überrascht, dass er das Thema so offen ansprach, und ihm sehr dankbar für seine Worte. So schwierig das Verhältnis zwischen ihm und Marco gerade war, so sehr zeigten sie, dass er sich kümmerte, so wie er sich auch um Laura kümmern wollte. Er wollte nicht nur danebenstehen und zuschauen. Und das konnte Giulia nur zu gut verstehen. Sie hatte ihn im Verlauf des Jahres besser kennengelernt und festgestellt, dass unter der rauen Schale ein durchaus unterhaltsamer und sensibler Mann steckte.

Und seine Worte taten ihr gut. »Danke, dass du das so sagst. Ich kann mir vorstellen, dass dir das nicht leichtfällt. Und ich selbst vergesse es auch manchmal. Es ist gut, wenn man mich daran erinnert.« Sie schwieg einen Moment und überlegte. *Vielleicht kann ich ja doch noch einmal mit ihm über den Vertrag reden*, fuhr es ihr durch den Kopf, *vielleicht kann ich versuchen, einen Ausweg zu finden.* Ging es ihm wirklich darum, dass Laura keine zweite Lebendspende aus dem Verwandtenkreis bekam, oder war mittlerweile womöglich auch das Geld, das eventuell bereits überwiesen war, ein Problem? Bei Letzterem musste es doch die Möglichkeit eines Rückkaufs geben, oder etwa nicht? Giulia fasste sich ein Herz: »Alessandro, ich würde gerne über den Vertrag reden. Ich würde ihn mir auch gerne einmal ansehen. Ich habe Jura studiert. Wir finden bestimmt eine Möglichkeit ...«

»Nein, Giulia.«

Es war, als hätte er sie im vollen Lauf gestoppt. »Nein?«

»Nein«, wiederholte er ruhig. »Giulia, ich weiß das zu schätzen, und ich verstehe eure Sorge, aber ich habe meine Entscheidung getroffen. Und ich habe lange darüber nachgedacht. Ich möchte meiner Laura die bestmögliche Behandlung zukommen lassen. Ich will, dass sie bekommt, was ihr guttut, und wenn es sich irgendwie vermeiden lässt, dass sie wieder in eine solche Situation wie mit der Lebendspende ihrer Mutter gerät ... Ich habe ja keine Ahnung, ich bin nur ein einfacher Mann, aber ich habe von Behandlungen im Ausland gehört. Man kann die Dinge beschleunigen, das habe ich gehört, und ich bin stolz darauf, meiner Tochter mit meinem Geld endlich beistehen zu können. Den Schritt hätte ich viel früher tun sollen. Die Entscheidung ist gefallen«, sagte er entschlossen.

Giulia wusste, dass Widerspruch zwecklos war, doch sie wollte es zumindest versuchen. »Ich verstehe, dass du Laura helfen willst«, sagte sie ruhig. »Aber wir sind doch dabei, eine neue, passende Niere für sie zu suchen. Und sie hat zugestimmt. Ja, sie tut sich vielleicht schwer, aber sie hat zugestimmt. Und du hast gehört, was Anna gesagt hat. Alessandro, bitte lass es uns versuchen. Erst wenn das nicht klappt, müssen wir weiter überlegen, aber es sieht gut aus. Du willst nicht zuschauen, so ein Mann bist du nicht. Ich verstehe auch, dass du dein Geld einsetzen willst, um eine neue Niere zu kaufen. Aber es ist nicht mal sicher, ob es eine Niere zu kaufen gibt. Und legal ist das erst recht nicht, aber das muss ich dir vermutlich nicht sagen.« Sie blickte ihn ernst an. »Glaubst du, Laura würde *das* wollen?«

Alessandro stieß einen tiefen Seufzer aus, sagte aber nichts.

In dieser Nacht fand Giulia kaum Schlaf. Sie dachte an Marco – sie würden reden müssen, aber an dieser Situation konnte sie im Moment nichts ändern. Ihre Gedanken wanderten weiter zu Alessandro und dem, was er gesagt hatte, doch sie fand keine Lösung. Alessandro war unnachgiebig, er würde den Hof verkaufen. Sie hatte fast den Eindruck, als wolle er ihn um jeden Preis verkaufen, ganz gleich, was die weiteren Entwicklungen brachten – als könne er einfach nicht mehr zurück auf dem Weg, den er bereits so entschlossen gegangen war. Er würde nicht mit Paolo reden. Er würde die Sache nicht rückgängig machen. Gegen vier Uhr schaute sie zum letzten Mal auf den Wecker, wachte aber bereits um sechs Uhr morgens wieder auf, als Autunno mit einem Satz auf ihr Bett sprang, um es sich, an ihre Beine geschmiegt, bequem zu machen. Giulia tätschelte seinen Kopf. Und mit einem Mal kam ihr eine Idee. Vielleicht gab es doch eine Möglichkeit: Wenn Alessandro nicht vom Kaufvertrag zurücktrat, musste Paolo Messi das eben tun. Was, wenn sie versuchte, ihn persönlich zum Rücktritt vom Vertrag zu überreden? Sie setzte sich auf und streichelte abwesend den schnurrenden Kater. Ja, die Idee war auf jeden Fall einen Versuch wert, auch wenn sie dafür möglicherweise nach Mailand reisen musste. Sie musste hier zwar dringend noch ein paar Dinge hinsichtlich der Jasminernte erledigen, sich vor allen Dingen mit Fulvio und Loretta besprechen, aber dann konnte sie gleich morgen los. Sie überlegte, ob sie Paolo Messi Bescheid geben sollte oder ob es ein Vorteil war, ihn unvorbereitet zu treffen. In jedem Fall konnte sie innerhalb eines Tages nach Mailand und zurückfahren.

Giulia stand auf, duschte, gab Autunno sein morgendliches Futter, das er vehement einforderte, ließ die Hühner raus, frühstückte und machte sich dann daran, weitere Erntehelfer des letzten Jahres zu kontaktieren und ihnen ein paar Details für die anstehende neue Ernte mitzuteilen. Nachdem sie aufgelegt hatte, dachte sie mit Freude daran, dass das Nebengebäude bald wieder mit Leben gefüllt sein würde. Am späten Vormittag trafen Loretta und Fulvio ein, die einige Besorgungen erledigt hatten. Fulvio schliff nach dem Mittagessen weitere Bodenbretter im oberen Stockwerk ab, was die Räume heller und freundlicher wirken ließ. Giulia und Loretta besprachen, was noch besorgt werden musste, um den Erntehelfern, die hier wohnen würden, den Aufenthalt so angenehm wie möglich zu machen.

Dann berichtete Giulia Loretta von ihrem Plan. Die Haushälterin versprach, Stillschweigen zu bewahren.

Am Nachmittag rief Fabiola an, weil Chiara mit Aurora

spielen wollte, am liebsten in der Jasminvilla. Giulia erklärte sich einverstanden und gab ihr Alessandros Nummer. Kaum eine Stunde später waren die Mädchen bereits da.

Giulia lud Fabiola kurzerhand auf einen *caffè* auf der Terrasse ein, von wo aus sie die im Garten spielenden Mädchen im Blick hatten, doch vorher zeigte sie Annas Mutter die Villa und den umliegenden Garten. Fabiola gefiel besonders der Blick von einem der oberen Fenster, was Giulia gut nachvollziehen konnte.

Fabiola erzählte, dass Aurora und Chiara in der Schule inzwischen die Pausen miteinander verbrachten.

Es ist schön, dass Aurora auch hier endlich noch eine Freundin gefunden hat, dachte Giulia.

Dann musste sich Fabiola verabschieden. Sie hatte noch einen Friseurtermin. Sie würde Chiara später abholen. Die Mädchen baten zwischendurch um einen Snack und fragten nach einer Weile, ob sie zum Olivenhof hinübergehen dürften. Giulia erlaubte es und hörte, wie Aurora Chiara aufgeregt und fröhlich erzählte, dass man beim *nonno* auch fernsehen konnte.

Giulia schluckte. Es war schlicht unmöglich, sich vorzustellen, dass der Olivenhof einmal nicht mehr zu ihren Familien gehören würde. Abends klingelte ihr Telefon. Marco. Kaum hatte sie ihn begrüßt, platzte er mit der Nachricht heraus, dass Anna sich tatsächlich als kompatible Spenderin erwiesen habe und jetzt alles Weitere im Hinblick auf die Operation geplant wurde.

»Bis auf die Sache mit ihrer Niere muss Laura gesund sein und natürlich auch stark genug – aber sie ist zäh, das zeigt sich immer wieder«, sagte er atemlos.

Giulia war überwältigt. »Und was sagt sie zu Anna?«

»Sie versteht sich gut mit ihrer Cousine. Wahrscheinlich werde ich irgendwann bedauern, dass ich die beiden miteinander bekannt gemacht habe, sie reden jetzt schon unaufhörlich. Das machte es Laura auch einfacher, Annas Entscheidung zu akzeptieren – unsere Cousine duldet da ohnehin gar keinen Widerspruch.« Er lachte und fragte, ob es bei ihr etwas Neues gebe.

»Nein«, hörte Giulia sich, ohne zu zögern, sagen. Sie schaute auf ihren Verlobungsring. *Ich tue das für dich*, fuhr es ihr durch den Kopf, *für dich und deinen Vater*.

»Carlotta lässt dich grüßen«, unterbrach Marco ihre Gedanken.

»Das ist lieb. Grüße sie bitte zurück.«

Sie redeten noch etwas, planten, was zu tun sei, wenn das hier alles vorbei war, und verabschiedeten sich schließlich voneinander. Als Giulia auflegte, vermisste sie Marco geradezu körperlich, aber es half doch alles nichts: Sie musste da durch.

Nach einer weiteren unruhigen Nacht machte Giulia sich am nächsten Morgen gegen halb sieben bereits auf den Weg. Sie wollte den frühen Zug nach Mailand nehmen.

Loretta hatte es sich natürlich nicht nehmen lassen, Giulia zu fahren. »Ich hoffe, du erreichst, was du dir wünschst«, sagte sie, bevor sie Giulia zum Abschied umarmte. Giulia nickte. Das hoffte sie auch. Sie hatte sich in der Nähe der Piazza Cavour absetzen lassen, von dort war es nicht mehr weit zum Bahnhof, und sie wollte gerne noch ein paar Schritte laufen. Innerhalb eines Jahres war diese Gegend zu ihrer Heimat geworden, die sie nicht mehr missen wollte: Sie liebte Levantos morgendlich stille Gassen einfach, seine Straßen und Sträßchen, diese Stimmung zu Beginn eines neuen Tages, an dem man dachte, dass heute noch alles möglich war. Irgendwie vermisste sie diesen ihren Herzensort schon jetzt.

Sie holte noch rasch einen Kaffee zum Mitnehmen in der Bar und ging dann zum Bahnsteig, wo die Zahl der Wartenden zu dieser Uhrzeit trotz einiger Pendler übersichtlich war. Der Zug kam pünktlich, und Giulia fand rasch ihren Platz. Mit einem Seufzer sank sie in die recht bequemen, weichen blauen Kunstledersessel. Sie nippte an ihrem Kaffee und genoss es, in der morgendlichen Stille unterwegs zu sein. Es waren nur wenige Leute in ihrem Wagen, die Gespräche waren gedämpft. Manche lasen Zeitung, andere dösten oder waren mit ihrem Handy beschäftigt. Auch Giulia hatte etwas zu lesen mitgenommen, konnte sich aber nicht richtig konzentrieren, weil sie immer wieder über die vor ihr liegende Begegnung mit Paolo nachdachte. Sie wollte gerne vorbereitet sein, aber wie sollte sie vorgehen, was war die beste Strategie? Paolo war es gewohnt zu verhaldeln. Er war erfahren. Sie auch, als Rechtsanwältin hatte sie zahlreiche Verhandlungen geführt, aber das hier war nicht ihr Metier. Zumal noch in ihrer Zweitsprache, Italienisch. Warum glaubte sie eigentlich überhaupt, eine Chance zu haben, ihn umzustimmen? Vielleicht weil sie im letzten Sommer den Eindruck gehabt hatte, dass sie ihm nicht ganz gleichgültig war, aber was bedeutete das schon bei einem Menschen wie Paolo? Giulia sah aus dem Fenster. Eigentlich wollte sie nicht weiter darüber nachdenken, was es bedeutete.

Die Strecke war wirklich schön. Giulia kannte sie schon und mochte besonders den Teil, der dicht am Meer entlangführte. Je weiter der Tag voranschritt, desto mehr Ausflügler stiegen zu und dann in den diversen Küstenstädtchen wieder aus: in Camogli, Rapallo, Chiavari, Sestri Levante und wie sie alle hießen. Manche würden ein Eis am Meer essen, andere planten Wanderungen, die sie auf uralten Pfaden die von Kiefern, Pinien und Macchia bewachsenen Hänge in die Bergdörfer hinaufführen würden. Eine Gruppe junger Leute stimmte irgendwann das alte Partisanenlied *Bella ciao* an.

In Genua stieg der erste größere Schwung Leute aus, andere kamen dazu. Giulias Gedanken wanderten zu Marco, Laura, Anna und Carlotta. Immer wieder kontrollierte sie ihr Handy. Was sollte sie sagen, wenn Marco sie jetzt anrief? Was, wenn er mitbekam, dass sie im Zug saß ... *Warum habe ich nichts gesagt?*

Natürlich hätte sie mit ihm über das Gespräch mit Alessandro reden sollen, und schon zuvor über das, was sie beobachtet hatte. Es gefiel ihm ganz sicher nicht, dass sie auf dem Weg zu Paolo Messi war. Wenn man die beiden heute sah, war es kaum vorstellbar, dass sie einmal Freunde gewesen waren. Bis zu dieser Sache mit Michelle, die Marco einmal sehr geliebt hatte – Giulias Hand ballte sich zu einer Faust, sie musste sich zwingen, wieder locker zu lassen –, vielleicht waren ja auch noch andere Dinge passiert. Sie hatten sich auseinandergelebt.

Im Zug war es jetzt voller, es wurde lauter. Gegen halb elf kam sie in Mailand an. Milano Centrale. Endstation. Giulia musste lächeln. Hoffentlich galt das nicht auch für ihr Vorhaben. Sie nahm ihre Tasche und verließ den Zug. Der Bahnhof war groß und zu dieser Uhrzeit sehr belebt. Giulia trat aus dem Gebäude auf einen großen, von der Sonne beschienenen Platz, auf dem sich Straßenverkäufer tummelten. Einige boten Kinderspielzeug an, einer hielt ihr eine billige Sonnenbrille vor die Nase und, als sie ablehnte, einen Selfiestick. Giulia machte sich auf den Weg zum Taxistand, um sich zu Paolo Messis Wohnung fahren zu lassen. Sie wusste, dass sich sein Büro und seine Privatwohnung im selben Gebäude befanden. Zum Glück hatte er ihr irgendwann einmal eine Visitenkarte gegeben. Heute war sie froh darüber, auch wenn sie sie ihm damals am liebsten zurückgegeben hätte. Sie zog sie aus ihrem Portemonnaie und nannte dem Taxifahrer die Adresse.

VIERZEHNTES KAPITEL

Die Tür zum Gebäude war aus dunklem, glänzendem Holz. Der Griff glitzerte golden in der Sonne. Der Eingang befand sich in einem kleinen Hof, dessen Boden in einem Streifenmuster aus schwarzem und weißem Marmor gedeckt war. Das Gebäude selbst war in einem warmen sandigen Gelb gestrichen. Die hohen, bogenförmigen Fenster im Erdgeschoss waren vergittert. Ab dem zweiten Stockwerk konnte Giulia üppig bewachsene Balkons ausmachen, kleine Oasen im Großstadtlärm, der hier drinnen nur wie aus weiter Ferne zu hören war. Rechts und links des Eingangs standen zwei Palmen in großen Kübeln. Giulia bemerkte die Kamera am Eingang, noch während sie am Portal die Klingel mit der geschwungenen Aufschrift »Messi/Palombo« betätigte. Mit jeder Sekunde, die verstrich, während sie darauf wartete, dass Paolos Stimme über die Gegensprechanlage ertönte, stieg ihre Nervosität. Was würde Paolo sagen, wenn er hörte, wer da unten vor der Tür stand? Würde er sie überhaupt einlassen? Und was sollte sie tun, wenn er gar nicht da war? Im nächsten Moment ertönte statt der Gegensprechanlage der Türsummer. Er hatte einen satten Ton, die Tür ein Gewicht, das ihre Wertigkeit zu unterstreichen schien. Um sie zu öffnen, musste Giulia sich fest dagegenlehnen. Sie gelangte in einen Flur, der mit mattem Gold und blau-weißen Fliesen ausgestaltet war. Lampen verbreiteten ein sanftes, angenehmes Licht. Giulia lief den Gang entlang auf eine Treppe zu. Sie kontrollierte das einzige Klingelschild im Erdgeschoss – hier unten befand sich offenbar nur die Wohnung des Hausmeisters. Kurzentschlossen entschied sie sich gegen den Aufzug. Die Bewegung tat ihr nach der doch recht langen Zugfahrt gut, außerdem hatte sie so mehr Zeit zum Nachdenken. Langsam stieg sie die mit einem weichen, dunkelroten Teppich ausgelegten Treppen hinauf. Der Teppich war so sauber, dass er sicherlich mindestens einmal in der Woche gereinigt wurde.

Im ersten, zweiten und dritten Stock las sie weitere, ihr unbekannte Namen. Da es keine Aufzugtüren gab, endete der Aufzug offenbar in der jeweiligen Wohnung. So etwas hatte Giulia bislang nur im Film gesehen, und jetzt war sie froh, ihn nicht benutzt zu haben. Aber vermutlich hätte sie dafür ohnehin einen Code gebraucht.

Auf dem Klingelschild im vierten Stock stand nichts. Auch war niemand zu sehen. Giulia griff ihre Tasche für einen Moment fester und atmete dann tief durch, bevor sie die letzte Treppe in Angriff nahm. Nur ein paar Stufen trennten sie jetzt noch von der Person, die ihr geöffnet hatte.

Endlich erreichte sie den fünften Stock, wo Paolo sie hemdsärmelig und mit einem breiten Lächeln in der Tür erwartete.

»Giulia, welch hübsche Überraschung! Sie müssen meinen legeren Auftritt entschuldigen, aber heute sind tatsächlich keine Termine angesetzt. Und ich muss sagen, ich war überrascht, als mir die Kamera ihr Gesicht zeigte. Was führt Sie denn zu mir?«

»*Salute*, Signor Messi.« Giulia war doch ein wenig außer Atem.

Paolo hob eine Augenbraue. »Warum haben Sie die Treppe

genommen? Aber was frage ich ... Sie machen die Dinge eben gerne anders, nicht wahr?« Er grinste.

»Ich wollte mich bewegen. Außerdem benötigt man für den Aufzug ja vermutlich einen Code?«

Er musterte sie und sagte dann: »Den ich hätte eingeben können, das ist Ihnen doch klar?«

Giulia gab keine Antwort.

Für einen Moment standen sie schweigend voreinander, Paolos Lächeln wurde breiter, während er wartete. Giulia gab sich einen Ruck. »Darf ich reinkommen?«

»Natürlich.« Er trat zur Seite und machte eine einladende Bewegung mit der Hand.

Der Flur war heller als das Treppenhaus, aber auch sehr großzügig. An der Wand hingen moderne Gemälde, die im Farbton offenbar passend zu Teppich und Möbeln ausgesucht worden waren – oder eben umgekehrt. Unter den Möbeln waren ein paar auserlesene Antiquitäten, jedenfalls sahen sie so aus, Giulia hatte nicht wirklich Ahnung von so etwas.

Paolo trat an ihr vorbei. »Bitte hier entlang. Ich darf ausnahmsweise vorausgehen?«

»Natürlich.«

Sie passierten eine geöffnete Tür, die den Blick auf eine nach unten führende Treppe freigab.

»Ihnen gehören beide Stockwerke?«, erkundigte sich Giulia.

»So ist es. Ich habe gerne viel Platz, und ich habe gerne den Überblick, deshalb sind wir auch ganz oben.«

Paolo führte Giulia in einen Raum, offenbar sein Büro. Ein großer, ziemlich leerer Schreibtisch befand sich darin. Der Computer darauf war in den Pausenmodus übergangen. Davor stand ein teurer Bürostuhl, außerdem gab es eine Sitzecke nebst Couchtisch, auf dem diverse Prospekte lagen. Das großzügige Fenster bot einen wirklich tollen Ausblick auf die Umgebung. Giulia trat beeindruckt heran, teils aus Neugier, teils, um sich noch etwas zu sammeln. Sie konnte über einen Teil der Dächer Mailands hinwegsehen. Vor dem Fenster befand sich linker Hand ein Dachgarten mit einem Whirlpool, einer Loungeecke und einem Grill. Rechts lag eine freie Fläche, vielleicht zum Tanzen?

»Wollen wir uns setzen?«, riss Paolo sie aus den Gedanken.

Giulia wandte den Blick ab. »Gerne.«

Er deutete auf einen der beiden Ledersessel bei dem kleinen Tisch. »Bitte. Möchten Sie einen Espresso?«

»Ja, sehr gerne, vielen Dank.« Giulia nickte bekräftigend, als reichten ihre Worte nicht aus. Eigentlich wollte sie keinen Espresso, aber sie würde sich zumindest an der Tasse festhalten können. Sie wusste ohnehin schon jetzt nicht, was sie mit den Händen anfangen sollte. Ehrlich gesagt war sie gerade ziemlich nervös.

»Espresso kommt sofort.«

»Danke.«

Paolo verschwand. Giulia steuerte auf die Ledersessel zu. Unvermittelt schoss ihr durch den Kopf, dass dies die Situation war, in der Schurken in Krimis sich auf dem Schreibtisch umsehen würden. Sie lächelte. Sie konnte nichts Wesentliches ausmachen, also würde sie die Schubladen durchstöbern müssen, aber wozu ...

Ich suche ja nichts ...

Sie ließ sich in den Sessel fallen und schaute sich um. An den Wänden hingen zahlreiche großformatige Fotografien,

Landschaftsaufnahmen mischten sich mit Bildern von Michelle. *Verdammt, sie sieht wirklich gut aus,* fuhr es Giulia durch den Kopf. Sie stand nun noch einmal auf und betrachtete die Bilder aus der Nähe. Als sie Schritte im Flur hörte, setzte sie sich wieder und griff sich rasch ein Portfolio mit Informationen über exklusive Häuser und Wohnungen vom Tisch. Sie tat, als sei sie überrascht, als Paolo im Türrahmen stand, das Tablett in der Hand. Er beobachtete sie mit einem Lächeln auf den Lippen.

»Und, wie finden Sie unser Angebot?«

Giulia war erleichtert, dass es ihr offenbar gelungen war, nicht ertappt zu wirken. »Hm. Ganz nett, aber nicht meine Baustelle«, murmelte sie und legte das Portfolio zurück auf den Tisch.

Er trat zu ihr, hielt das Tablett sehr elegant mit einer Hand und stellte die Espressotassen auf den Tisch. Es wirkte nicht ungeübt, als habe er das schon öfter getan, auch wenn sie sich irgendwie nicht vorstellen konnte, dass er seinen Besuch für gewöhnlich bediente. Bestimmt hatte er Personal für so etwas. »Haben Sie plötzlich Interesse an einem Verkauf?« Er setzte sich.

Giulia schüttelte den Kopf. »Nein!«

»Dann ist es etwas anderes, das Sie zu mir führt«, sagte er freundlich.

Wieder fiel Giulia auf, wie vertrauenswürdig Paolo wirkte, sein Gesicht strahlte Verständnis aus, zumindest war er sehr geübt darin, so zu erscheinen. Vielleicht war er aber auch nichts anderes als ein Rattenfänger oder eine Heuschrecke, wie Marco ihn nannte, vielleicht war sie ihm gegenüber auch ungerecht. Sie konnte nicht leugnen, dass er ein Mann war, in dessen Gegenwart sie sich wohlfühlte. Das konnte gefährlich sein. Sie war ihm schon einmal fast in die Falle getappt, als sie zu vertrauensselig gewesen war. Man durfte ihm gegenüber sicherlich nicht zu viel von sich preisgeben.

Außerdem war da Marco, den sie liebte und dem sie niemals wehtun wollte ...

Sie erwiderte Paolos Blick stumm, in der Hoffnung, dass er nicht merkte, dass sie sich nur halb so souverän fühlte, wie sie sich gab.

Paolo musterte sie interessiert. »Wie sind Sie eigentlich hierhergekommen?«

»Mit dem Zug.«

»Ah, dann müssen Sie früh losgefahren sein.«

»Ja, das bin ich.«

Paolo legte die Spitzen seiner perfekt manikürten Finger gegeneinander. Giulia beschloss, nicht länger um den heißen Brei herumzureden. »Ich bin hier, um mit Ihnen über Alessandro Signorellos Grundstück zu reden.«

Wenn sie eine Reaktion erwartet hatte, hatte sie sich geirrt. Paolos Gesichtsausdruck blieb undurchdringlich.

»Er hat es verkauft«, stellte er ruhig fest.

»Es ist ein Vorvertrag, Signor Messi, und wir wissen beide ...« Giulia holte tief Luft. »Er kann dieses Grundstück einfach nicht verkaufen.«

Paolo lehnte sich in seinem Sitz zurück. Er wirkte weiterhin vollkommen entspannt. »Doch, das kann er, und er hat es getan. Es ist sein Grundstück, und Signor Signorello ist ein erwachsener, unabhängiger Mann. Er kann also tun und lassen, was er will.«

Giulia stieß mit den Fingern gegen die Espressotasse, aus der sie immer noch keinen Schluck genommen hatte. Sie musste allen Mut zusammennehmen, um den nächsten Satz zu sagen: »Aber er braucht dieses Land, Signor Messi, er lebt und liebt dieses Land. Es wird ihn umbringen, es zu verkaufen.«

Paolo gab ein Geräusch von sich, das klang wie ein kurzes, heiseres Lachen. »Würden Sie eigentlich sagen, dass Sie zur Übertreibung neigen, Giulia?«

»Nein, ich ...« Giulia brach ab.

Paolos Mundwinkel bewegten sich, aber dieses Mal war sie unsicher, ob es ein Lächeln sein sollte. »Ich halte das, was Sie sagen, jedenfalls für übertrieben«, sagte er. Sein Ausdruck war immer noch charmant, aber Giulia hatte jetzt doch den Eindruck, dass eine Art Kälte dahinter lag, die sie frösteln ließ. Für einen Moment beschlich sie das Gefühl, vollkommen umsonst hierhergekommen zu sein ... Nein! So leicht würde sie sich nicht geschlagen geben. Sie erinnerte sich daran, wie es gewesen war, vor Gericht zu kämpfen. Sie hatte immer gerne für ihre Klienten gekämpft. Man durfte niemals aufgeben, auch wenn es aussichtslos schien, das hatte ihr Vater sie gelehrt, und damit war sie immer gut zurechtgekommen. Vielleicht sollte sie sich vorstellen, dass sie Alessandros Anwältin war? Vielleicht würde ihr das helfen?

»Nun, vielleicht sollten wir das nicht vom Zaun brechen«, sagte Paolo. »Manche Dinge müssen einfach länger bedacht werden. Ich habe ohnehin ein paar Telefonate zu führen und könnte mich danach noch einmal mit Ihnen zusammensetzen. Fühlen Sie sich so lange wie zu Hause. Vielleicht haben Sie ja Hunger? Sie hatten sicher kein Mittagessen.«

Giulia wollte ablehnen, doch er ließ es nicht zu. »Außerdem kommt Michelle gleich zurück, sie ist mit Freundinnen in der Stadt. Sie wird Sie sicher treffen wollen«, merkte er an und geleitete Giulia in die Küche, die natürlich nur mit den edelsten Geräten ausgestattet war. Er wies Daisy, seine philippinische Hausangestellte, an, ihr einen Snack zu bereiten, und verabschiedete sich in sein Arbeitszimmer. Kurz darauf servierte Daisy ihr frisches Brot, eingelegtes Gemüse und Fisch. Es war köstlich. Nach dem Essen schaute Giulia sich ein wenig die Wohnung an. Als Paolo im Anschluss noch nicht fertig war, setzte sie sich einige Zeit mit einer italienischen Vogue auf die Dachterrasse.

Wenig später kehrte Michelle mit frisch getönten Haaren von ihrem Shoppingausflug zurück. Sie war sichtlich überrascht, Giulia auf der Dachterrasse anzutreffen, begrüßte sie aber sehr freundlich und ließ die Einkaufstaschen mit den Aufdrucken teurer Labels im nächsten Moment einfach fallen.

»Kommen Sie mit mir in die Küche, Giulia? Ich brauche dringend einen Kaffee!«

Giulia zuckte die Achseln und folgte ihr. In der Küche, wo Daisy bereits am Abendessen werkelte, stützte Michelle sich auf der Kücheninsel ab. »Auch noch etwas für Sie, Giulia? Espresso? Wasser?«

»Danke, ein Wasser, bitte.«

Sie hatte heute schon genügend Kaffee gehabt. Giulia schielte nach der Uhr an der Wand. *Um 20:30 werde ich spätestens gehen müssen.* Sie beobachtete, wie Michelle Wasser aus einer äußerst teuer aussehenden Flasche in ein Kristallglas schüttete, das Giulia selbst nur zu einer Abendessenseinladung eingesetzt hätte, und sich dann einen Kaffee braute.

Paolo tauchte auf, küsste Michelle und ließ sich kurz berichten, was sie gekauft hatte, bevor er für ein letztes Gespräch in seinem Arbeitszimmer verschwand.

»Gehen wir wieder nach draußen?«

Giulia nickte und folgte Michelle zurück auf die Dachterrasse. Paolos Freundin trug ein Kleid aus einem lockeren, bronzeglitzernden Stoff, das aussah, als könne es in jedem Moment an einer besonders verführerischen Stelle auseinandergleiten. Sie setzte sich. »Was bringt Sie eigentlich hierher?«

Giulia blieb stehen und schaute für einen Moment über die Dächer Mailands hinweg. »Ich wollte mit Paolo über den Olivenhof sprechen.« Sie trank einen Schluck.

»Ah.«

Giulia wandte sich ihr zu und bemerkte wieder, dass sie sich in Anbetracht von Michelles Schönheit unwohl fühlte. »Ah?«, fragte sie in dem Versuch, wieder die Oberhand zu bekommen.

»Nichts eigentlich.« Michelle lächelte. »Ich wünsche Ihnen Glück. Paolo ist sehr eigen, was das Geschäftliche angeht, aber er ist definitiv ein guter Geschäftsmann.«

Giulia zögerte. Da waren Fragen in ihrem Kopf, die sie gerne stellen wollte, Dinge, die sie sagen wollte, doch sie wusste nicht, wie. Schließlich setzte sie sich zu Michelle an den Tisch.

»Sie haben uns damals geholfen, herauszufinden, wo meine französischen Verwandten wohnen. Dafür möchte ich Ihnen danken.«

»Ja.« Michelle lächelte. »Das hat Spaß gemacht.«

Sie zeigte ein überraschend natürliches Lächeln. »Es tut Marco gut, dass er Sie hat«, sagte sie dann unvermittelt. »Wissen Sie ... manchmal ist er sehr verbissen. Das war schon immer sein Problem. Er kann nicht gut loslassen. Er hat Angst, Dinge zu verlieren. Aber das Leben ist viel einfacher, wenn man akzeptiert, dass das manchmal eben so ist.«

Giulia ahnte, wovon sie sprach. »Sie waren einmal mit ihm zusammen.«

»Ja. Hat er davon erzählt?«

»Ja.« Sie schwieg einen Moment. »Warum haben Sie ihn betrogen?«, wagte sie schließlich, zu fragen.

»Ach ...« Michelle setzte die Espressotasse ab, die sie immer noch in der Hand hielt. »Ich habe das eigentlich nie so gesehen ... Was soll ich sagen, ich schränke mich eben nicht gerne ein.«

»Mit seinem Freund«, fuhr Giulia fort. Klang sie jetzt wie eine staubtrockene Prinzipienreiterin? Nein, so war das nicht, sie sah das wirklich so. Sie war anders als Michelle.

»Das muss man vermutlich so sagen.«

Hinter ihnen erklang plötzlich ein Räuspern.

Giulia drückte unwillkürlich den Rücken durch, die Härchen auf ihren Armen stellten sich auf. Sie atmete tief durch. Wie viel hatte Paolo gehört?

»Unterhaltet ihr euch gut?«

»Durchaus.« Michelle stand sehr elegant auf. »Ich nehme an, ihr wollt jetzt reden?« Sie wandte sich an Giulia. »*Ciao*, vielleicht bis später.«

Sie küsste Paolo auf die Wangen und ging an ihm vorbei. Paolo trat zu Giulia und setzte sich auf den Platz, den Michelle zuvor belegt hatte. Er lächelte. »Es tut mir leid, dass es doch länger gedauert hat.«

»Jetzt sind Sie ja da.«

»In der Tat.« Paolo schwieg.

Es war seltsam, wie er sie anschaute, so forschend, aber

auch irgendwie ... Giulia konnte es nicht benennen. Sie musste sich mit einem Mal beherrschen, nicht an ihrem Oberteil herumzuzupfen.

Daisy tauchte auf und fragte, was die Herrschaften wünschten. Paolo bestellte ein Wasser.

Giulia schüttelte den Kopf und deutete auf ihr Glas.

Sie dachte an den Moment, in dem Paolo sie in die edle Küche geführt hatte. Er war sehr stolz darauf, das hatte sie deutlich gemerkt, auch wenn er bemüht war, solche Regungen vor allen und vor ihr im Besonderen zu verbergen. Inzwischen kannte sie ihn doch ein wenig besser, stellte sie fest. Irgendwo in ihm war wahrscheinlich immer noch der Junge aus Montale, aufgewachsen bei seiner Großmutter, verbunden und verwurzelt mit dem Land seiner Familie, so klein es auch gewesen sein mochte.

Paolo lehnte sich zurück und hielt sein Gesicht für einen Moment der goldenen, nachmittäglichen Sonne entgegen. Auch leger, fuhr es Giulia durch den Kopf, war er wieder einmal perfekt gekleidet in seinen dunklen Jeans, den schwarzbraunen Loafern ohne Socken und dem Kaschmirpullover, den er jetzt über sein Hemd gezogen hatte. Auch sie hatte sich natürlich Gedanken gemacht und nicht das Erstbeste angezogen, aber gegen Paolo wirkten ihre Versuche stets dilettantisch. Vielleicht sogen Italiener diese Fähigkeit wirklich mit der Muttermilch ein, auch wenn das vermutlich ein Stereotyp war. Für den Moment, in dem er seine Augen jetzt sogar kurz geschlossen hielt, konnte sie den Blick nicht von ihm nehmen. Paolos Gesichtszüge erinnerten sie an eine römische Statue, so hatte sie es schon bei ihrer ersten Begegnung erlebt. Er öffnete die Augen, bemerkte ihren Blick, kommentierte ihn aber nicht.

Daisy trat zu ihnen und stellte das Tablett mit dem Wasser und neuen Gläsern ab und nahm Giulias Glas mit.

»Ich finde, Sie haben eine gänzlich falsche Sicht von mir. Natürlich kann ich mir denken, wem ich das zu verdanken habe, dennoch würde ich mich freuen, ein paar Dinge ...«

Giulia rückte auf ihrem Sitzpolster nach vorne. Mit ihrer Hand stieß sie gegen ein Glas. Es klirrte leicht. »Entschuldigen Sie, dass ich Sie unterbreche, aber darum geht es hier nicht. Ich bin nicht hier, um über unsere ...«

Paolo hob die Hand. »Bitte, lassen Sie mich wenigstens ausreden. Ich sollte mich doch zumindest verteidigen dürfen, finden Sie nicht? Sie waren Rechtsanwältin. Sie wissen, wie das läuft. *In dubio pro reo.*« Er nahm das Glas auf und betrachtete es, als müsse er sich sammeln, dann hob er den Blick und schaute Giulia direkt an. »Wissen Sie, Giulia, was meine Arbeit angeht, so sehe ich mich als jemand, der die Dinge für die Nachwelt erhält. Können Sie sich eine Vorstellung davon machen, wie viele Häuser einfach zerfallen wären, wenn ich niemanden gefunden hätte, der einen Sinn darin sieht, sie erhalten zu wollen?«

»Auch darum geht es hier nicht«, sagte Giulia so ruhig wie möglich.

»Nein?«

Giulia wandte den Blick ab. Sie durfte sich keinesfalls ablenken lassen. Sie spürte, dass er sie von der Seite beobachtete, und konzentrierte sich darauf, ihn nicht anzusehen. Tatsächlich hatte sie das Gefühl, unbedingt vermeiden zu müssen, ihn anzusehen, als gelte es, einem Zauber nicht zu verfallen, den er über sie ausüben könnte.

»Wissen Sie, Giulia, ich würde Sie gerne einmal mit meiner

wirklichen Arbeit bekannt machen. Ich könnte Ihnen etwas von meinem neuesten Projekt erzählen. Geben Sie mir bitte die Möglichkeit dazu. Lassen Sie mich zeigen, dass ich nicht der Unhold bin, für den mich alle halten.«

»Ich glaube nicht, dass alle Sie ...«

Paolo stieß ein Schnauben aus, und Giulia brach ab. Ja, natürlich hatte er recht. Die meisten in der Gegend hielten nicht viel von Paolo Messi.

Giulia stand auf und trat ans Geländer. Sie spürte seinen Blick in ihrem Rücken und nahm zum ersten Mal einen Hauch von Verunsicherung bei ihm wahr. *Er weiß nicht, wie er damit umgehen soll, dass ich nicht auf ihn reagiere.* Gut, das war doch ein guter Anfang. Sie würde sich nicht mehr umgarnen lassen, nicht mehr so viel nachdenken, welches Wort das richtige und welches das falsche war. Nur auf ihren Ton würde sie achten.

Sie hörte, wie Paolo sich erhob, und dann stand er auch schon neben ihr, lässig gegen das Geländer gelehnt. Er hatte sich rasch wieder gefasst, natürlich. Giulia sah ihn an. »Ich will immer noch über den Vorvertrag mit Ihnen reden. Wenn Sie ihn nicht rückgängig machen, möchte ich ihn aufkaufen«, preschte sie vor.

Er schaute sie prüfend an, dann lächelte er. »Wirklich? Haben Sie denn so viel Geld?«

»Ich glaube nicht, dass ich darüber Rechenschaft ablegen müsste.«

Ein Schatten huschte über sein Gesicht. Ja, vielleicht war sie zu harsch gewesen. Vielleicht hatte er seine Frage auch gar nicht aus Berechnung, sondern aus Interesse gestellt. Sie biss sich kurz auf die Unterlippe. Verdammt. Sie wusste doch, dass man Fingerspitzengefühl brauchte, und jetzt verhielt sie sich wie eine Anfängerin.

»Nein, das müssen Sie sicher nicht«, hörte sie ihn sagen.

Giulia schaute ihn eindringlich an. »Gut. Ich glaube einfach nicht, dass Sie ein Objekt wie das der Signorellos brauchen. Es entspricht auch gar nicht den Objekten, für die Sie sich normalerweise interessieren, denn es ist ein sehr einfaches Gebäude. Da dürften wir uns doch beide einig sein, nicht wahr?«

Paolo schwieg.

Woran dachte er? »Lassen Sie uns über den Vertrag reden, Paolo«, wiederholte sie.

Dieses Mal kam seine Antwort schnell. »Gut, aber was kann ich im Gegenzug von Ihnen erwarten? Bei einem Geschäft sollte für jeden etwas rausspringen, finden Sie nicht?«

Giulia bemühte sich, ihre Überraschung nicht zu zeigen. Sie zuckte die Achseln, als habe sie darüber nicht nachgedacht. »Das kommt darauf an. Ich möchte erst einmal mit Ihnen verhandeln«, sagte sie ruhig. Sie musste an die Worte ihres Vaters denken, an jenem Abend vor ihrem ersten Auftritt vor Gericht. *Zeig allen, dass du die Zügel in der Hand hältst, denn das hast du. Das Gericht ist deine Bühne.* Im nächsten Moment beugte sie sich vor und nahm eine Haltung an, die Souveränität vortäuschte, auch wenn ihr Herz einen wilden Galopp machte. »Also gut, ich möchte gerne wissen, ob es irgendetwas gibt, dass Sie dazu bringen würde, von diesem Vertrag zurückzutreten?«

Paolo musterte sie. »Sie sind eine sehr schöne Frau, Giulia.«

Was für eine abseitige Bemerkung! Dabei überraschte es Giulia nicht, dass er bereit war, mit allen Mitteln zu kämpfen. Aber sie war entschlossen, sich davon nicht aus der Bahn bringen zu lassen. »Vielen Dank.«

»Ich könnte mir viele Dinge vorstellen, die mich möglicherweise umstimmen könnten.«

Giulia traute ihren Ohren nicht. Hatte sie das jetzt richtig verstanden? Sie blickte zum Pool. Dann schaute sie ihm in die Augen und erwiderte: »Haben Sie so etwas wirklich nötig?«

Paolo hielt ihrem Blick stand, dann lachte er. »Habe ich *was* nötig?«

Giulia zuckte nicht mit der Wimper. Sie würde sich nicht aus dem Konzept bringen lassen. »Ich würde gerne mit Ihnen reden. Über den Vorvertrag, den Signor Signorello mit Ihnen ausgehandelt hat«, wiederholte sie sachlich. »Zum Beispiel darüber, wie ich ihn Ihnen abkaufen kann.«

»Sind Sie sich denn sicher, dass ihm das recht ist?« Paolo schüttelte langsam den Kopf. »Ich glaube, ich kenne ihn besser und länger als Sie. Alessandro Signorello ist ein stolzer Mann. Er will keine ungebetene Hilfe von irgendjemandem.«

»Ich bin bereit, mehr zu zahlen.«

Paolo lachte. »Sie wissen durchaus, wie Sie mich locken können, Giulia, aber vielleicht geht es mir dieses Mal um etwas anderes ... Haben Sie schon mal darüber nachgedacht?«

Ja, das hatte sie, mehr als einmal. Doch sie antwortete nicht und griff nach ihrem Glas, das allerdings leer war. Sie stellte es zurück auf den Tisch. Paolo fragte umsichtig, ob sie noch etwas zu trinken wolle, und ließ kurzerhand von Daisy eine zitronig würzige Limonade mit Ingwer bringen.

»Das ist Daisys Geheimrezept«, sagte er jovial. »Sie sollten es probieren.«

Giulias Blick fiel auf Daisy, die sie schüchtern und freundlich zugleich anlächelte. »Ja, ich hätte gerne eine Limonade, Daisy«, hörte sie sich im nächsten Moment sagen.

»Sie wird Ihnen schmecken«, sagte Daisy in ihrem sehr korrekten und gerade deshalb etwas fremd klingenden Italienisch.

Giulia atmete noch einmal tief durch. »Ich weiß, dass Sie gewinnen wollen«, hörte sie sich dann sagen, ohne genau zu wissen, woher der Gedanke kam. »Aber ich denke, es gibt eine Möglichkeit, bei der wir alle gewinnen können.«

Paolo betrachtete sie aufmerksam. Giulia hielt seinem Blick stand.

»Meiner Meinung nach hinkt dieses Konzept«, sagte er dann sehr ruhig und in freundlichem Tonfall. »Es können niemals alle gewinnen, das ist ein Trugschluss. Es gibt immer einen Nachteil.«

Giulia stöhnte innerlich auf. Sie hatte sich so viel von diesem Ansatz versprochen und war zutiefst enttäuscht von seiner ausschließlich ablehnenden Haltung. Sie hatte nie geglaubt, dass dieses Gespräch leicht werden würde, aber es gestaltete sich doch weitaus schwieriger als erwartet. Giulia beugte sich vor und nahm die Kanne mit der Limonade zur Hand. »Für Sie auch?«, fragte sie Paolo.

»Gerne.«

Giulia schenkte ihm ein.

»Der Jasmingarten«, sagte er unvermittelt.

»Was?«

»Verkaufen Sie mir den Jasmingarten.«

Giulia starrte ihn an. Das konnte doch nicht sein Ernst sein. »Warum sollte ich das?«

Paolo zuckte die Achseln. »Es ist nur ein Geschäft, oder? Und ich hätte gerne den Jasmingarten.«

»Das ist niemals ein Geschäft«, platzte es aus Giulia heraus.

»Es ist immer geschäftlich.« Paolo Messi lächelte. »Das müssten Sie doch wissen. Alles ist geschäftlich.«

»Niemals.« Sie hatte nicht nachgedacht, da war das Wort schon aus ihrem Mund geschnellt.

»Das ist wirklich schade.«

»Ich habe den Eindruck, es macht keinen Sinn, weiterzureden«, fügte sie nach einer gefühlten Ewigkeit mit rauer Stimme hinzu.

»Das kann sein.«

Einen Augenblick lang herrschte Schweigen, dann stand Giulia auf. »Dann möchte ich mich verabschieden, Signor Messi.«

Er lächelte sie an. »Ich werde Sie nicht aufhalten können, nicht wahr?«

Giulia schüttelte den Kopf.

Auch er erhob sich. »Dann bleibt mir wohl nur, Ihnen eine gute Heimfahrt zu wünschen. Soll ich Ihnen ein Taxi bestellen?«

»Wenn Sie so freundlich wären?«

Einen Moment später sah sie ihn am Telefon in seinem Büro. Giulia ließ sich auf die Couch fallen und versank in Gedanken. Sie zuckte zusammen, als sie Michelle in der Tür bemerkte.

»Michelle ...«

»Hallo, Giulia! Es tut mir leid. Ich hätte Ihnen mehr Erfolg gewünscht. Wir Frauen müssen zusammenhalten, finden Sie nicht?«

»Wie lange stehen Sie schon da?«

»Eine Weile.« Michelle trat zu ihr, ein Glas mit einer leuchtend grünen Flüssigkeit in der Hand. »Etwas für die Gesundheit.«

»Ein Smoothie?«

»Ja, Hafer, Grünkohl, Kiwi ...« Michelle runzelte die Stirn. »Schmeckt besser, als man erwarten würde.«

Sie schwiegen.

»Wirklich, es tut mir leid, dass Sie ihn nicht überzeugen konnten«, sagte Michelle dann. »Er braucht den Signorello-Hof nicht.«

Giulia sah auf ihre rechte Hand, die sie gerade nach dem Limonadenglas ausgestreckt hatte. »Haben Sie alles gehört?«

Michelle lächelte milde. »Vielleicht. Er wird mich nie verlassen.«

Giulia musste sich räuspern. »Gut. Ich hätte auch niemals zugestimmt.«

Michelle nahm einen großen Schluck von ihrem Smoothie. »Das weiß ich. Meine Menschenkenntnis ist nicht die schlechteste.« Sie seufzte. »Wissen Sie, ich habe auch schon versucht, ihn zu überzeugen. Aber er will nicht. Ich weiß nicht genau, woran es liegt. Manchmal denke ich, er beneidet Marco um seine Kindheit, aber wer weiß das schon. Über so etwas redet er nicht.«

Es klingelte. Das Taxi war da und ihr Gespräch damit wieder unterbrochen. Michelle brachte sie zur Tür. Paolo grüßte von der Tür seines Arbeitszimmers aus. Giulia fühlte einen Stein in ihrer Magengegend, als sie den Aufzug bestieg. Sie war keinen Schritt weitergekommen.

Giulia ließ sich mit dem Taxi zurück zum protzigen Milano Centrale bringen und bestieg dort den Zug Richtung La Spezia.

Sie hatte wirklich keine Sekunde länger in diesem Haus bleiben wollen. Michelle und sie hatten sich gar nicht so schlecht verstanden, dabei war ihr Gespräch zweimal unterbrochen worden. Natürlich war da immer noch die Sache mit Marco, den sie betrogen und sitzen gelassen hatte, und das würde ihr Giulia nie verzeihen, aber andererseits hatte sie zunehmend den Eindruck, als hätte Michelle ihr Herz durchaus auf dem rechten Fleck – wenn man hier und da ein Auge zudrückte. Nachtragend war sie jedenfalls nicht.

Im Zug dachte Giulia weiter nach. Sobald sie in Levanto ankam, würde sie Marco anrufen. Das war hoffentlich noch nicht so spät, er sollte keinen Verdacht schöpfen. Andererseits hatte sie fest vor, ihm die Wahrheit zu sagen. Nur jetzt nicht, wo sie sich selbst sortieren musste.

FÜNFZEHNTES KAPITEL

Giulia entschied, vom Bahnhof aus zur Jasminvilla zu laufen, um den Kopf ein wenig freizukriegen. Sie hatte sich nicht vorstellen können, mit diesem Gefühl zurückzukommen. Sie hatte rein gar nichts erreicht. Gleichzeitig war sie sich im Klaren darüber, dass sie Marco würde sagen müssen, wo sie gewesen war, und das würde nicht leicht sein.

Immerhin musste sie sich nicht allzusehr beeilen. Oben in der Villa erwartete sie um diese Zeit ohnehin niemand. Loretta und Fulvio hatten ihre Arbeit längst getan. Sie gingen früher, wenn Giulia nicht da war und kein gemeinsames Abendessen geplant war.

Giulia schulterte ihre Tasche noch einmal neu. Der Zug war mit geringer Verspätung eingetroffen und deutlich gefüllter gewesen als auf der Hinfahrt. Levanto lag in der späten Abendsonne, in diesem typischen, warmen, goldenen Licht, das Giulia zumindest ein kleines Lächeln auf das Gesicht zauberte. Nachdem sie das Bahnhofsgebäude verlassen hatte, sah sie von der leichten Erhöhung, auf der der Bahnhof lag, zum Ort hinüber. Stimmen drangen zu ihr. Von irgendwo schwebte Musik zu ihr herüber. Was auch immer sie eben noch gefühlt hatte, was auch immer sie gleich wieder fühlen würde, eines war sicher: Sie war zu Hause. Das spürte sie.

Vom Bahnhof aus stieg sie wie gewohnt die Treppe hinunter und hielt dann nach links auf die Berge und die kleineren Orte zu: Lavaggiorosso, Montale, Ridarolo – ein Stück weiter über kleinere Straßen, dann über schmaler werdende Pfade und schließlich, teils unter einem kühlen, grünen Blätterdach entlang, immer weiter den Berg hinauf.

Zwei späte Wanderer begegneten ihr auf dem Weg in Richtung Levanto, beide in Wanderhosen, festen Schuhen und bunten Funktionsshirts. Sie ging jetzt doch etwas schneller, bald würde es ganz dunkel sein.

Ihr selbst war der Weg sehr vertraut. Sie war ihn in den letzten Monaten öfter gemeinsam mit Marco gegangen, hinunter nach Levanto, um sich in der Antica Pasticceria Bianchi ein paar süße Leckereien schmecken zu lassen, oder zur Piper Bar direkt am Meer, wo sie besonders gerne saß, den Ausblick genoss, einen *caffè* oder *aperitivo* trank oder sich auch einmal eine Pizza schmecken ließ.

Giulia erreichte die erste Straße, folgte ihr ein Stück bis zum nächsten Pfad weiter bergauf. Jetzt war es nicht mehr weit. Noch einmal blieb sie auf diesem Teilstück stehen, drehte sich um und schaute zur abendlich glitzernden Stadt und dann über das Meer hinweg, wo hier und da ein beleuchtetes Boot oder Schiff zu sehen war. Die Surfer waren gegangen, an der Mauer plauschten noch die letzten Einwohner Levantos miteinander.

Der Gedanke an das Gespräch mit Paolo jagte Giulia einen Schauder über den Rücken. Sie schritt wieder strammer voran, verärgert darüber, dass sie jetzt schon wieder an ihn dachte.

Kurz darauf tauchte die Einfahrt auf. Mit jedem Meter, den sie auf die Villa zulief, schlug ihr Herz ruhiger. Jetzt war sie wirklich zu Hause. Endlich.

Während sie das Tor durchschritt, rutschte ihre Tasche fast von der Schulter. Im nächsten Moment rief jemand ihren Namen. Das war doch Trixis Stimme? Nein, das konnte nicht sein, vermutlich spielten ihr ihre Nerven nach all dem Stress einen Streich. Dennoch wandte sie sich um.

»Giulia! Jetzt bleib doch endlich mal stehen!«

Trixi! War das wirklich Trixi, die da knapp hinter ihr durch das Tor trat, ihren großen Trekkingrucksack auf den Schultern, die Haare dieses Mal weißblond mit blauen Spitzen gefärbt, ein breites Lachen auf dem Gesicht?

»Giulia, wach auf! Ja, ich bin's wirklich.«

»Ich bin wach«, gab Giulia perplex zurück. »Wo kommst du denn plötzlich her?«

»Eigentlich bin ich schon seit der letzten Straße hinter dir, aber du warst ja so verdammt schnell. Gibt's hier einen Preis zu gewinnen?«

Giulia lachte auf.

»Bin ich willkommen?«, fragte Trixi freundlich. Sie schien sich über die zögerliche Begrüßung nicht zu grämen.

»Ja, natürlich! Entschuldige. Was für eine Überraschung! Wie schön, dass du da bist!« Giulia löste sich endlich aus ihrer Erstarrung, ließ ihre Tasche fallen, lief auf ihre beste Freundin zu und umarmte sie. Und von einem Moment auf den anderen durchströmte sie ein ganz unglaubliches Gefühl von Erleichterung. Trixi war da. Trixi war da, und alles würde gut werden. Wenn sie es recht bedachte, war das die erste gute Nachricht heute.

Nach ihrer überschwänglichen Begrüßung betraten Giulia und Trixi das Haus und ließen ihr Gepäck noch in der Halle fallen. »Gehen wir auf die Terrasse?«, fragte Trixi fröhlich. »Ich habe schon auf der Fahrt davon geträumt, mich endlich wieder auf einer Liege dort auszustrecken. Genauer gesagt, seit ich in Florenz umgestiegen bin, und dann natürlich auf dem letzten Stück hier rüber, als ich vergeblich versucht habe, dich einzuholen. Ich hatte dich schon vom Taxi aus gesehen, aber als ich bezahlt hatte, warst du schon über alle Berge. Meine Güte, hattest du es eilig.«

»Du bist mit dem Zug gekommen?« Giulia öffnete die Tür zur Terrasse und trat hinaus.

»Klar doch«, antwortete Trixi. »Nachdem ihr nach eurer Verlobung so rasch nach Genua aufgebrochen seid, habe ich meinen Resturlaub genutzt und einen Abstecher nach Süden gemacht. Das weißt du ja ... Und ich wollte ja immer mal nach Rom. Das nächste Mal schaffe ich es aber bestimmt noch weiter nach unten, nach Neapel, zur Stiefelspitze ... Der Rückweg hat mich über Florenz geführt, ich muss dir unbedingt die Fotos zeigen. Jetzt fehlen noch Pisa und Lucca und ...«

»Es tut mir immer noch leid, dass ich dich einfach so sitzenlassen musste. Ich hatte mir das auch anders vorgestellt.«

»Ja, ich auch, aber krank zu werden hat sich ja niemand ausgesucht ... Und ganz ehrlich, ich hatte eine tolle Zeit unterwegs. Jetzt dachte ich, ich schau auf dem Rückweg noch einmal hier vorbei, und offenbar hatte ich Glück, dich anzutreffen ...«

»Du hattest Glück. Ich war unterwegs.«

»Tja, ich bin eben ein Glückskind. Wo warst du denn?«

»Mailand.«

Trixi zog die Augenbrauen hoch und schaute Giulia prüfend an. »Bei Signor Messi?«

Giulia nickte. »Ja. Alessandro will den Olivenhof verkaufen, und ich dachte, ich könnte mit Paolo Messi reden, ihn irgendwie davon überzeugen, dass Alessandro seinen Hof braucht ...«

»Und was sagt Marco dazu?«

Giulia schwieg.

»Du hast es ihm nicht gesagt?« Trixi starrte sie an.

Giulia schluckte. »Nicht wirklich.«

»Mensch, Giulia, du machst Sachen ...« Trixi schenkte ihr einen liebevollen Blick. »Ich werde dich natürlich unterstützen, wann immer du meine Hilfe brauchst. Ich könnte zum Beispiel für dich bürgen, oder? Ich weiß ja, dass du eine grundehrliche Person bist.« Sie grinste. »Jetzt lass uns aber erst einmal hinsetzen und in Ruhe nachdenken. Es bringt nichts, sich aufzuregen.«

Sie wandte sich zum Garten und ließ den Blick schweifen. »Faszinierend, wie sich das immer wieder verändert hier, es ist einfach wunderschön. Du hast hier ein wirkliches Paradies.«

Giulia folgte ihrem Blick. »Ja, das stimmt«, sagte sie leise und dachte, dass es manchmal jemanden von außen brauchte, um so etwas zu erkennen und sich nicht an den Sachen aufzuhängen, die das Leben schwerer machten. Das hier war das Paradies. »Ich mache uns rasch einen Kaffee, in Ordnung? Ich brauche jedenfalls einen«, sagte sie.

Trixi reckte die Arme über den Kopf und streckte sich mit einem tiefen Gähnen. »Aber hallo. Das ist Punkt zwei auf meiner Liste. Ich bin die Coffee Queen. Weißt du doch.«

Giulia machte sich lachend auf den Weg in die Küche und wappnete sich innerlich für das Gespräch mit Trixi. Ihre Freundin würde sich gewiss nicht mit der Hälfte der Wahrheit abspeisen lassen. Giulia hatte noch nie etwas vor ihr verbergen können.

»Jetzt aber, und trotz allem, was du Marco offenbar verschwiegen hast: Wie geht es unseren jungen Verlobten?«, erkundigte Trixi sich, wenige Sekunden nachdem sie den ersten Schluck getrunken hatten. Giulia schaute ihre Tasse an, dann gab sie sich einen Ruck und schilderte Trixi in knappen Worten, was bei ihrem letzten Abschied geschehen war.

»Ihr habt euch gestritten?« Trixi blickte ungläubig drein. »Da wäre ich jetzt als Letztes draufgekommen.«

»Na ja, vielleicht haben wir uns ja auch nicht wirklich gestritten, aber wir haben uns nicht ganz einvernehmlich getrennt«, sagte Giulia.

»Nicht ganz einvernehmlich getrennt, das ist ja mal wieder typisch Giulia. Sowas kannst auch nur du sagen. Aber offensichtlich stimmt doch etwas nicht, oder? Was genau?«

Giulia hob den Kopf. »Ich weiß nicht, wie ich es sonst ausdrücken kann. Es gibt ein paar Dinge, die ich ihm hätte sagen sollen, aber ich wusste eben nicht, wie. Wir hatten einfach nicht wirklich die Muße, uns zu besprechen. Und das hat er herausgefunden ...«

»Okay?«, gab Trixi gedehnt zurück. Sie hatte sich auf ihrer Liege aufgesetzt und stützte sich auf ihren Oberschenkeln ab. Giulia, die auf einem Stuhl saß, schlug die Beine übereinander und begann, mit den Schnürsenkeln an ihrem rechten Schuh zu spielen. Dann atmete sie tief durch und schüttete Trixi endlich ihr Herz aus. Sie erzählte von Anfang an, von der Fahrt nach Genua, von Aurora, von Franco und vor allem von Laura und ihrer Suche nach Spendern in der Familie von Marcos und Lauras Mutter, und natürlich von der letzten Nachricht, dass mit Anna eine Spenderin gefunden worden war. Trixi hörte aufmerksam zu und kommentierte das Gehörte von Zeit zu

Zeit. Giulia spürte mit jedem Wort mehr, wie gut es ihr tat, die Dinge auszusprechen, die sie schon so viele Tage mit sich herumschleppte. Und so erzählte sie schließlich auch von Alessandro und dem anstehenden Verkauf des Olivenhofs. Sie berichtete von dem Vorvertrag und ihrem Bemühen, die Sache rückgängig zu machen, und von ihrer Reise nach Mailand.

»O.k., du hast dich also mit Paolo getroffen, um ihm die Sache auszureden. Aber warum hast du das Marco nicht gesagt?«

Giulia zuckte die Achseln. »Weil ich einfach nicht wusste, wie. Marco und Paolo ... und er hat auch so schon genug Sorge wegen Laura.«

Trixi lehnte sich wieder in ihrer Liege zurück. »Ja, das mag sein. Aber denkst du, es ist besser, Marco zu belügen?«

»Das tue ich doch nicht!«

»Du verschweigst ihm etwas.« Trixi hielt inne. »Ich glaube, ihr müsst das dringend klären, Süße. Natürlich ist es eigentlich deine Sache, zu entscheiden, was du tust, aber in einer Beziehung muss man sich auch austauschen. Gerade über solche Dinge, die alle betreffen.«

»Ja, schon.« Giulia nickte zustimmend. »Ich habe einfach Angst, dass er das Ganze falsch versteht. Paolo ist ein rotes Tuch für ihn. Und die Tatsache, dass ich mich jetzt heimlich mit ihm getroffen habe, macht es nicht einfacher.« Sie seufzte. »Wahrscheinlich hätte ich mir das früher überlegen sollen. Wir sind wohl alle sehr angespannt, und der Stress mit seiner Schwester nagt einfach an ihm.«

Trixi beugte sich vor. »Soll ich mal mit Marco reden, wenn sich die Gelegenheit ergibt?«

Giulia schüttelte den Kopf. Nein, das war ihre Aufgabe, die

konnte ihr niemand abnehmen. Sie musste mit ihm reden, daran führte kein Weg vorbei. Sie atmete tief durch und stand auf. »Komm, ich koche uns etwas.«

»Super Idee! Ich mache in der Zwischenzeit noch einen Abstecher in den Jasmingarten, wenn das okay ist?«

»Natürlich.« Giulia ging in die Küche und spürte mit jedem Schritt, wie ihre Zuversicht zunahm, und das war allein Trixis Anwesenheit geschuldet.

Als Trixi die Küche etwa eine halbe Stunde später betrat, schnupperte sie und stieß ein wohliges Stöhnen aus. In der Küche der Jasminvilla hing der Geruch von Olivenöl, Knoblauch, Kräutern und duftendem Speck. Giulia gab gerade die Spaghetti ins sprudelnde Wasser, dann schlug sie zwei frische Eier in einer Schüssel auf und rieb Parmesan dazu. Trixi trat zu ihr.

»Mhmmm, Spaghetti carbonara? Mit Eiern von eigenen Hühnern?«

»Ja. Diese Spaghetti habe ich tatsächlich schon lange nicht mehr gemacht.«

Trixi sah sich um. »Du hast ja auch schon gedeckt, das hätte ich doch machen können?«

»Ach, ich hatte Zeit.« Giulia lächelte. *Und ich wollte gerne beschäftigt bleiben*, fügte sie in Gedanken hinzu. Ein Stuhl scharrte über den Boden, als Trixi ihn jetzt vom Tisch zurückzog und darauf Platz nahm.

»Spaghetti carbonara hast du auch an dem Abend gekocht, bevor du zum ersten Mal hierhergefahren bist. Weißt du noch?«

»Echt?«

»Ja.«

Giulia überlegte, während sie das Wasser der Spaghetti abgoss, einen Löffel davon in die Sauce gab und dann die Pasta darunterhob. Oh ja, jetzt erinnerte sie sich. Sie hatte den Tag noch im Büro zugebracht – war das eigentlich ihr letzter Tag dort gewesen? – und dann zusammen mit Trixi zu Abend gegessen, in Giulias kleiner Wohnung, die sie inzwischen aufgegeben hatte. Wenn sie in Deutschland zu Besuch war, kam sie stattdessen in ihrem alten Kinderzimmer oder auch bei Trixi unter.

»Mann, habe ich Hunger«, riss Trixi sie aus den Gedanken. »*Cucina povera* hast du das damals genannt.«

»Ja, stimmt.« Giulia machte sich daran, das Gericht auf die Teller zu verteilen. »Damals haben wir auch Campari getrunken. Den habe ich aber nicht da.« Sie lachte. »Willst du einen Wein?«

»Ja. Wein ist gut.«

»Komm, lass uns doch draußen essen, okay?« Giulia nickte zur Tür hin. »Nimmst du die Teller?«

»Mach ich.«

Giulia holte zwei Gläser und eine Flasche Wein und folgte Trixi dann. Sie wählten beide einen Platz, von dem aus sie das Meer sehen konnten und unten in der Ebene Levanto. Die Sonne war jetzt tief gesunken und glitzerte auf den Wellen. Ab und zu trug der Wind von irgendwoher Stimmen zu ihnen, die nach und nach verklangen. Giulia dachte über das nach, was zwischen Marco und ihr geschehen war, das, was plötzlich so unüberwindbar zwischen ihnen stand, und dann wieder über ihre Reise nach Mailand, die vielleicht alles noch viel schlimmer gemacht hatte. Dann redeten sie über Laura. Was das anging, sah es eigentlich am besten aus, dachte Giulia.

Trixi schlug vor, am nächsten Tag eine Wanderung zu unternehmen. Giulia stimmte sofort zu, die Bewegung würde ihr guttun. Sie überlegten kurz und entschieden sich dann für die Strecke nach Portovenere.

Es war schon lange dunkel und wurde schließlich auch etwas kühler, als sie ins Bett gingen.

Giulia wachte früh am Morgen auf. Trixi kam etwa eine Stunde nach ihr gähnend auf die Terrasse – sie hatte sich extra den Wecker gestellt.

»Schaffst du das denn?«, erkundigte sich Giulia skeptisch.

»Klar schaffe ich das«, gab Trixi zurück und unterdrückte ein neuerliches Gähnen. Sie ließ sich auf einen Stuhl fallen und trank ihre erste Tasse Kaffee schwarz. Zum Frühstück kurz darauf gab es lediglich noch einen Milchkaffee und ein paar trockene Biscotti, bevor die beiden sich mit Rucksäcken, je zwei Flaschen Wasser und Proviant beladen wieder zu Fuß auf den Weg zum Bahnhof machten, wo Trixi in der leeren Bahnhofsbar noch rasch einen weiteren Espresso zu sich nahm. Der Zug brachte sie nach Riomaggiore, eine Strecke, die Giulia bereits in ihrer Anfangszeit hier gefahren war, als sie die Cinque Terre abgewandert hatte. Giulia schlug vor, zunächst eine kleine Runde durch den Ort zu drehen. Der Vorschlag fand Trixis Zustimmung. Sie sah immer noch müde aus, machte aber nun ein paar Fotos von den Häusern, die dicht an dicht wie eine vielfarbige Wand in die Höhe wuchsen, und von Katzen, die sich auf Booten räkelten. Giulia erinnerte sich, dies beim ersten Mal hier auch getan zu haben, und auch sie fand heute wieder einige ansprechende Motive. Sie waren früh aufgebrochen, es war noch relativ leer in den Straßen, und die Luft war frisch. Der Tag lag wie ein Versprechen vor ihnen.

Nach einem weiteren Kaffee ging es im Ort zuerst einmal eine ganze Weile steil bergauf und dann auf dem *Sentiero numero 3* in Richtung der höher gelegenen Wallfahrtskirche Madonna di Monte Nero. Der teils gepflasterte Wanderweg führte auf dem ersten Stück zwischen Steinmauern, Weinbergen und kleinen Gärten entlang – in einem davon arbeitete eine ganz in Schwarz gekleidete ältere Frau, im nächsten staksten pickend Hühner auf der Suche nach Futter umher. Es war eine wunderschöne Strecke, die immer wieder herrliche Ausblicke bot, aber durchaus anstrengend war. Als Trixi und Giulia nach etwas mehr als einer Stunde endlich die Kirche erreichten, atmeten sie beide tief durch und ließen sich erst einmal auf dem Plateau, das die Kirche umgab, zu Boden fallen. Von ihrem Platz unter hochgewachsenen Pinien genossen sie den noch imposanteren Ausblick über die Bucht der Cinque Terre bis nach Levanto und dann in Richtung ihres heutigen Ziels. Sie machten erneut ein paar Bilder, Giulia mit dem Handy, Trixi mit ihrer Kamera. Eine weitere Gruppe Wanderer traf ein, bestehend aus zwei Familien mit Kindern. Während sich die Erwachsenen ebenfalls fallen ließen, erkundeten die Zehn- bis Elfjährigen und ein jüngeres Kind neugierig die Umgebung. Picknick wurde ausgepackt, Wasserflaschen gezückt.

Giulia und Trixi brachen bald wieder auf. Weiter ging es durch Weinterrassen und Nadelwald, hin und wieder an steilen Stellen vorbei, manchmal bergan, manchmal nur leicht bergauf und bergab voran, bis zum Colle del Telegrafo, wo Holztische und Bänke und ein kleiner Kiosk zu einer weiteren Pause einluden. Giulia und Trixi ließen ihre Rucksäcke von den Schultern gleiten, setzten sich und streckten die Beine von sich. Giulia scrollte durch die Bilder auf ihrem Handy, Trixi hingegen sah interessiert zu dem Kiosk hinüber. Das kleine Gebäude war aus groben Holzbrettern gezimmert. An einer Seite der Theke befand sich ein Ständer mit Lollis, auf der anderen stand Kuchen. Auf einer Tafel wurde Eis am Stiel angeboten.

»Der sieht urig aus, findest du nicht?«

Giulia nickte.

»Ich glaube, ich schau mir das Angebot mal an.« Trixi stand auf.

»Ich brauche nichts«, sagte Giulia.

»Quatsch.« Trixi schüttelte den Kopf. »Wann sind wir denn schon einmal hier? Man muss seine Chancen nutzen, wenn sie sich bieten, sag ich dir.«

Kurz darauf war sie zurück, mit einem Tablett mit zwei mit Kochschinken belegten Brötchen, zwei Cappuccino, zwei kleinen Gläsern Süßwein und zwei Stücken Kuchen, die an Linzer Torte erinnerten. Sie stellte das Tablett ab, und Giulia musste lachen. »Das ist unser Mittagessen«, erklärte Trixi grinsend. »Jeder Mensch braucht Mittagessen, oder etwa nicht?«

Sie reichte Giulia ihr Brötchen, und deren Gedanke, dass sie eigentlich gar keinen Hunger hatte, löste sich beim ersten Bissen in Luft auf. »Das ist aber lecker.«

»Ja, nicht? Würde man hier oben kaum erwarten.«

Sie aßen schweigend und entspannten. Weitere Besucher trafen ein, Wanderer, aber auch Gruppen, die offenbar im Auto heraufgefahren waren. Zum Abschluss ließen sie sich den Süßwein schmecken und brachen wieder auf.

Sie folgten jetzt dem *Sentiero numero 1*, einem Waldweg,

der auf dem Hügelkamm oberhalb des Mittelmeers entlangführte, immer wieder mit sagenhaften Ausblicken hinunter nach Portovenere. Es wurde inzwischen stetig wärmer, der Duft von Salz, Nadelbäumen und Kräutern umgab sie. Manchmal war das Summen von Insekten zu hören. Teilweise wurde der Pfad recht schmal und felsig, sodass sie sich beim Laufen sehr konzentrieren mussten. Nach etwas mehr als eineinhalb Stunden erreichten sie Campiglia, wo sie eine weitere, kürzere Pause einlegten. Der kleine Ort lag auf dem Kamm einer Hügelkette, die auf der einen Seite zum Meer hin steil abfiel. An den Abhängen waren, teils von zahllosen Mauern gestützt, kleine Felder abgeteilt, die früher sicherlich in mühsamer Arbeit bewirtschaftet worden waren, heute aber verfielen. An dieser Stelle konnten sie den Blick wieder die ganze Küste entlangwandern lassen, von den Cinque Terre bis nach Portovenere und über den Golf von La Spezia bis zu den Apuanischen Alpen. Giulia und Trixi tranken eine Limonade in einer Trattoria, bevor es vorbei an der Dorfkirche und einem Spielplatz in ein weiteres Waldstück hineinging. Etwas später mussten sie ein Stück die Straße entlanglaufen, bevor der Weg wieder durch einen Wald und in südöstlicher Richtung verlief. Nun boten sich fantastische Ausblicke auf den Golf von La Spezia und die Palmaria-Insel. Dann tauchte auch schon die Burg auf, und nach einem streckenweise ziemlich steilen Abstieg erreichten sie endlich ihr Ziel: Portovenere. Aus zuerst noch schmalen, steinigen Pfaden wurden breitere Gassen und schließlich kleine Straßen. Sie durchquerten den Ort, bis sie unten im Hafen ankamen. Die so typischen hohen bunten Häuser spiegelten sich im Meer. Segelboote wippten auf dem Wasser. Familien, aber auch Pärchen spazierten umher. Wanderer studierten Reiseführer auf der Suche nach dem Beginn ihrer Tour. Man traf sich in Bars oder vor dem Eisladen.

Auf Trixis Vorschlag aßen sie noch ein Eis, bevor es mit dem Ausflugsschiff an der Küste entlang in Richtung Levanto zurückging.

SECHZEHNTES KAPITEL

Es dauerte einen Augenblick, bevor Giulia Marco auf der Eingangstreppe bemerkte. Trixi und sie waren in Levanto von Bord gegangen, hatten kurzentschlossen Pizza in der Piper Bar gegessen und sich dann erst auf den Weg zur Villa gemacht. Giulia fühlte sich gut, körperlich durchaus gefordert von der Wanderung, aber zugleich entspannt. Trixi und sie waren beide verschwitzt und freuten sich auf eine Dusche.

Und auf etwas zu trinken, fuhr es Giulia durch den Kopf, als sie durch das Tor der Jasminvilla schritt. Sie hatte das Gebäude fast erreicht, als sie abrupt stehen blieb.

»Marco.« Der Rucksack drohte ihr von der Schulter zu rutschen, sie konnte ihn gerade noch festhalten.

Marco war aufgestanden und kam auf sie zu. Er trug ein leicht offenstehendes, mittelblaues Hemd zu hellen Jeans und Turnschuhen. Er küsste sie, und sie genoss seine Nähe.

»Hallo, Giulia. Wo warst du denn?« Er küsste sie noch einmal. Sie schmiegte sich in seine Umarmung. Dann küssten sie sich ein weiteres Mal, bevor sie sich endlich voneinander lösten. Sein Lächeln wurde noch etwas breiter, als er Trixi erblickte. Er begrüßte sie mit Küsschen und äußerte dann seine Freude darüber, sie zu sehen. »Es tut mir leid, dass wir so schnell wegmussten nach unserem Fest.«

»Kein Problem, das habe ich Giulia schon gesagt. Ich habe

mich in Rom umgeschaut und war dann noch in Florenz, das übliche Touri-Programm eben.« Trixi lachte. »Leider muss ich bald wieder ins graue *Germania*.«

Marco grinste. Giulia hörte nur mit halbem Ohr hin. Die Begegnung mit Marco machte sie jetzt doch nervös, auch wenn sie sich längst vorgenommen hatte, mit ihm zu reden. Allerdings hatte sie nicht damit gerechnet, dass die Gelegenheit so bald kommen würde.

»Giulia?!«, riss Marcos Stimme sie aus den Gedanken.

»Was?«

»Ich habe gesagt, dass sie uns immer willkommen ist. Das stimmt doch, oder?«

»Klar«, brachte sie hervor.

Marco schaute Giulia unter gerunzelten Augenbrauen an. »Ist etwas?«

»Nein. Seit wann bist du denn zurück?«, stellte sie ihre Gegenfrage.

»Seit gestern Abend.« Er lächelte, als sei er froh darüber. »Es tut gut, wieder hier zu sein. Es tut mir auch leid, dass ich nicht schon gestern gekommen bin, aber es war echt spät. Leider habe ich dich dann heute Vormittag auch nicht angetroffen, und dein Handy ist irgendwie nicht erreichbar? Wie öfter mal in den letzten Tagen ...«

»Wirklich?«

Giulia zog das Handy aus der Tasche. Tatsächlich, sie hatte es heute früh im Flugmodus belassen. Auch in Mailand hatte sie den hin und wieder eingeschaltet, um nicht gestört zu werden ... vielleicht auch, um Marco nicht belügen zu müssen. Vielleicht hatte ihr auch ihr Unterbewusstsein einen Streich gespielt.

»Das war ein Versehen.« Sie schaltete den Flugmodus aus. »Wir waren unterwegs, wandern ... Da braucht man einfach kein Telefon ... außer zum Fotografieren ...«

»Offenbar.« Marco lächelte. Im nächsten Moment spürte sie seinen Arm um ihre Schultern. »Wandern wart ihr also.«

Giulia spürte Trixis Blick auf sich. Sicher fragte sich die Freundin, warum sie nicht einfach alles sagte? Irgendwie fragte sie sich das ja selbst ... Sie hatte sich vorgenommen, bestimmte Dinge nicht sofort auszusprechen, aber es wurde nicht besser, wenn sie wartete oder es gar nicht tat, und jetzt kam sie sich vor, als befände sie sich auf einem Weg, der sie immer weiter von der Wahrheit wegführte ...

Marco drehte sie mit dem Gesicht zu sich, küsste sie sanft und schloss sie dann fest in die Arme. »Ich habe dich so vermisst.«

Giulia schloss die Augen und erwiderte seinen neuerlichen Kuss.

Ich muss ihm sagen, wo ich war, ich muss es ihm endlich sagen, auch wenn es den richtigen Zeitpunkt dafür jetzt nicht mehr gibt. Aber ich habe solche Angst vor seiner Reaktion. Laura hatte ihr geschildert, wie verzweifelt er gewesen war, als Michelle ihn für Paolo verlassen hatte, dass sie ihren Bruder für einige Zeit kaum wiedererkannt hatte. Damals war er jünger gewesen, vielleicht machte das etwas aus, aber es stand ebenso außer Zweifel, dass die Beziehung zwischen ihm und Paolo immer eine besondere sein würde.

»Mein Gott, habe ich dich vermisst«, wiederholte er und ließ sie damit zusammenzucken. Sie straffte sich innerlich.

»Ich dich auch«, flüsterte sie dann. »Ich dich auch. Wie geht es Laura?«

»Besser. Sehr viel besser. Sie hat sich an den Gedanken gewöhnt, dass wir es noch einmal versuchen. Und irgendwie kann sie das Angebot von Anna auch annehmen. Die Vorbereitungen zur OP laufen, und darüber bin ich sehr, sehr froh.« Er schwieg einen Moment. Sie spürte die Berührung seines Kinns seitlich an ihrem Kopf. »Unsere Cousine ist einfach klasse, weißt du? Anna, Laura und ich, wir verstehen uns unglaublich gut. Und es tat auch gut, einmal über die Zeit zu reden, als *mamma* unseren *papà* verlassen hat. Laura und mir ist jetzt einiges klarer. Es war nicht leicht damals, weißt du? Ich habe versucht, nicht zu viel darüber nachzudenken, aber es war nicht leicht.«

Giulia schmiegte sich noch einmal enger an ihn. Auch sie war erleichtert. Sie hatte Lauras Krankheit bisher nur während einer verhältnismäßig kurzen Zeit mitbekommen, und sie wusste, was die Signorellos über Jahre mitgemacht hatten. »Das freut mich wirklich sehr«, murmelte sie. »Chiara und Aurora verstehen sich übrigens auch anhaltend gut.« Sie rief sich ins Gedächtnis, wie die beiden übers Gelände gestromert waren. Sie hatten auch schon darum gebeten, gemeinsam in der Villa übernachten zu dürfen, und Aurora hatte darauf bestanden, dass auch Chiara ein Huhn haben müsse – ein braunes, damit man es gut von Auroras weißem, das sie *palla di neve*, Schneeball, genannt hatte, unterscheiden konnte.

Sie küssten sich noch einmal, dann drehte Giulia sich mit einem schiefen Lächeln zu Trixi um. »Sorry.«

»Ist schon o.k.« Trixi nickte zur Tür hin. »Ich würde nur gerne reingehen und duschen.«

»Ja, lass uns reingehen.« Giulia drehte sich zu Marco. »Warum wartest du eigentlich hier draußen?«

Er zuckte die Achseln. »Ich weiß nicht ... Das Wetter war schön. Außerdem war alles verschlossen, und ich hätte nicht gewusst, was ich drinnen ohne dich tun soll ...«

Giulia schob den Schlüssel ins Schloss, und sie betraten nacheinander das Haus. Giulia und Trixi ließen ihre Rucksäcke an der Garderobe fallen. Trixi bedachte Giulia mit einem langen Blick und verabschiedete sich dann, um zu duschen, und Giulia und Marco nahmen den Weg in die Küche, wo sie ihn fragte, ob er etwas trinken wolle. Er wählte ein Wasser mit etwas Zitrone, und Giulia schenkte sich ebenfalls eines ein. Noch einmal küssten sie sich. Sie liebte es, ihn zu schmecken, die Bartstoppeln zu spüren – er war wohl selten dazu gekommen, sich zu rasieren –, dann gingen sie hinaus auf die Terrasse. Giulia deutete auf die Liegestühle. »Ich würde gerne die Beine hochlegen. Wir sind wirklich weit gelaufen heute.«

Marco nickte. Sie nahmen Platz, und Giulia streckte sofort ihre Beine aus. Marco saß noch einen Augenblick lang aufrecht, mit angewinkelten Beinen, bevor er es sich ebenfalls bequem machte.

»Wo warst du eigentlich genau gestern?«

Giulias Magen zog sich zusammen. Sie dachte an den Blick, den Trixi ihr eben zugeworfen hatte. Die Freundin hielt es offenkundig für besser, wenn sie mit der Wahrheit herausrückte, aber Trixi war eben anders ...

Sie fürchtet sich nicht vor Auseinandersetzungen.

»Heute sind wir von Riomaggiore nach Portovenere gewandert«, hörte sie sich sagen. Und vertat damit wieder eine Chance.

Marco nickte. »Das ist eine tolle Strecke. Die würde ich auch gerne einmal mit dir gemeinsam machen.«

»Hm.« Giulia trank einen Schluck. Im nächsten Moment sah sie zu ihrer Überraschung Loretta aus Richtung des Nutzgartens kommen, einen Korb mit großen, saftig roten Fleischtomaten am Arm. Man konnte sie singen hören. Giulia hatte nicht gewusst, dass die Haushälterin noch da war, es war wirklich spät. Und Loretta war offenkundig ebenso erstaunt, denn als sie Giulia erblickte, verharrte sie einen Moment lang reglos auf der Stelle, bevor sie sich wieder in Bewegung setzte. »Giulia, *cara amica*, wie war es in Mailand?«, rief sie. »Konntest du etwas erreichen?«

Giulias Kopf flog in Marcos Richtung, als hätte jemand an einer Schnur gezogen. Sie spürte, wie sich ihr Puls beschleunigte.

Marcos Gesichtsausdruck war düster. »Du warst in Mailand?«, fragte er mit beinahe tonloser Stimme.

»Oh, ich wusste nicht, dass du ...«, brachte Loretta ungeschickt hervor.

Marco starrte sie an. »*Was* wusstest du nicht?«, fragte er scharf, bevor er sich erneut an Giulia wandte: »Was wolltest du vor mir verbergen?«

»Ich wollte nichts verbergen. Ich hätte ...«

»Nein, Marco, das wollten wir bestimmt nicht«, stimmte Loretta eilig zu, »wir wollten nichts verbergen. Wir wollten nur ...«

Auf Marcos Stirn bildete sich eine tiefe Falte, und er hob abwehrend die Hände als Zeichen dafür, dass er nicht bereit war, ihnen länger zuzuhören. »Wollt ihr euch vielleicht erst besprechen und eure Geschichte miteinander abklären, bevor ihr mich weiter belügt?«, sagte er eisig.

Giulia stand auf. Ärger stieg in ihr auf, Ärger über sich

selbst, aber auch Ärger über das, was er offenbar von ihr dachte und glauben wollte. Was bildete er sich eigentlich ein? Warum misstraute er ihr so? Sie war in Mailand gewesen, um den Verkauf des Olivenhofs für Alessandro und damit auch für Marco zum Besten zu regeln, er aber dachte nur das Schlechteste von ihr. Und richtig: »Hast du *ihn* getroffen?«, verlangte er zu wissen. »Ist es das? Hast du das nicht immer gewollt? Bist du seinem Charme endlich erlegen?« Marcos Gesicht war schneeweiß. Er wandte sich von ihr ab, die Arme steif an den Seiten langgestreckt, die Hände zu Fäusten geballt.

»Bitte, Marco, lass mich erklären ...«

»Nein, das werde ich nicht«, unterbrach er sie mit mühsamer Beherrschung. »Dieses Mal ist es zu viel. Ich habe beim letzten Mal nichts gesagt, als du mir verschwiegen hast, was du über die Pläne meines Vaters wusstest, aber jetzt ... Das ist einfach zu viel.«

Seine Worte verletzten sie, und Giulia war mit einem Mal den Tränen nahe. »Marco, was wirfst du mir eigentlich vor?« Sie hörte selbst, dass ihre Stimme zitterte.

»Du hast dich mit ihm getroffen.«

»Ich hatte meine Gründe. Was denkst du denn, warum ich mich mit ihm getroffen habe? Ich wollte ...«

»Ich muss das nicht hören, Giulia. Ich habe nur eine Bitte: Was auch immer jetzt passiert: Verletze Aurora nicht, sie kann nichts dafür. Machen wir also gute Miene zum bösen Spiel, das wirst du ja ganz gut hinkriegen ...«

»Marco!« Giulia sprang auf.

»Ich gehe jetzt und ...«

»Du wirst nicht gehen, Marco Signorello«, mischte sich mit einem Mal Loretta wieder ein, dieses Mal mit fester Stimme.

Der Blick, den Marco ihr zuwarf, war so abschätzig, wie Giulia es noch nie an ihm gesehen hatte. »Doch, das werde ich. Ich gehe zu meinem Vater«, sagte er und machte auf dem Absatz kehrt.

Giulia stand einen Augenblick reglos da, sank dann auf ihrer Liege zusammen und barg das Gesicht in den Händen. Sie hatten sich noch nie so gestritten, und das, was Marco ihr implizit vorwarf, tat furchtbar weh. Warum misstraute er ihr so sehr? Und was bedeutete das für ihre Beziehung? Sie schluckte hart und presste die Handballen gegen die Augen. Loretta setzte sich neben sie und legte den Arm um ihre Schultern.

»*Poveretta*, armes Ding, er wird erkennen, dass er falsch gehandelt hat. Ich weiß das. Er liebt dich.«

Giulia schnaubte. »Das ist mir egal.« Es klang nicht überzeugend.

Loretta strich ihr über den Rücken. »Nein, das ist es nicht, und jetzt machst du dich erst einmal frisch, und dann gehst du rüber zu ihm ...«

»Ich habe einen Gast. Trixi ist ...«

»Ich kümmere mich um Trixi, und dann sehen wir weiter.«

Giulia öffnete noch einmal den Mund, sagte aber nichts und stieg schweren Herzens die Treppe hinauf. Im ersten Stock klopfte sie an Trixis Tür und schilderte der Freundin, was geschehen war.

Trixi nahm sie in den Arm. »Ich hab's gehört«, sagte sie sanft. »Hätte ich dir zur Seite eilen sollen? Ich hatte den Eindruck, es ist besser, wenn ich oben bleibe.«

Giulia nickte. »Ja, ich denke, das war es auch. So habe ich ihn noch nie erlebt. Es war, als ob ich ihn nicht kenne.«

Giulia duschte lange, viel länger, als sie das gewöhnlich tat, fühlte sich danach aber nicht wirklich besser. Als sie schließlich in die Küche trat, saß Trixi vor einer großen Schüssel Pannacotta am Tisch.

»Loretta hat einen wunderbaren Nachtisch gemacht, und ich konnte einfach nicht widerstehen.«

»Niemand kann Lorettas Nachtisch widerstehen ...«, sagte Giulia müde.

Loretta reichte ihr ein Schälchen. »Da, iss!«

Giulia stieß einen Seufzer aus. »Nein, heute nicht.«

»Wie du meinst.« Loretta stellte das Schälchen auf den Tisch und setzte sich. Giulia ließ sich ebenfalls auf einen Stuhl fallen.

»Bevor du jetzt zu Marco gehst: Erzähl bitte einmal kurz: Wie war das Treffen mit dem Mailänder?«

»Ich habe mich nicht *getroffen*, ich war dort, um zu verhandeln. Das weißt du doch ...«

»Ja, über Alessandros Hof«, wiederholte Loretta und schwieg einen Moment. »Enzo hätte niemals verkauft«, fuhr sie dann energisch fort. »Um keinen Preis der Welt! Alessandro ... das überrascht mich immer noch, doch bei ihm bringt der Olivenanbau nicht so viel ein, er hat ja schon einmal darüber nachgedacht. Aber ich dachte, es wäre anders, seit er Enzos Olivenbäume pachtet.« Sie warf Giulia einen Blick von der Seite zu. »Du denkst nicht darüber nach, die Villa ...«

»Um Himmels willen, nein!« Giulia erschrak selbst über ihren scharfen Tonfall.

Loretta entschuldigte sich. »Und, hattest du Erfolg?«, wollte sie dann wissen.

»Nein. Leider hat er mir Dinge vorgeschlagen, die ganz unmöglich waren.«

»Das hätte ich dir sagen können.«

Das kann schon sein, dachte Giulia, *aber es gibt eben Erfahrungen, die man selbst machen muss.* Außerdem hatte sie Paolo auch schon anders erlebt. Dieser Geschäftsmann hatte einen anderen Kern.

Trixi hatte ihre Schüssel geleert und schob sie von sich. »Weißt du was: Ich finde, du solltest Marco jetzt endlich hinterhergehen. Du könntest auch nach Aurora schauen und damit zeigen, dass dir etwas an allen liegt. Und dann mit ihm reden.«

Loretta nickte zustimmend. »Das habe ich auch schon vorgeschlagen. Du musst in Ruhe mit ihm reden, Giulia.«

Giulia wusste, dass sie recht hatten, scheute sich aber vor der Konfrontation. »Ich kann dich doch nicht schon wieder alleine lassen, Trixi«, sagte sie lahm.

»Natürlich kannst du! Besondere Zeiten erfordern besondere Maßnahmen.« Trixi zwinkerte ihr zu. »Ich war schon öfter alleine unterwegs. Du machst dich jetzt auf zu deinem Typen und erzählst ihm mal, was Sache ist. Loretta und ich trinken derweil noch ein Weinchen.«

Sie stand auf und umarmte Giulia fest. »Du schaffst das!«, flüsterte sie ihr aufmunternd zu. Giulia war sich da nicht so sicher, machte sich aber auf den Weg zu den Signorellos.

Es war spät, aber Aurora spielte noch im Hof, als Giulia eintraf, und flog ihr sogleich jubelnd entgegen. Die Dinge hatten sich geändert, seit Anna und Chiara in ihr Leben getreten waren, seitdem war auch Aurora bedeutend gelöster.

»Tante Giulia, Tante Giulia, wirst du heute bei uns schlafen?« Aurora umklammerte ihren Arm und sah flehend zu ihr auf. »Bitte, bitte, du hast es versprochen! Du hast es versprochen! Und ich wünsche es mir doch schon so lange!« Das Mädchen umfing sie mit beiden Armen.

Giulia strich ihr sanft über den Kopf. Das Versprechen war zwar schon lange her, aber Aurora hatte recht. »Ich weiß, Aurora«, sagte sie so ruhig wie möglich, ohne jedoch auf den Vorschlag einzugehen. Sie hatte keine Ahnung, wie sich ihr Gespräch mit Marco entwickeln und was der Abend bringen würde. In diesem Moment tauchte Marco in der Tür auf. Sie suchte seinen Blick, und er wich ihrem nicht aus. Sekundenlang sahen sie einander an, dann gab Giulia sich einen Ruck. »Hallo, Marco!«, sagte sie bemüht fröhlich und fand, dass ihr das ganz gut gelang. »Du musstest so schnell gehen, und ich hatte irgendwie noch nicht genug von dir.« Es stimmte, was sie sagte, dennoch zitterte sie innerlich, als hätte man sie bei einer Unwahrheit erwischt.

»Hallo, Giulia! Schön, dich schon wieder zu sehen.«

Auch Marco klang freundlich. Aurora schien die angespannte Stimmung zwischen ihnen nicht zu bemerken. Jetzt löste sie sich von Giulia. »Tante Giulia, kannst du mir vielleicht mit meinem Zopf helfen? Mein *nonno* und mein Onkel können das einfach nicht.«

Giulia sah zu ihr herunter und strich ihr eine Haarsträhne aus der Stirn, die aus dem Pferdeschwanz entkommen war. Dann drehte sie das Mädchen mit dem Rücken zu sich und machte sich daran, den Pferdeschwanz zu lösen und neu zu binden. Es fühlte sich einfach an, und sie war froh, dass ihre Hände etwas zu tun hatten.

Aus den Augenwinkeln bemerkte sie, dass Marco sie immer noch beobachtete. Sanft strich sie die letzten Strähnen zurück und band Auroras Haare dann wieder mit einem Gummi zusammen.

»Kannst du bitte hier übernachten, Tante Giulia«, begann Aurora von neuem. »Bitte, bitte, bitte!«

Giulia strich Aurora über den Kopf und tat so, als würde sie ihr Werk überprüfen, während sie versuchte, sich zu sammeln. »Ja, das ist eine gute Idee«, sagte sie schließlich, immer noch mit bemüht fröhlicher Stimme. »Mal sehen, wann wir das hinkriegen. Was meinst du, Marco?«

»Stimmt, das ist eine gute Idee. Das sollten wir unbedingt mal machen.« Marco hatte seine Arme vor dem Oberkörper verschränkt, lockerte sie nun aber wieder. »Ich glaube, hier bei Opa haben wir noch nie gemeinsam übernachtet, oder, Aurora?«

»Nein, noch nie. Aber Giulia hat es schon lange versprochen!« Aurora war jetzt sichtlich aufgeregt. »Warum nicht jetzt gleich? Du bist doch sowieso schon hier, und es ist spät, dann kannst du doch einfach bleiben!«

Giulia wusste nicht, was sie sagen sollte. Unter normalen Umständen hätte sie sofort zugesagt, aber solange diese Dinge zwischen Marco und ihr standen, war ihr das unmöglich. Sie blickte zu Marco, der die Stirn runzelte, als müsse er nachdenken. »Das Bett ist vielleicht etwas klein«, hörte sie ihn dann sagen. »Du wirst also entscheiden müssen, ob heute Nacht Tante Giulia oder Onkel Marco bei dir schlafen.«

Seine Worte ließen Giulia zusammenzucken. Deutlicher konnte er ihr nicht sagen, dass er sie nicht bei sich haben wollte. Jetzt erschien es ihr noch schwerer, das zu tun, was

Trixi und Loretta vorgeschlagen hatten: die Ruhe zu bewahren und einen Weg zu finden, endlich über alles zu reden.

Aurora hingegen war begeistert. »Ich schlafe bei Tante Giulia«, platzte sie heraus und wandte sich dann mit einem strahlenden Lächeln ihrem Onkel zu. »Du bist mir doch nicht böse, Onkel Marco?«

»Bestimmt nicht, wie könnte ich dir denn je böse sein?«

Aurora hüpfte auf ihren Onkel zu. »Danke, danke, danke, du bist der Beste.«

»Klar.«

»Isst du mit uns, Tante Giulia?«

»Ich habe eigentlich schon ...«

»Natürlich isst sie mit uns«, antwortete Marco für sie.

»O.k., ein bisschen.«

»Es gibt Opas Hähnchen mit Kräutern, das magst du doch?« Aurora kam wieder zu Giulia und schmiegte sich in ihre Umarmung.

Giulia lächelte. »Ja, das mag ich sogar sehr.« Sie musste zugeben, dass es eines der besten Brathähnchen war, die sie je gegessen hatte. Aurora drückte sich noch einmal fest an sie, dann löste sie sich und hopste auf die Tür zu. »Dann muss ich jetzt gleich Opa Bescheid geben. Er wird sich sicher auch freuen.«

Das späte Abendessen verlief ruhig. Aurora erzählte, was sie die letzten Tage über getan hatte, und freute sich weiterhin sichtlich über Giulias Anwesenheit. Sie riefen alle zusammen Laura an, die fröhlich bestätigte, dass alles seinen Gang gehe und sie hoffentlich bald großartige Neuigkeiten habe. Danach schlug Giulia vor, zusammen mit Marco das Geschirr zu spülen. Alessandro und Aurora nahmen das Angebot gerne an und zogen sich zurück, um ein wenig fernzusehen.

Giulia war froh, in der Küche endlich mit Marco allein zu sein, auch wenn er durch und durch Ablehnung ausstrahlte, was es Giulia schwer machte, die richtigen Worte zu finden. Und so schwiegen sie eine ganze Weile, dann räusperte Marco sich. »Ich bin zumindest schon mal froh, dass du Aurora nicht in die Sache reinziehst. Danke, dass du ihr nichts gesagt hast. Sie hat genug durchmachen müssen.«

Giulia erstarrte mitten in der Bewegung. Sie war fassungslos, dass er tatsächlich einfach davon ausging, dass sie ihn betrogen hatte. Und die Tatsache, dass er keine Fragen stellte, konnte nur bedeuten, dass er gar nicht davon ausging, dass die Sache auch anders sein konnte, als er sich das vorstellte. Wie konnte er ihr nur so misstrauen? Wie konnte er nur so blind sein? Hatte er in den Monaten ihres Zusammenseins denn gar nichts über sie gelernt? Sie starrte ihren Verlobungsring an, wie so oft, auch wenn es heute schmerzlich war.

Im nächsten Moment hörte sie ihre eigene Stimme, klar und kühl: »Natürlich mache ich das gerne *für Aurora*. Das ist kein Problem für mich.«

Für Aurora, nicht für dich. Sie konnte selbst kaum glauben, dass sie sich so ausdrückte. Es tat weh, weil sie große Hoffnungen in dieses Gespräch gesetzt hatte, auf die Gelegenheit, sich endlich auszusprechen. Stattdessen kam es ihr jetzt so vor, als seien sie zwei Fliegen in einem Spinnennetz, die sich durch ihr Zappeln immer mehr verfingen. Es war unumstritten, dass sie sich beide tief verrannt hatten.

Etwas in seinem Gesichtsausdruck zeigte ihr, dass er in diesem Moment vielleicht doch ahnte, dass er einen Fehler gemacht hatte. Er öffnete den Mund, doch Giulia wandte sich abrupt ab. Sie musste hier raus, sonst würde sie die Beherrschung verlieren. Sie warf das Geschirrtuch auf die Anrichte, trat durch die Küchentür und zog sie mit einem Ruck hinter sich zu, während sie mit den Tränen kämpfte.

»Wer ist da?«, rief Alessandro aus dem Wohnzimmer.

Giulia schluckte. »Nur ich«, gab sie zur Antwort. »Ich wollte mir noch eine Decke holen und das Bett für Aurora und mich neu beziehen.«

»O.k.«, rief Aurora.

Giulia schloss für einen Moment die Augen und atmete tief durch. Sie ging ein paar Schritte, langsam, unterdrückte den ersten Schluchzer, während ihr die Tränen schon über die Wangen liefen. Sie war froh, als sie endlich die Tür zu Auroras Zimmer hinter sich zuziehen konnte. Immer weiter strömten die Tränen über ihre Wangen. Mein Gott, warum war diese Situation nur so verdammt verfahren?

SIEBZEHNTES KAPITEL

Giulia lag auf dem Rücken in Auroras Bett und wartete auf die Zehnjährige, die sich im Bad die Zähne putzte. Sie hatte kurz mit Trixi gesprochen, die nochmals Verständnis geäußert und sich dann darüber amüsiert hatte, dass Autunno und sie die große Villa jetzt wieder ganz für sich alleine hatten. Giulia hatte auch grinsen müssen, obwohl ihr eigentlich nicht zum Grinsen zumute war, aber so war Trixi eben. Sie konnte jeden mitreißen.

»Auch wenn du jetzt lieber hier wärest – zieh das durch. Ich bin sicher, dass sich noch eine Gelegenheit ergibt. Und denk an Aurora«, hatte Trixi hinzugefügt. »Sie braucht dich.«

Gegen 21 Uhr kroch Aurora nach Zahnpasta riechend zu ihr. Giulia las ihr, auf ihren Wunsch, noch etwas vor. Dann lagen sie nebeneinander und starrten für eine Weile an die Decke. Die Minuten verrannen, doch Giulia kam nicht zur Ruhe. Plötzlich meldete sich Aurora zu Wort, als Giulia dachte, das Mädchen sei längst eingeschlafen. »Warum habt ihr euch gestritten?«, fragte sie vorsichtig.

Giulia schluckte. »Wir haben uns nicht gestritten. Es ist nichts.«

Aurora schwieg, für eine Weile hörte Giulia sie lediglich atmen. »Ihr müsst euch vertragen«, flüsterte sie dann in Giulias Ohr.

Giulia biss sich auf die Unterlippe, voll des schlechten Gewissens und doch unfähig, Aurora eine ehrliche Antwort zu geben. Denn natürlich hatte das feinfühlige Mädchen etwas mitbekommen, das sollte sie eigentlich nicht verwundern.

Ja, sie hat recht. Und ich bin ja eigentlich hergekommen, um die Situation zu klären. Aber die verdammte Situation wurde eindeutig nicht besser dadurch, dass sie hier alle mit all ihren Problemen aufeinanderhockten.

Giulia erinnerte sich daran, wie sie sich in Mailand vorgestellt hatte, wie sie nach ihrer beider Rückkehr gemeinsam mit Marco im Bett liegen würde. Wie sie sich aneinanderschmiegen und über alles reden, an ihren neuen Plänen schmieden würden. Natürlich hatte sie Angst vor dem Moment gehabt, in dem er von ihrer Mailandreise erfuhr, aber sie war sicher gewesen, dass es für alles eine Lösung geben würde.

Aber es ist anders gekommen.

Und jetzt lag sie hier, neben Aurora, und er lag auf der Couch im Zimmer nebenan und war nicht bei ihr, und es tat einfach weh. Jedes Wort, alles, was zwischen ihnen gewesen war, Blicke, an die sie sich jetzt erinnerte, taten weh wie ein Messerstich.

Giulia war nicht sicher, ob sie heute überhaupt einschlafen würde. Sanft strich sie Aurora noch einmal über das Haar, worauf sich das Mädchen enger an sie kuschelte. »Gute Nacht«, flüsterte sie.

Aurora murmelte etwas Undeutliches, und kurz darauf waren ihre Atemzüge ruhig und gleichmäßig.

Giulia überlegte. Vielleicht war es die beste Lösung, Abstand zu gewinnen, nach Deutschland zu fahren, ihre Eltern zu besuchen ... Sie stellte sich vor, wie es wäre, sich von ihrer

Mutter verwöhnen zu lassen und sich mit ihrem Vater zu besprechen. Was war das überhaupt für eine absurde Idee, hier, in Levanto, ein neues Leben aufzubauen, vom Jasminanbau zu leben, möglicherweise auch vom Kochen und von der Zimmervermietung? Das war doch mehr als albern! Was sollte das? Ach, so viele verdammte Gedanken!

Was Marco auf seiner Couch wohl machte? Ob er auch nicht schlafen konnte? Sie biss sich auf die Lippen. Wieder kamen die düsteren Gedanken zurück, wie ein verdammter Strudel, der sie hinabziehen wollte. Je länger sie wach lag, desto schärfer und verletzender wurden ihre Gedanken. Sie würde ganz sicher auch einiges vermissen, wenn sie dem Ganzen hier den Rücken kehrte. Sehr viel sogar. Und wenn sie ehrlich war, wollte sie nicht nach Deutschland zurück, sie wollte nur gerade nicht hier sein. Wollte sie also wirklich fortlaufen?

Als Giulia aufwachte, war sie überrascht, denn sie hatte nicht den Eindruck, geschlafen zu haben. Sie fühlte sich wie gerädert. Sie drehte sich auf den Rücken und starrte an die Decke, wo jetzt ein Spiel aus Licht und Schatten zu sehen war. Giulia schloss die Augen, versuchte, gleichmäßig zu atmen und wieder einzuschlafen, doch sie kam nicht zur Ruhe. Sie öffnete die Augen. Die Decke – irgendetwas war anders. Es war das Licht. Das hatte sich geändert. Dieses Schlafzimmer ging zum Garten hinaus, hier war es eigentlich besonders dunkel. Giulia warf einen Blick auf die Uhr. Es war immer noch mitten in der Nacht, es dämmerte also nicht. Merkwürdig. Dieses Licht, dieses seltsame, tanzende Licht …

Und dann, von einem Moment auf den anderen, sprang sie auf und stürzte ans Fenster. Es brannte! Das war es, das Licht rührte von einem Feuer her! Im Garten brannte es! Giulia sah, dass der Holzstapel in der Nähe des Hauses in Brand geraten war – die Flammen würden gewiss bald auf die sommertrockenen Bäume und dann womöglich auch auf das Haus übergreifen ...

Giulia stürzte zurück zum Bett.

»Aurora, wach auf!« Sie sprach so ruhig wie möglich, während das Mädchen sich schlaftrunken aufsetzte und sie es sogleich auf die Füße zog. »Aurora, bitte, Liebes, wir müssen hier raus. Wach auf.«

»Ich bin wach, Tante Giulia.«

Im nächsten Moment hämmerte es auch schon an der Tür.

»Giulia!« Es war Marcos Stimme, und er klang besorgt. »Giulia, Aurora, wacht auf!«

»Wir sind wach. Es ist offen«, brachte Giulia heraus. Im nächsten Moment stand Marco auch schon im Zimmer, stürzte auf sie beide zu und hielt sie für einen kurzen Moment fest in seinen Armen. »Gott sei Dank, Giulia, es geht euch gut!«

»Es brennt ...«, brachte sie hervor und schmiegte sich an ihn, spürte, wie sich jemand an ihnen vorbeischob, und sah Alessandro, der seine Enkelin fest in den Armen hielt.

»*Papà* hat schon die Feuerwehr verständigt«, flüsterte Marco in ihr Ohr.

»Es brennt«, sagte jetzt auch Alessandro mit tonloser Stimme, als könne er es nicht fassen.

Marco löste die Umarmung. »Kommt, lasst uns erst einmal alle hier rausgehen ... Kümmerst du dich bitte um Aurora, Giulia? *Papà* und ich sehen, was wir draußen tun können, bis Hilfe eintrifft. Jemand muss die Feuerwehr empfangen ...«

»Das mache ich.« Giulias Stimme klang stärker, als sie sich fühlte, aber es war gut, etwas zu tun zu haben. »Komm mit, Aurora.«

Aurora griff nach ihrem Hasen Gepetto.

»Danke.« Marco schenkte Giulia einen langen Blick, bevor er sie kurz und sanft küsste, dann verschwand er durch die Tür nach draußen. Giulia war ihm zutiefst dankbar für diese Geste. Aurora drückte sich noch einmal an ihren Großvater. Der erwiderte ihre Umarmung und folgte dann seinem Sohn.

Hastig liefen danach auch Giulia und Aurora die Treppe hinunter und durch die Haustür ins Freie. Hinten aus dem Garten waren bereits Marcos und Alessandros Stimmen zu hören. Dann wurde an der Seite des Hauses der Gartenschlauch aufgedreht. Selbst von hier aus war der Schein des Feuers, der Tanz der lodernden Flammen noch zu erahnen.

Die wenigen Minuten, bis die Feuerwehr eintraf, erschienen Giulia wie eine Ewigkeit. Ihre Gedanken rasten, während sie im Hof wartete, Aurora fest umschlungen. Wie war es zu dem Brand gekommen? Es hatte kein Gewitter gegeben, und der Stapel hatte sich wohl kaum selbst entzündet. Hatte etwa jemand nachgeholfen? Der Gedanke ließ ihr Herz schneller schlagen.

Als die Feuerwehr eintraf, übernahmen die Männer sofort. Alessandro sah blass und angestrengt aus, als er in den Hof kam. Minuten später war der Brand endgültig unter Kontrolle gebracht. In der Luft hing der Geruch von Rauch wie ein Mahnmal daran, dass sie einer möglichen Katastrophe entkommen waren.

Das hätte auch schiefgehen können, fuhr es Giulia immer wieder durch den Kopf, als sie wenig später zusammen mit Aurora in der Küche für alle Kaffee kochte. Sie zitterte mit einem Mal so sehr, dass sie sich setzen musste. Das war der Schreck, der nicht nur ihr in den Gliedern steckte. Sie ließ sich auf einen Stuhl fallen und atmete tief durch. Aurora trat zu ihr und strich ihr über das Haar, sagte aber nichts. Nach wenigen Minuten hatte Giulia sich gefangen und arrangierte Kaffeetassen und einen Teller mit Biscotti auf einem großen Tablett. Der Morgen graute bereits, und am Horizont war eine Ahnung der Sonne zu erkennen. Marco tauchte auf, nahm Giulia erneut wortlos in die Arme, und dann küssten sie einander innig. Giulia genoss jede Sekunde in seiner Nähe. Sie würden reden, wenn Zeit war, dessen war sie sich jetzt sicher.

Dann trat Alessandro zu ihnen. »Fast hätte ich alles verloren«, stammelte er. »Ich hätte fast alles verloren ...«

Giulia bot ihm Kaffee an, doch er lehnte ab. Er wolle sich für einen Moment einfach nur irgendwo hinsetzen und nachdenken, sagte er und verschwand. Aurora folgte ihm.

Marco bedachte sie mit einem langen, liebevollen Blick. Seine Kleidung war, wie die seines Vaters, stellenweise rußgeschwärzt. Er nahm eine Tasse und machte sich daran, die Küche zu verlassen, hielt aber nach wenigen Schritten an. »Ich würde dich jetzt gerne noch einmal küssen«, sagte er. »Ich habe das sehr vermisst.«

Giulias Herz machte einen Satz. »Dann tu es doch«, sagte sie lächelnd. Er kehrte um, beugte sich zu ihr hin und küsste sie zärtlich auf die Lippen.

Als Giulia mit dem Tablett in den Hof trat, saßen Alessandro und Aurora auf den Stufen vor dem Haupteingang. Alessandro hatte den Arm um seine Enkelin gelegt. Er wollte immer noch keinen Kaffee. Aurora schmiegte sich an ihren Großvater, sie sah sehr müde aus.

Giulia trat mit dem Tablett zu den Feuerwehrleuten, die sich dankbar bedienten. In der Luft lag Brandgeruch, gemischt mit dem nach Feuchtigkeit. Wieder wechselten Marco und sie einen Blick, und in diesem Moment spürte sie, dass die Bitterkeit zwischen ihnen verflogen war. Marco kam zu ihr und legte ihr den Arm um die Schultern, und endlich, endlich fühlte es sich wieder wie vorher an.

Und als im nächsten Moment die Sonne aufging, verlieh sie der traurigen Szenerie mit einem Mal etwas Hoffnungsvolles. *Wie wunderschön diese Gegend doch ist*, schoss es Giulia durch den Kopf. Genau so empfand sie es, sogar in diesem Moment.

»Ich denke«, sagte sie nach einer Weile, »wir sollten nochmal über alles reden, was meinst du? Ich glaube, wir wissen jetzt, was wir aneinander haben, oder?«

Marco nickte nur, dann zog er sie an sich. Sie spürte sein innerliches Beben und wie er nach Worten suchte.

»Es tut mir leid«, sagte er schließlich. »Es tut mir so leid. Ich weiß nicht, wie ich mich entschuldigen kann. Ich hätte dir vertrauen sollen.«

»Du musst dich nicht entschuldigen.«

»Doch! Ich hätte dir vertrauen müssen. Ich hätte wissen müssen, dass du mir nichts Böses willst. Himmel, ich will mein Leben mit dir verbringen. Und ich weiß, dass du das auch willst.«

»Ja, das will ich.« Giulia schmiegte sich an ihn und schloss die Augen. »Wir alle machen Fehler, aber: Entschuldigung angenommen.«

»Danke.« Er küsste sie sanft auf den Kopf.

»Und du verzeihst mir, dass ich nicht gleich die Wahrheit gesagt habe.«

»Ja.«

So standen sie da, Arm in Arm, und genossen die Nähe des anderen, bis einer der Feuerwehrleute zu ihnen trat. »Entschuldigt bitte ... Marco, kann ich dich kurz sprechen?«

»Natürlich. Ich wollte ohnehin noch mit dir reden. Was ist los?«

Der Mann schaute zu Giulia, dann zu Aurora und Alessandro und dann wieder zu Marco. Dann holte er tief Luft.

»Also ... Wir haben uns die Brandstelle noch einmal genauer angeschaut. Wir sind inzwischen ziemlich sicher, dass da jemand nachgeholfen hat.«

Giulia starrte ihn fassungslos an. Jemand hatte einen Brand gelegt, um ihnen Schaden zuzufügen, hatte er das gerade gesagt? Das war ja furchtbar!

Nachdem die Feuerwehr sich verabschiedet hatte, waren sie alle müde, aber zunächst viel zu aufgewühlt, um zu schlafen. Aurora aß hungrig ein Schinkenbrötchen und entschied dann, noch einmal ins Bett zu gehen. Auf ihren Wunsch las Giulia ihr ein Märchen vor und blieb noch sitzen, bis die Zehnjährige eingeschlafen war. Wenig später rief Loretta aufgeregt an. Eine Freundin aus Levanto hatte ihr von dem Brand berichtet. Giulia beschied ihr in knappen Worten, dass die Gefahr gebannt sei, und versprach, ihr später alles zu erzählen. Ohne es abgesprochen zu haben, trafen Marco, Alessandro und Giulia kurz darauf an der Brandstelle im Garten zusammen. Die Polizei würde noch vorbeikommen, so hatte man ihnen gesagt, und alles begutachten.

»Wir hatten Glück«, sagte Marco zu seinem Vater.

»Ja, das hatten wir.« Alessandro starrte auf den Boden, wo sich Erde, Asche und Wasser zu einem schlammigen Gemisch vermengten. Er atmete ein paarmal hörbar tief ein und aus. »Es tut doch weh, das zu sehen«, sagte er langsam. »Dieses Land ...« Er klopfte sich gegen die Brust.

Giulia wartete auf die Fortsetzung, doch er blieb stumm. Dennoch war deutlich zu sehen, dass in ihm etwas in Bewegung geraten war.

»Das ist kein schöner Anblick«, sagte er schließlich. »Ich hoffe nur, die Bäume in nächster Nähe wurden nicht in Mitleidenschaft gezogen. Aber Olivenbäume sind recht zäh. Wahrscheinlich ist alles gut.«

Giulia wechselte einen Blick mit Marco. Sie war froh, dass dieser seinem Vater Zeit ließ und ihn nicht drängte. Sie war ziemlich sicher, dass Alessandros Sicht auf einen Verkauf des Olivenhofs ins Wanken geraten war. Vermutlich würde er sich jetzt nicht mehr wehren, wenn sie versuchen würden, das Haus und den Hof zu halten. Aber darüber mussten sie nicht jetzt reden. Alessandro starrte nachdenklich zu Boden. »Ich gehe rein«, verkündete er dann.

»Alessandro, ich ... es tut mir leid.«

Er nickte. »Kommt ihr mit?«

»Wir kommen gleich nach«, sagte Giulia.

Als sein Vater verschwunden war, trat Marco zu ihr und nahm sie in die Arme: »Ich bin so froh, dass dir nichts passiert ist. Aber so ein Ereignis kann einem schon einmal den Kopf zurechtrücken, nicht wahr?«

Giulia nickte.

»Gehen wir?«

»Gleich. Ich brauche noch einen Moment für mich.«

»O.k.« Er fragte nicht nach, küsste sie nur sanft, bevor er in Richtung Haus verschwand.

Sie betrachtete die Brandstelle, die zudem noch so nah am Haus lag. Wer machte sowas? Sie ging ein paar Schritte, den Blick auf die ersten Ausläufer der Olivenbaumterrassen gerichtet. Ihre Gedanken sprangen von einem Punkt zum anderen, es fiel ihr schwer, sich zu konzentrieren. Die Aufregungen der letzten Nacht hatten ihnen allen sehr deutlich gezeigt, was wichtig war: nicht nur ihr und Marco, sondern auch Alessandro. Giulia lächelte. In gewisser Weise hatte der Brand also auch etwas Gutes gehabt. Dennoch war es erschreckend, zu wissen, dass er gelegt worden war. Wer hasste sie nur so sehr, dass er ihnen allen schaden wollte, nicht nur existenziell, sondern noch dazu lebensbedrohlich? Sosehr sie es auch drehte und wendete: Sie hatte keine Ahnung. Unruhig ging sie auf und ab, als sie mit einem Mal eine Bewegung wahrnahm, vielleicht zehn Meter entfernt, zwischen den Olivenbäumen ... Giulia hielt die Luft an, und dann war sie sich sicher: Franco. Sie hatte Franco gesehen.

Unmittelbar darauf wussten es Alessandro und Marco, und auch der Polizei teilte Giulia ihre Beobachtung mit. Danach meldete sie sich endlich bei Trixi, die natürlich längst von Loretta von dem Brand erfahren hatte und schon ungeduldig auf ihren Anruf wartete. »Nicht dein Ernst?!«, fragte sie fassungslos, als Giulia ihren kurzen Bericht beendet hatte.

»Doch, Brandstiftung.«

Wenn man es ausspricht, dachte Giulia, *klingt es irgendwie nochmal bedrohlicher.*

»Kann ich dir irgendwie helfen?«

»Ich glaube nicht.« Giulia seufzte. »Es tut mir leid, dass schon wieder was passiert ist. Ich hätte mir deinen Besuch wirklich anders vorgestellt. Irgendwie ist im Moment der Wurm drin.«

Sie hörte Trixis dunkles Lachen. »Na, du hast das ja wohl kaum geplant, oder?«

»Nein, natürlich nicht.«

Trixi räusperte sich: »Und wie lief es mit Marco, wenn ich fragen darf?«

»Ja, darfst du.« Giulia lächelte. »Es ist alles wieder gut. Wir müssen zwar nochmal ausführlich über alles reden, aber wir haben uns versöhnt. Was soll ich sagen, irgendwie haben uns Feuer und Lebensgefahr die Augen geöffnet.«

»Oh, Mann.« Trixis Stimme klang erleichtert und fröhlich. »Tja, manchmal braucht es offenbar etwas mehr. Kann ich rüberkommen?«

»Klar!«

Nach dem Telefonat sah Giulia kurz bei Aurora rein, die immer noch tief und fest schlief. Etwa zwanzig Minuten später war Trixi da und ließ sich die vergangenen Stunden genauestens schildern. Es tat Giulia gut, darüber zu sprechen – und natürlich tat es besonders gut, mit Trixi zu reden.

Als Aurora aufwachte, kochten sie zu dritt Pasta al sugo, danach buken sie Schoko-Muffins nach Trixis Spezialrezept. Aurora zufrieden mit der Schüssel am Küchentisch zu sehen, wie sie die letzten Reste Teig herausschleckte, war wunderbar. Sie aßen einige der Muffins warm und fast direkt aus dem Ofen, dann schaute Aurora eine Kindersendung, die Giulia beim Durchschalten fand. Sie selbst machte mit Trixi einen

Spaziergang über die Olivenbaumterrassen. Aurora hatte Giulia gebeten, heute bei ihr und Trixi in der Villa übernachten zu dürfen, und Giulia hatte ihrem Wunsch nach einem kurzen Blickwechsel mit Trixi zugestimmt. Auch Marco hatte nichts dagegen, allerdings wollte er selbst für diese Nacht seinen Vater nicht allein lassen. »Ich hoffe, du verstehst das?«

»Natürlich.« Giulia schmiegte sich an ihn und küsste ihn innig, bevor sich die beiden Frauen und Aurora in Richtung Villa aufmachten. Dort verschwanden die Mädchen sofort auf die Suche nach Palla di Neve und Autunno. Für einen Moment überlegte Giulia, ob sie nach allem, was geschehen war, Aurora nicht auffordern sollte, in der Nähe der Villa zu bleiben, entschied sich dann aber dagegen.

Und so blieben nur Trixi und sie auf der Terrasse zurück und folgten Aurora mit dem Blick.

»Wenn ich das nächste Mal komme, schaffen wir es bestimmt, ein paar ruhige Tage miteinander zu verbringen«, sagte Trixi und legte Giulia den Arm um die Schultern.

»Sehr gerne.« Giulia umarmte sie.

Trixi lachte. »Wobei ... ich hatte wirklich keine schlechte Zeit, und es war ja doch nur ein Zwischenstopp. Wer erlebt schon einmal so viel auf einem einfachen Zwischenstopp! Morgen geht es erstmal wieder zurück, aber ich freue mich schon sehr darauf, wiederzukommen.«

»Ich fahre dich auf jeden Fall zum Bahnhof.«

»Gerne. Danke.«

Sie umarmten sich noch einmal, dann schlug Giulia vor, Aurora zu folgen.

Als Erstes trafen sie auf Palla di Neve, die in der Nähe des Hühnerstalls nach Würmern und Insekten pickte. Ein paar

Schritte weiter hinter einem Mandelbaum kniete Aurora mit Autunno auf dem Schoß.

»Ich habe ihn gefunden!«, rief sie. »Dabei hatte er sich gut versteckt. Wollen wir auch Verstecken spielen?« Giulia und Trixi waren überrascht, dann stimmten sie zu: Konnte es einen schöneren Ort zum Verstecken geben als diesen Garten?

Sie spielten eine ganze Weile, bis es anfing, zu dämmern. Aurora erwies sich zweifellos als die Geschickteste, während Trixi sich zweimal durch ihr gefärbtes Haar verriet.

Zum Abendessen machte Giulia eine leichte Minestrone und Bruschetta. An diesem Abend bat Aurora, Giulia möge bei ihr bleiben, bis sie eingeschlafen war. Giulia beobachtete das Mädchen anschließend noch eine Weile. Sie sah ruhig und entspannt aus, als ginge es ihr gut in der Traumwelt, in der sie sich jetzt vielleicht schon befand. Auch Giulias Herz schlug ruhiger.

Sie zog die Decke höher, dann stand sie doch auf, atmete noch einmal tief durch und fasste endgültig einen Entschluss. Sie schlich leise zur Tür, trat hinaus in den Flur und schloss die Tür behutsam hinter sich.

Sie fand Trixi auf der Terrasse, wo sie, ein halbleeres Glas Rotwein in der Hand, sinnend in den Garten schaute. »Was für ein Tag, was?«, sagte sie, als sie Giulia bemerkte.

»Oh ja.« Giulia lächelte. »Du, ist es in Ordnung, wenn ich zu Marco gehe? Ich meine, jetzt, wo wir wieder reden können ...«

»Aber klar.« Trixi lächelte. »Ich muss eh noch packen.«

»Danke! Bis später.«

Giulia schnappte sich eine Taschenlampe und machte sich mit langen Schritten auf den Weg zum Olivenhof. Die Grillen zirpten noch, ansonsten war es abendlich still. Es waren zu dieser Stunde auch weniger Autos zu hören.

Sie erreichte den Hof und machte kurzentschlossen einen Abstecher in den Garten. Seitlich des Hauses wuchs der Rosmarin an einer Stelle so üppig über den Weg, dass sie sich förmlich daran vorbeidrücken musste. Eine einsame Hummel war noch unterwegs. Ein Schmetterling taumelte durch die Luft und ließ sich dann auf einem Zweig nieder. *Zu spät, zu spät, um noch nach Hause zu kommen.*

Giulia ging die wenigen Meter an der brüchigen alten Mauer entlang bis zur Brandstelle.

Sie schauderte. Das hier war ein beträchtliches Feuer gewesen. Derjenige, der dafür verantwortlich war, hatte in Kauf genommen, dass Menschen verletzt wurden. War es wirklich Franco gewesen? Wenn ja, warum hatte er das getan?

In diesem Moment hörte sie Schritte hinter sich.

»Giulia, ich wusste nicht ...«, sagte Marco.

»Ich wollte zu dir ... Und dann musste ich mir das hier einfach noch einmal ansehen.«

Marco folgte ihrem Blick. »Wie konnte er das nur tun?«

Giulia hatte keine Antwort. Sie warf nicht ein, dass sie eigentlich nicht wissen konnten, ob er es tatsächlich gewesen war, aber sie spürte instinktiv, dass Franco dafür verantwortlich war.

Am nächsten Morgen fühlte es sich für Giulia gut an, in ihrem Zimmer in der Villa zu erwachen. Sie hatte nach ihrer Rückkehr vom Olivenhof und einem wirklich guten Gespräch mit Marco am Abend noch lange mit Trixi geredet. Nun, nachdem zwischen Marco und ihr alles geklärt war, fühlte es sich an, als würde auch hier in der Jasminvilla wieder alles neu beginnen. Was auch immer geschah, sie trug auch hier Verantwortung.

Aurora war schon aufgestanden. Als Giulia die Tür öffnete, hörte sie Lorettas und ihre Stimme aus der Halle. Sie klopfte rasch bei Trixi, die, als sie die Tür aufschob, noch tief in ihren Decken vergraben lag und unwillig brummte. Doch schon wenig später kamen sie alle zum Frühstück zusammen und sprachen in einer Mischung aus Deutsch und Italienisch miteinander. Loretta schloss Giulia in die Arme: »Giulia, Giulia, geht es dir wirklich gut, nach allem? Ich kann immer noch nicht darüber hinweg, was da geschehen ist.«

Giulia löste sich aus der Umarmung. »Ja, alles gut. Niemandem ist etwas passiert.« Ihr Blick glitt über den großzügig gedeckten Frühstückstisch. »Hm, womit fange ich nur an?«

Loretta zuckte die Achseln. »Na ja, es ist Trixis letzter Tag. Wir wollen doch, dass sie wiederkommt.«

Giulia lachte. »Sicher wollen wir das.« Sie warf der Freundin eine Kusshand zu. »Ich werde dich vermissen«, fügte sie ernst hinzu.

»Na, bisher war ich ja gefühlt alle paar Tage hier. Vielleicht behalte ich diesen Rhythmus einfach bei. Es gefällt mir hier.« Trixi grinste breit, stand dann auf und zog Giulia noch einmal in die Arme. »Komm, Süße, alles wird gut.«

Giulia atmete tief durch. »Ich weiß«, sagte sie. Tatsächlich hatte sie, trotz allem, was in den letzten Stunden geschehen war, zum ersten Mal seit Tagen das Gefühl, dass jetzt wirklich alles gut werden konnte.

»Machen wir uns auf den Weg«, sagte sie dann. »Sonst verpasst du noch den Zug.«

»Leider. Gerade zieht mich nichts zurück nach Hause.« Trixi verdrehte kurz die Augen.

»Du bist hier wirklich immer willkommen, Trixi.«

»Ich weiß.«

Trixi verabschiedete sich von Loretta, dann machten Giulia und sie sich gemeinsam auf den Weg zum Bahnhof. Der Zug kam pünktlich. Sie umarmten sich herzlich und getragen von dem Gefühl, dass sie sich bald wiedersehen würden.

Auf der Rückfahrt hatte Giulia die Fenster geöffnet und sang leise vor sich hin. Als sie schließlich in den Waldweg zur Jasminvilla einbog, wanderten ihre Gedanken, wie so oft, wenn sie ihn befuhr, zu ihrem ersten Tag an diesem Ort zurück. Damals war sie voller Neugier, aber auch Anspannung gewesen, weil sie nicht gewusst hatte, was sie erwartete. Sie hatte sich gefragt, wie das Haus ihres Großvaters wohl aussah und warum ihre Mutter ihn zeit seines Lebens verschwiegen hatte. Später hatte sie erfahren, dass ihre Mutter einmal fast Alessandro geheiratet hatte, bevor sie mit Giulias Vater nach Deutschland verschwunden war – eigentlich, um nie wieder zurückzukommen. Das Erbe ihres Vaters und die Neugier ihrer Tochter hatten dies verhindert.

Sie fuhr langsam in den Hof ein und wunderte sich sogleich über das elegante Auto, das dort parkte. Wer war das? Sie erwartete keinen Besuch. Doch kaum hatte sie ihren Wagen zum Stehen gebracht, kam auch schon Loretta aus dem Haus.

»Haben wir Besuch, Loretta?«

Ein Schatten zog über Lorettas Gesicht. »Ja, diese Frau ist da ... Michelle ... Sie kam, kurz nachdem ihr aufgebrochen seid. Wollte auf dich warten.«

»Michelle?« Giulia war tatsächlich überrascht.

Loretta musterte sie prüfend. »Du wusstest nichts?«

Giulia straffte die Schultern. »Natürlich nicht. Wir sind nicht befreundet.«

Als sie durch das Haus auf die Terrasse hinausging, wo Michelle es sich, ein Glas Wasser in der Hand, auf einem Stuhl bequem gemacht hatte und in den Garten hinunterschaute, fühlte Giulia eine Mischung aus Nervosität und Entschlossenheit in sich. Sie hatte Michelle in Mailand ein wenig kennengelernt, die Frau war für sie kein Buch mit sieben Siegeln mehr.

In der Terrassentür blieb sie einen Moment stehen und beobachtete die schöne Blonde. Sie wirkte entspannt, ihr schien zu gefallen, was sie sah. »Michelle?«

Die Frau zog die Beine an, setzte sich aufrecht hin und wandte den Kopf. Sie hatte ihr blondes Haar offenbar geglättet und trug es in einem tiefsitzenden Chignon. Das schmale schwarze Shirt, das sie zu dunkelgrünen Seidenshorts trug, betonte ihre Figur. Dazu kombinierte sie Wildlederstiefeletten. Neben dem Stuhl hatte sie eine Kelly-Bag abgestellt.

»Giulia, da sind Sie ja endlich. Loretta hat gesagt, dass Sie gleich wieder da sind, aber Warten ist, fürchte ich, nicht meine größte Stärke.«

Giulia beäugte Michelle. War sie alleine hier? »Was führt Sie hierher, Michelle? Ehrlich gesagt habe ich nicht gedacht, Sie so schnell wiederzusehen.«

Michelle stand auf und bückte sich nach ihrer Tasche. Sie sagte nichts, und Giulia überlegte, ob sie zu scharf geklungen hatte. Eigentlich hatte ihr Michelle nie wirklich etwas getan, auch in Mailand war nichts zwischen ihnen vorgefallen, und Marco selbst gab ihr keinen Grund für Eifersucht ...

Aber sie wusste auch, dass sie Marco sehr verletzt hatte, deshalb konnte und würde sie Michelle niemals vollkommen neutral gegenüberstehen können, dazu bedeutete ihr Marco zu viel. »Paolo wollte seinen neuen Mercedes ausprobieren und seine *nonna* besuchen«, sagte Michelle jetzt. »Und da dachte ich spontan, ich schaue einmal hier vorbei, ich habe nämlich einen sehr wichtigen Tipp ...« Michelle hielt inne und sah wieder in den Garten hinunter. »Es war etwas unbefriedigend, wie wir in Mailand auseinandergegangen sind, oder? Ich habe mit Paolo darüber geredet. Ich denke, Sie sollten das auch noch einmal tun. Man kann mit ihm reden, wirklich.« Michelle ließ ihre Tasche von einer Hand in die andere wechseln.

Giulia war skeptisch. »Und was sollte das bringen? Ich habe es versucht, es hat nicht geklappt.«

»Ganz einfach: Wenn man etwas erreichen will, muss man verhandeln. Und dranbleiben. Ich denke, wenn jemand in dieser Angelegenheit etwas erreichen kann, dann sind Sie das. Er hält etwas von Ihnen. Irgendwie.«

Giulia starrte sie an. Woher nahm Michelle diese Zuversicht?

Es war, als könne Michelle ihr die Frage am Gesicht ablesen. Sie lächelte belustigt. »Ich kenne Paolo eben, und ich habe Sie ein wenig kennengelernt ...«

Giulia setzte sich. Sie dachte an das letzte Gespräch mit Paolo. Sie wusste, dass Michelle es mitgehört hatte, sicherlich auch seine Anzüglichkeit.

»Haben Sie sich Sorgen gemacht?« Michelle hob die Augenbrauen. »Dachten Sie, ich befürchte, dass etwas zwischen Paolo und Ihnen passiert sein könnte? Nein. Paolo und ich sind schon sehr lange zusammen, ich kenne ihn. Und ich kenne Sie ... Letztendlich weiß er sehr gut, was er an mir hat. Ich bin in die Gesellschaft hineingeboren worden, zu der er gehören will. Ich war seine Eintrittskarte, und ich bin seine Versicherung dafür, dass er seine Stellung dort nie verliert. Außerdem ...«, sie trat zum Tisch, »hat er mich nie betrogen.«

Giulia war überrascht von ihrer Offenheit.

»Und ich würde ihn auch nie betrügen«, fuhr Michelle fort. »Wir wissen beide sehr gut, was wir aneinander haben.«

Giulia musterte sie. Hörte sich das nach Liebe an? Allerdings stand es ihr auch nicht zu, darüber zu urteilen. Menschen hatten ein unterschiedliches Bild von der Liebe. Sie konnte kaum darüber richten.

»Wir lieben uns«, sagte Michelle in diesem Moment. »Paolo und ich wissen, dass wir füreinander gemacht sind. Ich bin stolz auf das, was er erreicht hat, und er liebt es, sich mit mir zu präsentieren. Was ich wiederum gerne tue. Und so haben wir beide etwas davon.«

Giulia entschied, das nicht zu kommentieren. *Sie hat etwas von Grace Kelly*, fuhr es ihr im nächsten Moment durch den Kopf, und sie konnte es vollkommen neidlos anerkennen.

Michelle warf einen Blick auf die schmale Damenuhr an ihrem Handgelenk. »So. Ich denke, es ist alles besprochen. Sie wissen jetzt Bescheid. Denken Sie darüber nach. Paolo hat noch in der Gegend zu tun und ist noch eine gute Woche bei seiner *nonna* ... Ich lasse mich morgen mit dem Taxi nach Florenz zu einer Freundin fahren. Ich habe vorerst genug vom Landleben.« Michelle verzog den hübschen Mund.

Giulia nickte lediglich zur Antwort, sie musste das alles erst einmal sacken lassen.

Auf dem Weg zur Terrassentür drehte sich Michelle noch einmal um. »Es war schön, Sie gesprochen zu haben, Giulia. Ich denke, Sie können eine gute Freundin sein. Vielleicht sieht man sich wieder, und dann reden wir ganz ungestört über unsere Männer.«

Giulia fragte sich, was Michelle unter Freundschaft verstand. Sie beide waren jedenfalls keine Freundinnen, und sie hatte auch eine durchaus andere Vorstellung von der Beziehung zu einem Mann. Dennoch nickte sie wieder.

Als Michelle die Terrassentür erreichte, trat Marco heraus. Er blieb abrupt stehen.

»Geh zu ihr«, sagte Michelle, bevor er etwas sagen konnte. »Ich denke, ihr habt immer noch einiges zu besprechen. Verbock es dieses Mal nicht.«

Damit verschwand sie im Haus. Giulia sprang zutiefst erleichtert auf, lief zu Marco, umarmte ihn fest und barg ihren Kopf an seiner Brust. »Sie sagt, ich könnte Paolo überzeugen, vom Vertrag zurückzutreten. Aber wenn ich es versuche, wenn ich zu ihm gehe, wirst du mir vertrauen müssen«, fügte sie ernst hinzu. »Wenn du es nicht willst, tue ich es nicht.« Sie sah ihn fragend an.

Marco schwieg. Dann nickte er und küsste sie zart auf den Mund.

Franco wurde am späten Nachmittag festgenommen. Er befand sich bei einem Freund in Levanto, der aus allen Wolken fiel angesichts des Kanisters Benzin in seinem Auto, von dem Franco zuerst sagte, er wisse nicht, wie er da hingekommen sei, um sich dann zu korrigieren und zu sagen, dass er ihn für etwas anderes gebraucht habe. Allerdings konnte er nicht sagen, für was. Marco und Giulia waren erleichtert, dass der Täter so schnell gefasst worden war. Aurora erholte sich immer mehr von ihrem nächtlichen Schrecken. Sie hatte sich gemeinsam mit Giulia und Marco die Brandstelle angesehen und sich alles erklären lassen. Sie entschieden gemeinsam, Laura vorerst nichts von den Ereignissen zu sagen.

»Nein, wir sagen es *mamma* nicht«, bestätigte Aurora mit fester Stimme. Sie regt sich sonst nur auf. Und wir sagen ihr auch nicht, dass es *papà* war.«

Giulia und Marco wechselten betroffen einen Blick.

»Aurora, wir ...«

»Schon gut. Ich habe euch reden hören.« Aurora sah sie an. »Aber warum hat er das getan? Wollte er mir wehtun?«

Giulia krampfte unwillkürlich die Finger einer Hand in Marcos Arm. Sie setzte zu einer Antwort an, doch Marco kam ihr zuvor.

»Nein. Er wollte dir nicht wehtun ...« Er straffte die Schultern. »Er ist nur leider ein Mensch, der nicht so richtig über die Dinge nachdenkt, die er tut. Ich denke, er war einfach sehr wütend. Aber ich weiß es nicht, er hat nicht gesagt, warum er das getan hat.«

Aurora zog die Haare, die sie in einem Zopf trug, über die Schulter nach vorne.

»Warum war er so wütend?«

»Vielleicht weil er nicht Teil unserer Familie sein kann?«

»Er hat *mamma* schlecht behandelt«, sagte Aurora leise.

»Ja, das hat er.«

Aurora schwieg einen Moment. »Ich will ihn auch nicht sehen«, sagte sie dann. »Aber wenn ich ihn irgendwann wieder sehen möchte, werden *mamma* und ihr es erlauben?«

»Natürlich.« Marco lächelte seine Nichte aufmunternd an.

»Ja, natürlich. Und du sagst bitte immer, wenn du uns brauchst, ja?«, meldete sich Giulia wieder zu Wort. Aurora nickte.

Am Abend lagen sie lange wach und redeten. Schon in den nächsten Tagen stand Lauras OP an. Marco würde zu ihr und Anna fahren, später wollte Fabiola dazukommen, um ihn zu unterstützen. In der Zeit würde Chiara bei Aurora übernachten und gemeinsam mit ihr zur Schule gehen. Die Mädchen freuten sich darauf.

Giulia würde noch einmal mit Paolo sprechen.

»Ist das in Ordnung für dich?«, versicherte sie sich vorsichtig. »Ich werde das nicht tun, wenn es nicht in Ordnung für dich ist.«

Er atmete tief durch. »Ja, das ist es«, sagte er und zog sie in seine Arme.

ACHTZEHNTES KAPITEL

Giulia wusste, dass Paolo bei seiner Großmutter wohnte, wenn er sich in Levanto aufhielt. Er war bei ihr aufgewachsen, nachdem seine Eltern ausgewandert waren, hatte früh die Schule verlassen und ihr unter die Arme gegriffen. Früher hatten sie in einem kleinen Haus in Montale gelebt, das hatte er Giulia erzählt, aber dort wohnte sie längst nicht mehr. Natürlich hatte Paolo seiner *nonna* etwas Größeres und Besseres gekauft, sogar im selben Ort. Er wollte einfach nur das Beste für seine Großmutter. *Wahrscheinlich ist sie der einzige Mensch, den er ohne Hintergedanken liebt*, dachte Giulia.

Sie hatte kurzerhand beschlossen, die wenigen Kilometer zu Fuß zu bewältigen, um ihre Gedanken für das bevorstehende Gespräch zu ordnen. Jetzt war sie froh, dass sie vor Marcos Abreise am Morgen doch noch einmal über Paolo und natürlich auch über Michelle gesprochen hatten, und darüber, wie sehr ihn der Betrug der beiden damals aus der Bahn geworfen hatte. Michelle war die erste Frau gewesen, die er wirklich geliebt hatte.

»Und dann habe ich dich gesehen, zwischen den Olivenbäumen, auf deinem ersten Spaziergang. Erinnerst du dich?«

Giulia lächelte auch jetzt. Natürlich erinnerte sie sich.

Nach etwas mehr als einer Dreiviertelstunde erreichte sie die Adresse. Giulia ließ den Blick über das imposante Gebäude schweifen. Es war ein altes Haus, sorgfältig renoviert und instand gesetzt und mit modernen Elementen versehen, das sich hervorragend in die Landschaft einpasste. Natürlich war es nicht überraschend, dass Paolo sich bei seinen Verbindungen dieses Kleinod hatte zulegen können. Der moderne Teil war würfelförmig gebaut, und auf der einen Seite schwebte die Terrasse geradezu über dem Abgrund und bot einen vermutlich vollkommen unverstellten Blick zum Meer hinüber.

Von der Straße aus war das Haus nicht richtig zu sehen, erst als sie ein Stück der breiten Einfahrt bewältigt hatte, die von beiden Seiten und auch oben längs der engen Straße dicht bewachsen war, tauchte es unvermittelt auf.

Vor dem Haus befanden sich Rabatten mit Blumen und Kräutern, an denen sich jetzt, am späten Vormittag, Bienen, Schmetterlinge und andere Insekten im Sonnenschein tummelten. Grillen zirpten. Es war eine sehr friedliche Kulisse.

Giulia ließ die Szenerie still auf sich wirken, auch, um sich zu sammeln. Mit einem Mal bemerkte sie eine alte Dame in einem schwarzen Rock, schwarzer Bluse und mit einem Kopftuch bei der Gartenarbeit. Die *nonna* in ihrer traditionellen Kleidung wirkte durchaus eigen vor dem Hintergrund des eher großartigen Hauses.

»*Buongiorno!*«, rief Giulia.

Die *nonna* hob den Kopf und grüßte sie nur knapp mit einem Nicken. Giulia versuchte, sich dadurch nicht verunsichern zu lassen, und trat auf die breite Eingangstür zu. Sie atmete noch einmal tief durch und klopfte.

Paolo selbst öffnete und ließ sie ein. Er schien nicht überrascht, sie zu sehen, war sehr freundlich und umgänglich. Giulia kam der Gedanke, dass er auch mit seinen Kunden so umging, außer, dass diese die Villa bestimmt nie zu sehen bekamen. Er legte viel Wert auf seine Privatsphäre.

Paolo führte sie in ein großes Wohnzimmer und verkündete ihr dann, dass er noch ein Telefonat führen müsse. Es stehe ihr aber selbstverständlich frei, sich unterdessen umzusehen. Wollte er ihr zeigen, dass er nichts vor ihr zu verbergen habe? Dass ihn ihre Anwesenheit nicht verunsicherte?

»Darf ich Ihnen noch etwas zu trinken bringen?«

»Danke, vorerst nicht.«

»Sie können sich natürlich auch bedienen. Es ist alles da.« Er nickte in Richtung einer Tür, hinter der sich vermutlich die Küche verbarg.

Giulia schüttelte den Kopf. Das war ihr nun wirklich zu intim. So gut kannten sie sich nicht, und sie waren, weiß Gott, auch nicht befreundet. Sie wollte zeigen, dass es eine Grenze zwischen ihnen gab, die sie nicht zu überschreiten beabsichtigte.

Für eine Weile stand sie also einfach da, nachdem er gegangen war. Das Wohnzimmer befand sich im modernen Teil des Hauses. Hier war viel verglast, irgendwie konnte sie sich Paolos Großmutter hier jetzt noch weniger vorstellen.

Die Aussicht war wie erwartet spektakulär. Giulia trat näher ans Fenster. Sie bewunderte den Infinity-Pool, der unterhalb in einem weiteren Teil des Gartens ebenfalls sehr geschmackvoll in die Landschaft eingepasst war. Dann blickte sie in Richtung Levanto und auf das Meer hinaus, das im Sonnenlicht einladend glitzerte. Ganz weit hinten, in dunstiger Ferne, meinte sie heute zur Abwechslung mal ein größeres Schiff zu erkennen. Nach einer Weile löste sie sich von dem Anblick und sah sich im Raum um. Es überraschte sie nicht, dass in diesem Raum nur die edelsten Materialien verwendet worden waren. Und ganz sicher gab es auch ein Farbkonzept. Alles passte perfekt zueinander, aber irgendwie wirkte es nicht einladend. Warum eigentlich, wenn es keinen Fehler gab, keine Abweichung, nichts, was den Blick stören konnte?

Nun, vielleicht lag es ja genau daran. Alles war zu perfekt. Allerdings war es natürlich gut möglich, dass nur sie das so sah.

Sie setzte sich auf das mit grobem Leinen bezogene Sofa und sah nach draußen. Auch abends, wenn es dunkel wurde, war es hier vermutlich einfach traumhaft, wenn nach und nach die Lichter unten im Tal angingen und auch auf dem Meer hier und da Lichtpunkte aufleuchteten.

Giulia warf einen Blick auf ihre Uhr. Wie lange wartete sie jetzt eigentlich schon? Als weitere fünf Minuten später immer noch keine Spur von Paolo zu sehen war, entschloss sie sich, doch einen Blick hinter die von ihm angedeutete Tür zu werfen.

Dahinter lag wie vermutet die Küche, im alten Teil des Gebäudes, liebevoll restauriert und mit neuen Gerätschaften und größeren Fenstern ausgestattet.

Giulia sah sich staunend um. Dieser Raum erinnerte sie an eine dieser alten Küchen im Hessenpark, den sie vor Jahren als Kind mit ihren Eltern besucht hatte.

Sie trat vor und berührte vorsichtig den alten Holztisch. Sie liebte alte Holztische, auch den in der Jasminvilla. An einer Wandseite wurden Kräuter sorgfältig in Gläsern aufbewahrt, in einer anderen Ecke trockneten Kräutersträuße, die Paolos *nonna* sicherlich in ihrem eigenen Garten gepflückt hatte. Auch Schnüre mit Pilzen und ein Blech, auf dem getrocknete

Tomatenstücke lagen, bemerkte sie. Auf dem Herd stand ein großer Topf für Pasta, in einem Messerblock daneben war eine Auswahl von Messern versammelt, für die sich auch ein Meisterkoch nicht hätte schämen müssen. Ein Kühlschrank brummte sanft in der Ecke, ein großer, amerikanischer, mit Eiswürfelmaschine. Giulia konnte sich gerade noch zurückhalten, ihn neugierig zu öffnen. Dies hier war zweifelsohne ein guter Platz zum Kochen. Auf einer Tafel an der Wand war Wichtiges zum Garten notiert worden. Paolo hatte ihr erzählt, dass seine *nonna* immer noch großen Wert auf die Selbstversorgung legte. In ihrem Garten wuchsen laut Paolo Kartoffeln, Bohnen, Tomaten, Zucchini, Thymian, Rosmarin, Oregano und Liebstöckel, aber auch spezifischere Dinge, wie *cima di rapa*, Stängelkohl, den Giulia schon auf dem Markt gekauft hatte.

Giulia hörte plötzlich Schritte im Flur und zuckte für einen Augenblick zusammen. Sie ertappte sich bei dem Gedanken, noch schnell den richtigen Platz aufzusuchen, verharrte aber auf der Stelle. Jemand betrat das Wohnzimmer und kam dann mit schnelleren Schritten zur Küche herüber.

»Ich wusste, dass Sie hier sind«, sagte Paolo.

Giulia schluckte eine Entgegnung herunter. Sie würde sich nicht reizen lassen. »Eine schöne Küche«, sagte sie stattdessen.

»Ja, meine *nonna* kocht gerne hier.«

Wollte er eine Verbindung über das Kochen schaffen, sie vom eigentlichen Thema ablenken, weil er wusste, wie viel ihr Kochen bedeutete? Giulia hatte nicht die Absicht, ihm die Führung des Gesprächs zu überlassen. »Ich würde mir gerne die Terrasse ansehen«, sagte sie stattdessen.

Paolo nickte und führte sie zurück in den Flur und dann

durch eine Tür hinaus, die am weitesten entfernt von der Haustür lag.

Der Boden der Terrasse bestand aus warmen Terrakottafliesen. Ein schmiedeeiserner Zaun bewahrte den Besucher davor, in die Tiefe zu stürzen. Als Giulia an den Rand trat, sah sie links wieder die *nonna* in ihrem Garten und direkt unter sich den Pool, der bei diesem Wetter wirklich sehr einladend wirkte.

Natürlich entging Paolo ihr Blick nicht. »Sie können jederzeit schwimmen gehen, Giulia. Es ist warm, und Besprechungen kann man überall abhalten, oder nicht?«

»Danke.« Giulia sagte nicht Ja, nicht Nein, nur dieses Wort. Sie hatte nicht die Absicht, ihm zu zeigen, wie abwegig dieser Vorschlag war. Das wusste er selbst. Er versuchte immer noch, sie zu reizen und aus dem Konzept zu bringen.

Paolo schwieg einen Moment und machte dann eine Handbewegung zu einem Ensemble aus einem Outdoorsofa und einem niedrigeren Tisch: »Setzen Sie sich. Ich hole uns etwas zu trinken.«

»Gerne.«

Giulia rückte ihren Sessel so, dass das Haus in ihrem Rücken lag und sie auf das Meer hinausschauen konnte. Paolo stellte eine edle Karaffe mit Wasser und Zitronenscheiben und zwei Gläser auf den Tisch.

»Darf ich?« Er hob ein Glas.

Giulia nickte. Zum einen hatte sie Durst, zum anderen würde es gut sein, etwas zu haben, woran sie sich festhalten konnte, denn sie war längst nicht mehr so ruhig, wie sie vorgab.

Paolo füllte beide Gläser, reichte Giulia eines und lehnte sich mit dem anderen in der Hand zurück.

»Also, was bringt Sie zu mir?«

»Wir müssen noch einmal reden.«

»Worüber?«

»Über Alessandro Signorellos Hof.«

Paolo fokussierte seinen Blick und schaute Giulia schweigend an. Wenn er meinte, sie dadurch aus dem Konzept bringen zu können, irrte er auch jetzt. Denn natürlich hatte er gewusst, weswegen sie hier war und worüber sie verhandeln wollte, dessen war sie sich sicher.

»Wir müssen über den Olivenhof reden«, fuhr sie fort. »Sie wissen, dass Herr Alessandro Signorello den Vertrag in einer emotionalen Zwangslage unterzeichnet hat, die seine wirklichen Bedürfnisse nicht widerspiegelt.«

Paolo lächelte. »Oha, jetzt merkt man doch, dass Sie einmal Anwältin waren. Aber ich bezweifle, dass eine emotionale Zwangslage von juristischer Relevanz ist.«

Er blickte sie an, und Giulia hielt seinem Blick stand.

»Sie brauchen dieses Gelände nicht, Signor Messi.«

»Denken Sie wirklich, dass Sie so viel von mir wissen? Ich kann Ihnen sagen, dass man aus allem etwas machen kann. Was glauben Sie, wie ich es so weit gebracht habe?«

Giulia ging nicht auf seine Worte ein. »Ich glaube nicht, dass Sie der Kauf oder der weitere Verkauf des Geländes irgendwie glücklich machen werden.«

»Und ich glaube wie gesagt nicht, dass Sie so viel von mir wissen.« Zum ersten Mal während der Gespräche, die sie miteinander geführt hatten, klang Paolos Stimme schärfer.

Für einen Moment schweigen sie beide. Giulia nahm einen Schluck von ihrem Wasser, um Zeit zu gewinnen. Ihre Gedanken rasten. Natürlich wollte Paolo nicht über das reden, was ihn mit Marco oder dem Olivenhof verband, und irgendwie konnte sie das auch verstehen. Als sie zu ihm sah, wirkte sein Gesicht für einen flüchtigen Moment weicher, als offenbare er mit einem Mal etwas, das er sonst verbarg. Dann war der Ausdruck auch schon wieder verschwunden, und er musterte sie nachdenklich.

»Sie sind eine bewunderungswürdige Frau, Giulia, und das sage ich jetzt nicht, um Sie zu beeinflussen. Lassen Sie uns für heute hier Schluss machen. Ich finde, wir sollten beide noch einmal nachdenken.«

Giulia hatte gerade die Straße erreicht, über die sie zurück zur Villa laufen wollte, als ihr Handy klingelte. Sie fand es in ihrer Tasche und schaute auf das Display. »Marco?«

»Das hat aber lange gedauert.«

»Ich habe das Handy in der Tasche nicht gleich gefunden.«

»Bist du außer Atem?«

»Vielleicht ein wenig, der Weg hinauf zur Straße ist ziemlich steil. Ich bin gerade von Paolo weg.«

»Okay«, sagte Marco. Es klang gedehnt, aber vielleicht bildete sie sich das auch ein, das Gespräch mit Paolo hatte sie nervlich durchaus belastet.

»Denk an das, was wir besprochen haben«, mahnte sie trotzdem sanft.

»Ja, ich weiß«, sagte er leise. »Ich denke daran. Ich vertraue dir.« Er schwieg einen Moment. »Tut mir leid, dass ich nicht da bin. Ich wäre jetzt gerne für dich da.«

»Danke, das bedeutet mir viel. Ich bin auch nicht richtig zufrieden mit dem Ergebnis, aber er will immerhin nochmal nachdenken.«

»Nachdenken?«, wiederholte Marco. Sie konnte die Enttäuschung in seiner Stimme hören, die ihre eigene geradezu spiegelte, und fühlte sich ihm sehr nah.

Aus dem Tal näherte sich ein Auto und fuhr bald darauf an ihr vorbei, aus der anderen Richtung war ein Bus zu hören.

»Ich vermisse dich so sehr«, brach es unvermittelt aus Giulia heraus.

»Ich dich auch! Kaum zu glauben, dass unsere Verlobung gerade mal zwei Wochen her ist. Manchmal scheint es mir wie ein anderes Leben ...«

»Mir auch.« Sie seufzte.

»Ich komme bald wieder.«

Sie hörte, dass er schwer schluckte. »Wie geht es Laura und Anna denn?«, fragte sie.

»Beiden geht es den Umständen entsprechend gut. Der OP-Termin steht, danach wird Laura engmaschig kontrolliert, und Anna muss sich an die ziepende Narbe gewöhnen, wie meine Mutter es ausdrückt, und die hat ja Erfahrung, aber eigentlich verhalten sich die beiden wie Mädels auf einem Schulausflug. Ich fürchte, ich bin der Lehrer.« Er lachte. »Aber medizinisch sieht es wirklich gut aus. Ich habe mit einem ihrer Ärzte gesprochen: Signor Serra sagt, dass die beiden wahrscheinlich schon vier Wochen nach der OP halbwegs am Alltag teilhaben können.«

»Das ist wunderbar!«

Sie verabschiedeten sich voneinander, gaben sich Küsse durchs Telefon wie zwei Teenager. Dann setzte Giulia sich wieder in Bewegung und wünschte sich dabei nichts sehnlicher, als in Marcos Armen zu liegen.

Als sie in der Jasminvilla ankam, waren Fulvio und Loretta zu ihrem Bedauern schon gegangen. Giulia zog sich ins Büro zurück, um einige Unterlagen durchzuarbeiten. Sie wollte den Kopf frei von Paolo bekommen, und außerdem hatte sie den Papierkram in den letzten Tagen sträflich vernachlässigt. Erst war sie mit den Vorbereitungen für das Fest beschäftigt gewesen, dann hatten Laura, Aurora und schließlich auch der Verkauf des Olivenhofs all ihre Kraft und Zeit in Anspruch genommen.

Und der Streit mit Marco, fuhr es ihr durch den Kopf. Nie wieder wollte sie solche Gefühle zwischen ihnen haben. Dafür würde sie alles tun.

Sie lehnte sich im Stuhl zurück und sah sich um. Dies war das Arbeitszimmer ihres Großvaters gewesen und der Raum, in dem sie nach ihrer Ankunft hier mehr und mehr über ihn, sein Geschäft und schließlich auch seine Familie in Erfahrung gebracht hatte. Auch heute noch trug dieses Zimmer stark seine Handschrift, aber nach und nach würden sich hier die nachkommenden Generationen durchsetzen, ohne dass die Erinnerung an Enzo Martini je ganz verloren ging.

Giulia stieß einen Seufzer aus und beugte sich wieder über die Papiere. Als sie Stunden später aufstand, um sich eine Kleinigkeit zum Essen zuzubereiten, bemerkte sie zu ihrer Überraschung, dass das Licht im Hof brannte. Seltsam. Es ging eigentlich nur automatisch für eine Weile an, wenn jemand in die Nähe der Haustür kam.

Giulia eilte zur Tür und öffnete sie. Doch davor war niemand, sie musste den Besucher gerade verpasst haben. Wer war es gewesen? Sollte sie die Einfahrt entlanggehen und schauen, ob sie ihn noch einholte? Warum hatte er denn nicht geklopft? Ihr Blick fiel auf den Briefkasten. Die obere Klappe stand offen und gab den Blick auf einen Umschlag frei. Ihr Herz klopfte schneller, als sie mit zitternden Fingern versuchte, den Umschlag herauszuziehen, was ihr erst nach mehreren Versuchen gelang. Sie riss ihn sofort auf und traute ihren Augen nicht: der Vertrag. Jemand ... *Paolo* hatte ihr den Vertrag, der den Kauf von Alessandros Olivenhof besiegelte, in ihren Briefkasten geworfen. Er hatte ihn zurückgegeben. Ihre Beine gaben plötzlich unter ihr nach, dann sackte sie auf den Eingangsstufen zusammen.

NEUNZEHNTES KAPITEL

»Ich kann nicht glauben, dass ihr mir all das verheimlicht habt!«, rief Laura fassungslos. »*Papà* wollte den Hof verkaufen, es gab einen Brandanschlag ...« Zum wiederholten Male schüttelte sie den Kopf. »Ich kann nicht glauben, was Franco da getan haben soll. So ein Mensch ist er eigentlich nicht ...«

Marco öffnete den Mund, um seiner Schwester ins Wort zu fallen, doch Giulia legte ihm beschwichtigend eine Hand auf den Arm. Er schloss den Mund unverrichteter Dinge wieder.

»Danke«, formte sie stumm mit den Lippen.

Laura wandte den Blick ab und sah aufs Meer hinaus. Sechs Wochen waren vergangen, seit Giulia den Vertrag über den Olivenhof überraschend in ihrem Briefkasten gefunden hatte. In der Zwischenzeit hatte sie nicht nur viel gearbeitet, vor allem wegen der nun unmittelbar bevorstehenden Jasminernte, sondern es war auch viel geschehen. Trixi war noch einmal für ein verlängertes Wochenende zu Besuch gewesen, und Giulia und sie hatten endlich alles nachgeholt, was ihnen davor entgangen war. Auch Pina hatte ein verlängertes Wochenende in der Villa verbracht. Sie freute sich sehr über die Verlobung und plante eifrig die Hochzeit ihrer Tochter. Wie bei jedem ihrer Besuche hatte sie sich mit Alessandro zusammengesetzt. Miteinander zu sprechen wurde mit jedem Mal leichter.

Anna war nach der Operation nach Hause zurückgekehrt,

besuchte aber weiterhin regelmäßig Laura, die aus dem Krankenhaus entlassen, jedoch immer noch engmaschig überwacht wurde. Sie waren sich sehr nahegekommen und nannten einander inzwischen Schwestern. Mehr als einmal hatte Laura schon betont, dass sie sich immer eine Schwester gewünscht habe. Giulia dachte an die Bilder, die Laura ihr ein paar Tage nach der OP geschickt hatte: beim ersten Gang durch die Station, bei einem ersten üppigen Essen und schließlich von sich selbst neben mehreren Flaschen Wasser. Ich muss trinken lernen, hatte Laura dazugeschrieben. Inzwischen war das alles normal geworden, Laura musste sich um Essen und Trinken kaum noch Gedanken machen.

Giulia ließ ihren Blick über die Bucht wandern. Es war warm an diesem letzten Julitag, und am Wasser tummelten sich viele Touristen. Es war einfach wunderschön, wieder gemeinsam in der Piper Bar zu sitzen. Es fühlte sich sehr vertraut an, und sie freute sich sehr darüber, mit welcher Freude Laura ihr Essen und ihre Getränke auswählte, jetzt, da sie sich nicht mehr einschränken musste.

»So ein Mensch war Franco eigentlich nie«, riss sie Giulia jetzt aus ihren Überlegungen. Sie klang nachdenklich. »Nicht, als ich ihn kennengelernt habe. Nicht, solange ich mit ihm zusammen war. Er ist Auroras Vater, das muss ich akzeptieren. Wie konnte er das nur tun! Meine Güte, was da hätte passieren können! Mir dreht sich jetzt noch der Magen um. Aurora hätte sterben können.«

Marco legte seine rechte Hand auf ihre linke. »Beruhig dich, Schwesterchen. Genau deswegen haben wir nichts gesagt. Du hattest einfach genug damit zu tun, gesund zu werden. Ich hoffe, du verstehst das«, gab er zurück. »Und wie wir alle sehen, hast du das ja auch ganz prächtig getan. Du siehst gut aus, Laura, wunderschön, wenn ich das so als Bruder sagen darf.«

Giulia konnte ihm nur zustimmen. Das Kortison, das Laura noch nehmen musste, ließ ihr Gesicht zwar etwas runder werden, aber durch die rosige Farbe sah es gesünder aus als je zuvor. Außerdem hatte Laura ihr Haar wieder schneiden lassen und trug es jetzt in einem kürzeren Pagenkopf, der an Louise Brooks erinnerte. Ihre Augen wirkten dadurch größer und irgendwie geheimnisvoller, aber Laura war eben einfach eine wunderschöne Frau, und manchmal hatte Giulia den Eindruck, dass einfach nichts das ändern konnte. Heute trug sie ein blau schimmerndes Baumwollkleid, das bis zu den Knien reichte und ihre schlanken, wohlgeformten Beine betonte, und dazu karamellfarbene Wedges.

»Bilden sich große Brüder eigentlich immer ein, Entscheidungen für ihre jüngeren Geschwister treffen zu dürfen?«, beschwerte sie sich jetzt energisch.

Marco knuffte sie leicht gegen einen Arm, was ihm seinerseits einen Boxer von Laura einbrachte. »Aua«, protestierte er, und fügte mit einem verschmitzten Grinsen hinzu: »Manchmal schon.«

Zwei Tage später klingelte das Telefon, als Giulia in der Küche gerade ein neues Rezept für gefüllte Nudeln ausprobierte. Sie beeilte sich, die Hände an ihrer Schürze abzureiben, schaltete rasch den Herd herunter und meldete sich eilig. »*Pronto?*«

»Giulia?«, fragte Lauras Stimme am anderen Ende und fügte dann hinzu: »Alles in Ordnung bei dir?«

»Natürlich! Warum fragst du?«

»Weil du so keuchst, vielleicht?«

Giulia musste lachen. »Ich hatte Angst, nicht rechtzeitig ans Telefon zu kommen. Ich bin beim Kochen, und meine Hände waren dreckig. Sie sind es eigentlich immer noch, um genau zu sein.« Ihr Blick streifte einen Rest Mehl auf ihrer Jeans, und das Telefon in ihrer Hand fühlte sich an, als würde sie es nachher gut abputzen müssen. Sie lachte.

Es war immer schön, mit Marcos Schwester zu sprechen. Durch Lauras Krankheit hatten sie zwar noch nicht viel Zeit miteinander verbringen können, aber wann immer es dazu gekommen war, hatte es einfach gepasst zwischen ihnen. Nie hatten sie ein Problem, ein Gesprächsthema zu finden, selbst bei Giulias Besuchen im Krankenhaus nicht. Laura hatte ihr sogar erlaubt, bei den Gesprächen mit dem Arzt dabei zu sein. In jedem Fall freute sich Giulia sehr, in Zukunft noch viel mehr mit Laura zu tun zu haben.

»Oh, tut mir leid«, sagte Laura. »Ich wollte dich nicht stören.«

»Ach Quatsch! Es ist schön, von dir zu hören. Im Moment probiere ich wieder was aus. Loretta und ich überlegen immer noch, zur Hauptsaison Wanderern im Kiosk oder sogar in der Villa ein paar Kleinigkeiten anzubieten. Ich versuche herauszufinden, was überhaupt geeignet ist, auch vom Aufwand und den Kosten her, verstehst du? Die Nudeln von heute sind definitiv zu kompliziert.« Sie lachte. »Aber zurück zu dir: Bist du noch bei Alessandro? Warum rufst du an?«

»Ja, ich muss erst morgen zurück nach Genua zur nächsten Kontrolle.« Giulia hörte, wie Laura tief durchatmete. »Also, ich ...« Sie zögerte. »Also, es ist Folgendes, und ich wollte es dir echt schon vorgestern sagen, aber ... Also, ich habe jemanden kennengelernt.«

Giulia war überrascht. »Wirklich? Das ist ja wunderbar!« Sie freute sich riesig. Marco hatte kürzlich bereits etwas in dieser Richtung vermutet, offenbar war sein Gespür richtig gewesen. »Wo denn? Du warst doch fast nur im Krankenhaus«, fragte sie dann verblüfft. »Und, noch wichtiger: Wer ist es denn? Kennen wir ihn?«

»Vermutlich.«

»Vermutlich?«

»Ja ... Bitte lach jetzt nicht ...« Laura lachte selbst. »Es ist tatsächlich einer der Ärzte aus dem Krankenhaus.« Sie stöhnte auf. »Oh Mann, wenn ich mir selbst zuhöre, klingt das wie eine nicht besonders einfallsreiche Telenovela ...«

»Ach Quatsch! Ich freue mich für dich!«

»Danke! Ja, ich freue mich auch, es ist alles noch so neu. Aurora habe ich es heute Morgen schon gesagt. Sie hat es gut aufgenommen. Die beiden sehen sich dann morgen, und ich denke, dass sie gut zueinander passen. Ich habe ihr das Versprechen abgenommen, dass sie nichts verrät und ich es Marco selber sagen kann. Mein Problem ist allerdings, dass ich nicht weiß, wie ich es ihm beibringen soll.«

Ah, daher wehte der Wind. »Was hat er denn damit zu tun?«

»Er ist mein Bruder, Giulia?«

»Ja, das ist mir klar. Aber was hat das damit zu tun?«

»O.k., stimmt: eigentlich nichts. Aber er neigt eben dazu, mich zu beschützen, und du weißt, wie er mit Franco war ...«

»Marco will nur das Beste für dich«, sagte Giulia ernst. »Und ich nehme doch nicht an, dass dein Arzt jemand ist, vor dem Marco dich beschützen muss?«, fügte sie sanft hinzu.

Laura lachte. »Nein, so einer ist Luciano ganz sicher nicht.«

»Luciano?«

»Ja. Luciano Serra. Aber verrat das Marco bitte noch nicht.«

Giulia erinnerte sich tatsächlich an den Arzt, von dem sie bisher einen durch und durch positiven Eindruck hatte.

»Ich würde ihn euch beiden gerne mal vorstellen.«

»Uns beiden?«

»Ja, Marco ist doch bei dir, oder? *Papà* sagte so etwas ...«

»Ja.« Giulia ließ ihren Blick über die feingehackten Kräuter, den Teig, den sie angesetzt hatte, und dann weiter durch die Küche wandern, die sie eigentlich erst in Ordnung bringen musste. »Fulvio und er sind gerade im Jasmingarten, die Ernte fängt in den nächsten Tagen an, und es braucht noch ein paar Vorbereitungen ... Also gut, wo treffen wir uns?«

Giulia räumte die Küche, so schnell es ging, notdürftig auf, deckte die vorbereiteten Lebensmittel ab und verstaute einen Teil im Kühlschrank. Dann schlüpfte sie rasch aus der Schürze, zog eine saubere Hose, ein frisches Oberteil und Schuhe an und stand wenig später im Jasmingarten, wo Fulvio und Marco gerade über den Stand der Erntevorbereitungen fachsimpelten. In wenigen Worten schilderte sie Marco, worum es ging, und zuckte danach auf jede seiner Fragen mit den Schultern. Nein, sie wusste auch nicht mehr, außer dass Laura und ihr neuer Partner sie beide in Monterosso erwarteten. Sie machten sich zu Fuß auf den Weg nach Levanto, wo sie kurz darauf den Zug in Richtung Cinque Terre bestiegen. Giulia freute sich darauf, Laura so bald wiederzusehen, und auch auf den Besuch des kleinen Städtchens Monterosso, das sie zuletzt zusammen mit Marco auf einer Wanderung erkundet hatte. Sie kannten das Café oberhalb des kleinen Bahnhofs, das Laura ihnen als Treffpunkt genannt hatte. Von dort hatte man einen sehr schönen

Blick auf den Strand und die Promenade. Vielleicht würden sie später noch dort entlangschlendern, sich mal wieder in Ruhe die Auslagen der Geschäfte ansehen und die Gedanken schweifen lassen.

Der Zug fuhr in den Bahnhof ein, Lautsprecherdurchsagen warnten vor Taschendieben. Auf dem Bahnsteig versammelten sich schon die ersten aufgeregten Touristen. Im Laufe des Tages würde es hier erfahrungsgemäß noch sehr viel voller werden.

Wenige Minuten später stieg Giulia aufgeregt hinter Marco die Stufen zum Café hinauf.

»Marco! Giulia!«, rief Laura, kaum dass sie durch die Tür getreten waren. »Ach, wie freue ich mich, euch zu sehen!«

Sie stand auf, und die beiden Frauen umarmten und küssten sich zur Begrüßung auf beide Wangen. Laura trat zu ihrem Bruder, der sie in den Arm nahm und küsste. Dann wandte er sich an den jungen Mann, der sich ebenfalls erhoben hatte und höflich wartend neben seinem Stuhl stand.

»*Buongiorno*, Signor Serra. Ich freue mich sehr, Sie hier zu sehen. Eigentlich kennen wir uns ja schon, nicht wahr? Wir haben immer gute Gespräche geführt, Sie haben mir viele meiner Fragen beantwortet und mir die ein oder andere Sorge genommen.«

Luciano Serra lächelte. Er war großgewachsen und eher schlaksig, hatte dunkle Locken, eine Nickelbrille und ein freundliches Gesicht.

Laura trat zu ihm und schmiegte sich in seine Arme. »Ich mach es trotzdem nochmal offiziell: Das ist also Luciano, und das sind mein Bruder Marco und seine Verlobte Giulia. Und jetzt«, sagte sie, »jetzt lernen wir uns kennen.«

Wenig überraschend war Luciano auch außerhalb seiner Rolle als Arzt ein rundum sympathischer Mensch. Giulia freute sich sehr, dass Laura ihn als Partner gefunden hatte. Er kam ursprünglich sogar aus La Spezia, war also gar nicht so weit von Levanto entfernt aufgewachsen. Er hatte zuerst als Rettungssanitäter gearbeitet und sich dann für das Medizinstudium entschieden, das er vor zwei Jahren erfolgreich abgeschlossen hatte.

»Ich bin als Anfänger unter den Ärzten nicht mehr der Jüngste, aber ich habe vorher eben viel ausprobiert. Zuerst stand ja auch lange außer Frage, dass ich das Lebensmittelgeschäft meiner Eltern übernehme. Aber ich war mir die ganze Zeit über nicht sicher, was ich eigentlich will. Jetzt weiß ich, dass ich Mediziner sein will. Und seit ich Laura kenne, weiß ich, was mir noch gefehlt hat.« Er schaute Laura liebevoll an. »Ich weiß, dass ich mit dieser Frau mein Leben teilen möchte.«

Als sie das Café verließen, um gemeinsam noch ein wenig am Strand entlangzugehen, blieben Marco und Laura bald zurück. Als Giulia kurz darauf noch einmal zurückschaute, hatte Marco seine Schwester untergehakt und hörte ihr ruhig zu.

Abschließend genehmigten sie sich alle ein Eis und machten im Anschluss noch einen kleinen Spaziergang entlang der Strandpromenade und dann durch den Tunnel hinüber in den anderen Teil der Stadt. Sie verabredeten ein baldiges Essen, bevor sie gemeinsam zum Bahnhof gingen, wo sie sich herzlich voneinander verabschiedeten. »Ich freue mich so für dich«, flüsterte Giulia Laura zu, als sie sich zum Abschied auf die Wangen küssten. Die schenkte ihr ein dankbares Lächeln.

Laura und Luciano stiegen in den Zug nach La Spezia, wo sie heute bei seinen Eltern eingeladen waren, Giulia und Marco in den Zug nach Levanto. Sie sprachen nicht viel, waren sich aber einig, dass Luciano ihnen beiden sympathisch war und Laura guttat. Giulia fragte nicht, was Laura mit Marco besprochen hatte, aber es war sicher gut gelaufen, denn Marco war entspannt und gelöst und würde Lauras Glück ganz sicher nicht im Wege stehen.

Kaum waren sie in der Villa eingetroffen, verschwand Marco in Richtung Jasmingarten. »Ich muss noch was fertig machen von heute Morgen. Wir sind ja doch recht abrupt aufgebrochen. Aber ich beeile mich, o.k.?«

»Ja, klar, kein Problem. Wenn du fertig bist, können wir essen.«

»Super. Ich habe einen Bärenhunger.«

»Schon wieder?«, neckte sie ihn.

Giulia überlegte zunächst, sich direkt mit den gefüllten Nudeln zu beschäftigen, verschob das aber auf den Abend und trank stattdessen auf der Terrasse einen *caffè*.

Dann holte sie Knoblauch und Chili aus ihren Vorräten und setzte Wasser für die Spaghetti auf. Sie gab gerade die gehackten Knoblauchzehen ins heiße Olivenöl, als Marco hereinkam.

»Mhmmm.« Er schnupperte. »Was gibt es denn?«

»Spaghetti aglio e olio mit Chili aus dem eigenen Garten. Ich wollte irgendwas, das schnell geht.«

»Oh, mein Lieblingsessen.« Marco gab ihr einen zärtlichen Kuss. »Ist noch Zeit, zu duschen? Ich habe ziemlich geschwitzt.«

»Klar.«

»Ich beeile mich. Und dann muss ich dir was erzählen.«

Giulia blickte ihn überrascht an. »Okay ... da bin ich aber gespannt.«

Minuten später kam Marco in frischer Kleidung und mit gewaschenen Haaren nach unten. Giulia hatte inzwischen den Tisch gedeckt, das Nudelwasser abgeschüttet und die Sauce mit den Nudeln vermengt. Marco holte Gläser und einen leichten Weißwein.

Als sie sich gesetzt hatten, erzählte er von einem Gespräch, das er kurz zuvor mit einem früheren Arbeitgeber geführt hatte. »Er hat mich angerufen, gerade als ich den Jasmingarten erreicht hatte: Sie suchen einen Übersetzer, und er hat mich gefragt, ob ich Lust hätte, wieder in diesem Bereich zu arbeiten. Und ich muss zugeben, dass mir das gefallen würde.« Er blickte Giulia an. »Was hältst du davon?«

»Das klingt nach einer guten Idee«, sagte Giulia, während sie die Teller füllte.

»Ja, das finde ich auch.« Marco wirkte zufrieden.

»Du liebst diesen Job. Wie seid ihr denn verblieben?«

»Ich habe mir ein paar Tage Bedenkzeit erbeten.« Marco aß hungrig die erste Fuhre Spaghetti. »Das Gespräch war eigentlich total zufriedenstellend. Wenn auch etwas ungewohnt. Im letzten Jahr hatte ich mit so viel anderem zu tun ... Manchmal habe ich den Eindruck, ich weiß gar nicht mehr, wie man solche Gespräche führt.« Er steckte wieder die Gabel in den Mund, kaute und schluckte. »Aber ich kann mir das echt gut vorstellen. Ich liebe diesen Job wirklich. Und *papà* braucht zwar Unterstützung, aber er macht jetzt selber wieder viel mehr. In den letzten Jahren hatte ich manchmal den Eindruck, dass er die Energie verliert. Das ist seit ein paar Wochen anders. Jetzt sehe ich den alten Alessandro wieder, den, der für sein Land kämpft und stolz ist auf seine Produkte.« Er hielt inne. »Und Laura wird meine Unterstützung auch immer weniger brauchen. Sie erholt sich gut. Und sie wird wieder mehr für Aurora da sein können. Außerdem hat sie ja jetzt Luciano.« Er brach ab und starrte auf seine Gabel.

Giulia sah förmlich, wie schwer es ihm fiel, seine Schwester loszulassen, auch wenn er den Mann an ihrer Seite mochte. »Marco, die beiden sind ein tolles Paar, das hast du im Zug selbst gesagt.« Sie suchte seinen Blick und fand ihn. »Du wirst dich daran gewöhnen, dass sie jetzt weniger Schutz und Hilfe braucht. Und dass Luciano ihn ihr wenn nötig geben wird. Aber sie hat ihn dir ja vorgestellt, sie ist interessiert an deiner Meinung!«

»Hm.« Marco senkte den Blick. »Wahrscheinlich hast du recht.« Er drehte eine weitere Fuhre Spaghetti auf. »Ja, du hast ganz sicher recht. Es ist neu und schwierig, ich habe sie mein Leben lang beschützen wollen, die Sorge um sie hat lange mein Leben bestimmt. Aber es steht mir definitiv nicht zu, Entscheidungen für meine Schwester zu treffen.«

»Das stimmt.« Giulia stand auf. »Das steht dir wirklich nicht zu. Sie ist ein erwachsener Mensch. Sie kann ihre Fehler machen und daraus lernen. Ich weiß, dass es dir schwerfällt, aber das musst du aushalten.« Sie strich ihm liebevoll über einen Arm. »Und Aurora wird auch nichts gegen ihn haben.«

»Nein.«

»Siehst du. Willst du noch einen Espresso zum Abschluss?«

»Gerne.«

Als Giulia kurz darauf mit dem Espresso zurückkam, stand Marco am vorderen Rand der Terrasse und schaute in den Garten. Giulia wusste nur zu gut, wie wohl es tat, den Blick von dort schweifen zu lassen bis nach hinten, wo man den Jasmingarten erahnen konnte ... Wie oft hatte sie im letzten Jahr schon selbst dort gestanden und nachgedacht. Dort kam sie verlässlich zur Ruhe.

Sie tranken ihren Espresso schweigend und im Stehen.

»Ich freue mich für Laura, das kannst du mir glauben«, sagte Marco schließlich langsam. »Ich freue mich, dass sie endlich jemanden gefunden hat, der ihr guttut. Ich möchte nur nicht, dass ihr wehgetan wird.«

Giulia war ihm dankbar für seine Ehrlichkeit. »Das verstehe ich. Aber du stehst ihr doch zur Seite, und du bist da, wenn sie Hilfe braucht. Man muss damit leben, dass nicht immer alles glattgeht ...«

Marco nickte langsam. »Ich weiß.« Er räusperte sich. »Ich würde sie gerne als Erste zu unserer Hochzeit einladen. Ich habe bereits angefangen, ein wenig zu planen ...«

»Du?«

»Ja, denkst du nicht, dass es allmählich Zeit dafür wird?«

Giulia lachte. »Doch, natürlich, aber du weißt schon, dass meine Mutter auch ihre Vorstellungen dazu hat?«

»Und mein Vater ...« Marco rollte die Augen gen Himmel. »Er will, dass wir in Sant'Andrea heiraten, nach der standesamtlichen Trauung natürlich ...« Er streckte den Arm nach ihr aus.

Sie schmiegte sich an ihn. »Und wann genau soll es so weit sein?«

»Im Frühjahr, oder was denkst du?«

»Doch, ja, das gefällt mir. Im Frühjahr, wenn alles frisch ist und von neuem beginnt.«

ZWANZIGSTES KAPITEL

Ich bin lange nicht mehr so früh aufgestanden, dachte Giulia, als sie an diesem ersten Morgen der Jasminernte, ein Gähnen unterdrückend, ins Bad ging. In dieser Woche würde der Wecker jeden Morgen um fünf Uhr klingeln, und dann musste sie sich in Windeseile fertig machen. Eigentlich hatte sie gestern Abend duschen wollen, dann aber beschlossen, dass eine Dusche am Morgen besser war. Das Wasser weckte ihre Lebensgeister tatsächlich ein wenig, und sie schlüpfte in lockere, strapazierfähige Kleider. Unten im Hof waren schon die meisten Saisonkräfte aus ihren Zimmern im Nebengebäude gekommen, und die ersten Autos mit Helfern aus den benachbarten Dörfern waren auch schon da. Es hatte sich herumgesprochen, dass man hier an etwas ganz Besonderem teilhaben konnte.

Giulia ließ ihren Blick über die Menge gleiten und nahm das muntere Geplauder in sich auf. Sie machte Marco aus, der Anweisungen gab. Loretta erschien in der Tür, einen Kochlöffel in der Hand, sie bereitete sicher den späteren Brunch und wahrscheinlich auch schon das Abendessen vor. Giulia blickte in den dunklen Himmel, in dem der Mond noch blass zu sehen war.

Fulvio trat neben sie und schaute sie aufmunternd an. »Bereit?«

Giulia nickte. »Oh ja, das bin ich.«

Die anderen Pflücker waren erfahrener als Giulia und hatten ihre Sammelbehälter schneller gefüllt, doch das war nicht schlimm. Marco wartete an der Waage auf sie und gab ihr den Kuss, für den sie vorher keine Zeit gefunden hatten. Die Blüten wurden wie im letzten Jahr gewogen, die entsprechenden Zahlen auf einer großen Tafel notiert.

Gegen Mittag war der Arbeitstag beendet. Giulia, die vermutet hatte, dass sie sich vor Müdigkeit gleich wieder im Bett verkriechen würde, stellte fest, dass sie sich geirrt hatte. Loretta und ihre Freundinnen hatten ein großes spätes Frühstück vorbereitet, und nun saßen alle zusammen auf der Terrasse, aßen und redeten munter durcheinander. Einige entschlossen sich zu einem Ausflug nach Levanto, andere zogen sich gähnend in ihre Zimmer zurück. Giulia half, die Küche in Ordnung zu bringen, und entschied sich dann, doch noch einmal in den Jasmingarten zu gehen. Es war ein Ort, der sie erdete.

Es war seltsam, den Garten nach diesem Erntemorgen wieder so ruhig zu sehen. Giulia stieg die Stufen hinunter. Der Zauber des Gartens erfasste und beruhigte sie sofort, und jedes Mal wunderte sie sich weniger darüber. Er berührte einfach etwas in ihr, das sie nur fühlen, für das sie aber keine Worte finden konnte. Ihrem Großvater war es ähnlich ergangen, das wusste sie von Fulvio und Loretta, und es war ein schöner Gedanke, dass da etwas war, was sie beide verband. Manchmal saß sie lange nur da und stellte sich vor, wie Enzo hier gesessen oder auch wie er hier gearbeitet hatte.

Giulia bog nach rechts ab und ging ein Stück an der Mauer entlang. Sie mochte die einfache Art, in der die Steine hier so sorgsam zu einer Mauer zusammengefügt worden waren, wie ein Puzzle aus Steinen. Eine Trockenmauer, die ihr Großvater hatte bauen lassen, um seine Pflanzen zu schützen.

Giulia erreichte die hintere Mauer, über die hinweg sie das Meer sehen konnte. Lange stand sie einfach da und schaute.

Auf ihrem Heimweg pflückte sie im Nutzgarten einen Zweig Rosmarin und zerrieb ihn vorsichtig zwischen den Händen. Unwillkürlich musste sie an die Hochzeit denken, die für den späten April geplant war. Eine Welle der Freude durchfuhr sie.

EINUNDZWANZIGSTES KAPITEL

Giulia war einmal mitten in der Nacht aufgewacht, und dann das zweite Mal gegen sieben Uhr, als Loretta an ihre Tür klopfte. Heute hatte Marco die Nacht nicht in der Villa verbringen dürfen, darauf hatte die ältere Italienerin bestanden, denn heute würde Giulia zur Braut werden, und da gab es eben Traditionen.

Giulia war schon jetzt sehr aufgeregt. Sie stieg aus dem Bett und trat an das geöffnete Fenster. Tief sog sie die Luft ein, während sie über den noch friedlichen Garten hinwegschaute, in dem sich später an diesem Tag gut fünfzig Gäste versammeln sollten. Loretta räusperte sich in ihrem Rücken. Giulia gab sich einen Ruck und verschwand im Bad. Loretta würde ihr beim Anziehen helfen, danach kam Sofia, eine der neu hinzugewonnenen Cousinen Marcos, die sich als gelernte Kosmetikerin um Haare und Make-up kümmerte. Giulia konnte sich wirklich nicht daran erinnern, wann sie sich das letzte Mal mit allen Schikanen geschminkt und frisiert hatte. War das beim Abiball gewesen, an dessen Ende sie ausgesehen hatte wie ein übermüdeter Pandabär? Dass sich jemand anderes um all das kümmerte, war eigentlich noch nie vorgekommen. Ihre Mutter Pina hatte dieses Mal allerdings darauf bestanden – »das gehört dazu!« –, und Giulia hatte zugestimmt, auch wenn sie es übertrieben fand. Während sie vor dem Spiegel stand und sich nachdenklich betrachtete, dachte sie daran, wie sie gestern noch mit ihren Eltern und Trixi zusammengesessen hatte, die gemeinsam angereist waren. Ihr Vater war zum ersten Mal seit seiner Jugend wieder da, und sie versuchte, es ihm so einfach wie möglich zu machen. Alles konnte sie ihm aber nicht abnehmen, das lag nicht in ihrer Hand.

»Ich bin froh, dass du da bist, Papa«, hatte sie gesagt.

»Ich auch, ich auch ... Ich hätte es mir nicht anders vorstellen können.«

Giulia gab sich einen Ruck, schlüpfte aus ihrem Nachthemd und stellte sich unter die Dusche. Es tat gut, das Wasser über Kopf und Körper fließen zu lassen. Ihr neues Lieblingsshampoo verbreitete einen feinen Mandelduft. Giulia nahm sich Zeit, es einzumassieren und dann sehr sorgfältig auszuspülen.

Als sie zurückkam, hatte Loretta das Hochzeitskleid außen an den alten Kleiderschrank gehängt. Giulia hatte sich schon beim ersten Blick darin verliebt: Es war elfenbeinfarben, eine Farbe, die Giulias Teint schmeichelte, mit Details in einem sanften, gedeckten Rot und Schuhen in derselben Farbe. Giulia schlüpfte rasch in ihre Unterwäsche und zog dann die Strümpfe mit Strumpfhalter an, auf denen Loretta ebenfalls bestanden hatte, weil sie auch dazugehörten. Ihre Aufregung nahm deutlich zu, und als sie endlich das Kleid überstreifte, pochte ihr Herz einen wilden Wirbel. Loretta lächelte ihr anerkennend zu. Giulia warf einen Blick in den Spiegel und war zufrieden. Oh ja, sie gefiel sich sehr: Das Kleid war relativ lang, in einem leichten Empire-Boho-Stil gehalten, zeichnete ihren Körper nach und gab ihm eine wirklich sexy Silhouette, wie Trixi sofort angemerkt hatte, als sie es ihr gestern vorgeführt hatte.

»Zu sexy?«, hatte Giulia unsicher gefragt.

»Ach du meine Güte, wie kann denn etwas zu sexy sein?«, hatte Trixi lachend entgegnet. »Außerdem hab ich dir das doch schon gesagt, als du mir noch aus dem Laden ein Foto geschickt hast? Erinnerst du dich, Liebes?«

»Natürlich. Damals hast du es aber stilvoll genannt, nicht sexy.«

»Echt?« Trixi grinste. »Es ist eben beides.«

Dann hatten sie sich lange unterhalten, auch über die Veränderungen, die Trixi seit dem letzten Mal aufgefallen waren.

»Es ist wirklich toll, was ihr alles erreicht habt! Jetzt sind alle Böden fertig, oder? Alles wirkt noch heller und freundlicher!«

Giulia hatte versucht, die Villa mit Trixis Augen zu sehen, und Trixi hatte recht. Seit Fulvios Einsatz glänzten die Böden außerdem wie neu, und eine Zeitlang hatte es im ganzen Haus verlockend nach Bienenwachs gerochen. Sie hatten wirklich viel geschafft. *Und das Haus zu renovieren*, dachte Giulia, *so wie wir es im Verlauf der letzten Monate Stück um Stück getan haben, hat irgendwie auch bedeutet, es sich anzueignen.*

Giulia tauchte aus ihren Gedanken auf und schlüpfte in die weichen Schuhe mit Absatz. Sie war sich natürlich zuerst nicht sicher gewesen, ob Rot die richtige Farbe war, und hatte sofort Trixi angerufen. Die hatte darauf bestanden, dass es die einzig mögliche Farbe war. Und eigentlich, wenn Giulia es recht bedachte, kam sie sich jetzt doch ein wenig vor wie eine Königin.

Wenig später traf Sofia ein und zauberte Giulia eine Flechtfrisur, die gar nicht kindlich aussah, wie Giulia befürchtet hatte, sondern im Gegenteil sogar sehr elegant. Dann machte sie sich an das Make-up, und so saß Giulia am Fenster des Schlafzimmers, wo das Licht am natürlichsten war, und überließ sich Sofias kundigen Händen. Marcos Cousine arbeitete ruhig und konzentriert. Die Augen wurden nur etwas dunkler umrandet und wirkten dadurch größer, für die Lippen wählte Sofia einen Rotton, der gut zu Giulias Haut passte. Insgesamt fand Giulia es gut, dass Sofia lediglich die natürlichen Farben ihres Gesichts herausarbeitete und zu ihrem Vorteil betonte. Das Make-up war insgesamt sehr dezent.

Währenddessen klingelte es unten. Loretta und Fulvio öffneten, dann waren Stimmen in der Halle zu hören. Offenbar wurde gerade der Teil des Buffets angeliefert, den Loretta und ihre Freundinnen nicht selbst hatten machen wollen. Türen öffneten und schlossen sich, dann entfernte sich ein Auto. Plötzlich drangen leise die Stimmen ihrer Eltern durch das geöffnete Fenster des Nachbarzimmers zu ihr herein. Die beiden hatten sich entschieden, im alten Mädchenzimmer ihrer Mutter zu übernachten, so wie es Pina bei jedem ihrer Besuche getan hatte. Für ihren Vater war es nun das erste Mal. Gestern hatte Giulia noch lange gedämpft ihre Stimmen gehört, die beiden hatten offenbar viel zu besprechen gehabt.

Giulia hörte ihre Mutter sagen, dass sie den Frauen in der Küche zur Hand gehen wolle. Aus der Halle erklangen entschlossene Schritte, kurz darauf wieder Lorettas Stimme: »Die Franzosen sind da!«

Giulia atmete erleichtert auf. Damit waren alle Gäste angereist, und im nächsten Moment waren auch schon Auroras, Chiaras und Jean-Lucs Stimmen unten auf der Terrasse zu hören. Giulia rückte vom Fenster ab, um nicht gesehen zu werden. Neue Stimmen erklangen – italienische, französische und auch deutsche, und in Giulia stieg mit einem Mal ein tiefes Glücksgefühl auf: Dies hier war ihre Familie, ihre wunderbare, große, lebhafte Familie.

»Wer will noch rasch in den Jasmingarten, bevor wir nach Levanto zur Kirche aufbrechen?«, hörte sie Rocco Ventura fragen.

Plötzlich ging die Tür auf, und Jeanne stand im Zimmer der Braut. Sie hatte aus Grasse den Schleier mitgebracht, den die Frauen der Familie Martini seit über einem Jahrhundert zu ihrer Hochzeit trugen. Sofia setzte ihn ihr auf. Giulia atmete tief durch und stand auf. Sie warf einen Blick in den Spiegel und war sehr zufrieden.

Es klopfte. »Giulia?«, hörte sie Fulvio fragen. »Bist du bereit?«

Es war so weit.

ZWEIUNDZWANZIGSTES KAPITEL

Alessandro hatte den Wunsch geäußert, dass sie auch kirchlich heirateten, und Giulia und Marco hatten beschlossen, ihm diesen Wunsch zu erfüllen. Es war schon eine Weile her, dass Giulia zuletzt auf dem Vorplatz der Chiesa di Sant'Andrea gestanden hatte, auf einem ihrer Spaziergänge durch die Stadt, als sie sich den Kopf hatte freilaufen müssen, wie so oft in den schwierigen Wochen, die nun Gott sei Dank schon eine Weile hinter ihnen lagen. Heute stand sie mit Marco hier, so wie sie es sich immer vorgestellt hatte, in ihrem wunderbaren Hochzeitskleid. Mit dem Schleier aus Grasse. Giulia freute sich unglaublich darüber. Jetzt sah sie Trixi, die ihr strahlend zuwinkte. Marco trug seinen Anzug in dunklem Anthrazit zu auf Hochglanz polierten Schuhen mit großer Souveränität. Wie unglaublich gut er doch aussah! Dieser Gedanke kam ihr immer wieder. Obwohl er sonst nur ab und an zu manchen Einsätzen als Übersetzer oder Dolmetscher einen Anzug trug, wirkte er, als trage er kaum je etwas anderes. Giulias Herz schlug schneller, als sie auf den großen Eingang der Kirche zuschritten. Kurz darauf umhüllte sie für einen Moment die Stille des Gebäudes, dann erfüllte das aufgeregte Räuspern und Flüstern der bereits wartenden Gäste den Raum. Aurora rief aus, wie wunderschön Giulia doch sei, und ein Raunen ging durch die Menge. Giulia sah ihre Mutter in einem wie angegossen passenden smaragdgrünen Kostüm, die sich mit einem weißen Taschentuch die Augen betupfte. Ihr Vater saß an ihrer Seite. Er wirkte nachdenklich, aber auch stolz. Giulia lächelte ihm zu. Sie war ihm so dankbar und froh darüber, dass er ihre Mutter begleitete. Sie wusste, dass ihm dieser Besuch immer noch nicht leichtfiel, aber für die Hochzeit seiner Tochter hatte er sich überwunden. Damit war ein weiterer Schritt getan. In der ersten Reihe bemerkte sie Laura und Carlotta, auch Alessandro war da. In der zweiten Reihe saßen Anna, Chiara und Fabiola. Trixi, die noch hinter ihnen hereingeschlichen war, setzte sich eben hastig neben Marcos Schwester. Giulia musste lächeln.

Im nächsten Moment begann die Zeremonie auch schon, und Giulia fühlte sie eher, als dass sie wirklich etwas davon mitbekam. Es war aufregend und schön zugleich. Der Priester spielte Gitarre und sang dazu. Die italienischen Gäste sangen mitreißend mit, aber auch die Franzosen ließen sich nicht lumpen. Ab und zu musste Giulia auf Marco an ihrer Seite schauen, um sich zu vergewissern, dass all das wirklich geschah. Sie nahm wahr, wie Marco sie anlächelte. Sie hörte, wie er »Ja« zu ihrer Verbindung sagte, und sie sagte »Ja« zu ihm. Ihre Hand zitterte ein wenig, als er ihr den Ring ansteckte. Sie tat es ihm gleich, und dann verschränkten sie ihre Hände für einen Moment ineinander, bevor sie sich inniglich küssten. Nach dem Segensspruch erklang die Orgel, die feierlich aufspielte, bald darauf standen die Gäste bereits und reihten sich nacheinander in den Strom nach draußen ein. Giulia atmete tief durch, ebenso wie Marco neben ihr. Er hielt immer noch ihre Hand, und dann schritten sie auch schon den Mittelgang der Kirche entlang. Draußen brandete Jubel auf. Giulia und Marco blieben auf der Schwelle stehen, Marco zog sie in seine Arme und küsste sie zärtlich, bevor sie sich voneinander lösten und in die Menge winkten. Fröhliche und begeisterte französische und italienische Ausrufe mischten sich unter dem frühlingsfrischen Himmel miteinander. Handys wurden in die Luft gehalten, um Fotos zu schießen oder auch Filme zu drehen. Kinder pusteten Seifenblasen in den tiefblauen Himmel über Levanto. Giulia kam sich vor wie in einem Märchen, als sie schließlich Arm in Arm mit Marco durch die Menge schritt. Überglücklich nahm sie Gratulationen entgegen, schüttelte Hände, erwiderte Umarmungen. Von irgendwoher zog jemand ein Wägelchen mit Sekt und Gläsern heran. Es war Trixi, die Marco und Giulia ihre Gläser reichte.

»Ich wünsche euch das Allerallerbeste!«, rief sie fröhlich.

»Danke!« Giulia strahlte sie an. »War das deine Idee?«

»Der Wagen?« Trixi grinste. »Was denkst du denn? Jetzt muss ich aber schnell die anderen Gäste versorgen.«

Sie verschwand leichtfüßig in der Menge. Giulia entdeckte ihre Mutter, die über das ganze Gesicht strahlte und wieder einmal von französischen Verwandten umrundet war, von denen sie sich aber jetzt löste, um ihrer Tochter zu gratulieren.

Als sich die Versammlung schließlich auflöste, warf Giulia noch einen letzten Blick zurück auf die Kirche mit ihrem typischen Streifenmuster. Hätte sie sich das vor fast zwei Jahren, als sie zum ersten Mal hier gewesen war, vorstellen können? Eine italienische Hochzeit in einer italienischen Kirche?

Sie fuhren in einem Konvoi zurück zur Jasminvilla, mittendrin Giulia und Marco in seinem alten Fiat, der heute wie so viele der anderen Autos über und über geschmückt war. Nicht alle Fahrzeuge fanden im Hof Platz, einige parkten auch entlang der kleinen Straße, gleich hinter dem Waldstück.

Loretta und ihre Helferinnen waren als Erste aufgebrochen und hatten bereits ganze Arbeit geleistet. Giulia war zutiefst beeindruckt. Als sie im Garten eintrafen, standen dort drei große Tische, die sich unter Speisen bogen, und es waren noch weitere kleine Tische hinzugekommen, an denen die Gäste Platz fanden. Das Buffet bestand aus großen Platten mit Antipasti, darunter gefüllte Auberginen, kleine Pizzastücke, eingelegte Sardellen auf ligurische Art mit viel Olivenöl, daneben Oliven, Lorettas Vitello tonnato, Focaccia und Sardenaira, eine zusätzlich mit Sardellen belegte Focaccia. Außerdem gab es Sfogliate, Blätterteigkuchen mit verschiedenen salzigen oder süßen Füllungen, und Torta Verda mit Gemüse aus dem Garten der Villa. Der französische Teil der Familie interessierte sich besonders für die Torta di Ceci, eine Kichererbsenpizza, die sie laut eigener Aussage an die Socca aus Nizza erinnerte. Neben den Antipasti warteten, in Warmhaltebehältern, die *primi piatti*, darunter das berühmte Pesto alla Genovese zu Trenette, einer flachen Spaghettisorte. Die *secondi piatti* umfassten Salsiccia, Involtini, Bistecca fiorentina und würzige Kartoffeln in einem Bett aus Knoblauch, Meersalz und Olivenöl. Abgerundet wurde alles von mehreren kleinen Torte alla nonna und Torte al limone.

Marco führte Giulia zu ihrem Ehrenplatz. Als kurz darauf alle ihren Platz gefunden hatten, setzte Marco zu einer Rede an. Er versprach, nicht viele Worte zu machen, und hieß alle noch einmal herzlich willkommen, bevor Giulia das Buffet für eröffnet erklärte. Die Gäste fanden beim Essen und im Gespräch sehr schnell und lebhaft zusammen. Marco brachte Giulia einen ersten Teller mit Leckereien. Laura saß an der Seite ihrer frischgebackenen Schwägerin, neben ihr Luciano. Giulia aß ein Stück Vitello tonnato und beugte sich neugierig zu Laura hinüber. »Marco hat erzählt, dass du die Boutique deiner Mutter übernehmen wirst?«

»Ja.« Laura strahlte. »*Mamma* und ich hatten die Idee schon lange, jetzt haben wir endlich Nägel mit Köpfen gemacht: Ich übernehme die Boutique und werde dort auch meine Fotos ausstellen. Sie betreut die Buchhaltung, ist aber nicht mehr hauptsächlich im Laden und wird sich nach und nach zurückziehen.«

Giulia war begeistert. »Das klingt toll!«

»Ja, ich freue mich darauf. Luciano arbeitet natürlich weiter im Krankenhaus. Wir suchen auch nach einer Wohnung – oder *mamma* zieht um, für sie ist die Wohnung inzwischen ohnehin zu groß. Vielleicht findet sich etwas in der Nähe, das wäre uns allen am liebsten.«

Luciano kam mit einem Teller mit weiteren Leckereien vom Buffet zurück. Laura griff entschlossen zu, unter den wachsamen Augen ihres Bruders.

»Er behandelt dich immer noch gut, ja, Laura?«, wandte er sich dann mit einem Augenzwinkern an sie.

Die rollte die Augen zum Himmel. »Meine Güte, Marco, du kannst aufhören, großer Bruder zu spielen. Luciano behandelt mich gut. Er ist der Beste.«

»Ach?« Marco zwinkerte ihr zu, dann lachte er laut auf. Alle stimmten ein. Marco legte einen Arm um Giulias Schultern und öffnete den Mund. Sie knuffte ihn leicht. »Sag jetzt nichts Falsches!«, warnte sie.

Marco tat überrascht und schüttelte dann den Kopf. »Warum sollte ich etwas Falsches sagen?«

»Wir kennen dich eben«, mischte sich Laura ein.

Marco hob abwehrend die Hände. »Ich weiß nicht, wie ihr darauf kommt. Was ich sagen will, ist Folgendes: Ich wünsche meiner Schwester und ihrem Partner wirklich nur noch das Allerbeste. Vielleicht haben wir ja irgendwann ein weiteres Fest zu feiern?«

Laura schenkte ihm ein liebevolles Lächeln, und auch Giulia war ihm zutiefst dankbar für diese Worte.

»Autunno, Autunno«, war kurz darauf Auroras Stimme zu hören.

Luciano erhob sich. »Ich schaue mal nach ihr«, sagte er.

»Ich komme nach«, sagte Laura, dann wandte sie sich an ihren Bruder. »Danke für deine lieben Worte.«

»Was hätte ich denn sonst sagen sollen?« Marco lächelte. »Ich bin überzeugt davon, dass du deine Entscheidungen selbst treffen kannst. Das meine ich ernst. Ich weiß es. Ich hätte mir nichts Besseres für dich vorstellen können!«

Ein glückliches Lächeln malte sich auf Lauras Züge. »Danke, Marco. Ich weiß es heute auch, Marco, ich weiß es auch.«

Sie aßen und tranken, und nicht wenige aßen weit über ihren Hunger hinaus, denn was Loretta und ihre Freundinnen gezaubert hatten, war einfach köstlich. Alle waren zufrieden und gut gelaunt. Giulia unterhielt sich mit vielen Gästen, nahm weitere Glückwünsche und Geschenke entgegen, beantwortete Fragen. Reden wurden gehalten, es wurde viel gelacht. Ab und an hielt Giulia Ausschau nach ihrer Mutter und fand diese stets entspannt und im Gespräch mit anderen. Eine Weile hatte Pina auch mit Alessandro zusammengesessen, und irgendwann hatte sich sogar Robert, ihr Vater, zu den beiden gesellt. Das konnte keinem von ihnen leichtgefallen sein, aber vielleicht war das der entscheidende Schritt auf dem Weg zu der Normalität, die sie alle brauchten. Giulia dachte kurz darüber nach, zum Tisch der drei zu gehen, entschied sich aber dagegen. Zuerst einmal brauchten sie Zeit für sich, und die würde sie ihnen geben.

Die Stunden vergingen in Heiterkeit und Frohsinn. Dann schlug wieder jemand gegen ein Glas und kündigte mit zartem Klirren eine weitere Rede an. Giulia drehte sich zur Terrasse und bemerkte erstaunt, dass es ihre Mutter war, die da vorne stand. Pina sah wie immer einfach wunderschön aus. »Liebe Hochzeitsgäste«, begann sie, dann ließ sie kurz den Blick schweifen, als suche sie jemanden. Ein Räuspern wanderte durch den Garten. Die letzten Gäste, die sich ihr noch nicht zugewandt hatten, taten es jetzt. »Mein Name ist Pina Zeidler, einige von euch kannten mich als Giuseppina Martini, die meisten von euch aber habe ich heute erst kennengelernt«, fuhr sie fort. »Ich bin die Mutter der Braut. Manche wissen einiges über mich, manche nichts. Ich habe diese Gegend, dieses Haus und diesen Garten vor sehr langer Zeit verlassen und bin nie zurückgekehrt. Ich habe Menschen verletzt, doch damals, im Alter von neunzehn Jahren, konnte ich nicht anders handeln. Ich hatte meine Gründe.« Sie suchte mit dem Blick nach Alessandro und schaute dann weiter zu Giulia und Marco. »Aber hier und heute soll es nicht um mich gehen – oder vielleicht doch noch ein klein wenig ... Es ist jetzt ziemlich genau zwei Jahre her, dass ich wieder von diesem Ort hörte, und dann gleich das: Ich hatte ihn geerbt. Ich muss sagen, im ersten Moment war ich vollkommen schockiert. Und ja, ich war auch voller Trauer ... Mein Vater war gestorben. Wir hatten uns all die Jahre nicht wiedergesehen, aber es tat doch weh, zu erkennen, dass ich ihn jetzt auf immer verloren hatte. Trotzdem brachte ich es nicht übers Herz, hierher zurückzukommen, mich mit der Vergangenheit auseinanderzusetzen. Ganz im Gegensatz zu meiner Tochter Giulia. *Sie* wollte unbedingt sehen, wo und wie ihr Großvater gelebt hatte. Und sie hat sich von mir nicht beeindrucken oder irgendwie abhalten lassen. Heute bin ich ihr sehr dankbar dafür. Sie hat mir gezeigt, dass man vor manchen Dingen einfach nicht davonlaufen kann oder davonlaufen sollte ...«

Giulia spürte, wie die Anspannung langsam nachließ, die sich aufgebaut hatte. Sie musste lächeln – und, als hätte sie es bemerkt, richtete ihre Mutter in diesem Moment ihren Blick auf sie. »Diese Worte hier sind für dich, Liebes«, sagte sie.

Giulia atmete tief durch. Marco war sofort an ihrer Seite, streichelte sie kurz und legte dann seine rechte über ihre linke Hand. Seine Berührung beruhigte sie.

»Also«, fuhr Pina fort. »Ich bin damals gegangen, um nie wiederzukommen. Ich habe die Gedanken an die Schönheit dieser Gegend verdrängt, die Gedanken an Menschen, die mir etwas bedeuteten. Und als sich mir unverhofft die Gelegenheit bot, daran etwas zu ändern, wollte ich dies zuerst nicht wahrhaben. Erst meine Tochter hat mir ermöglicht, aus meinem Schlaf zu erwachen, aber nicht nur das: Giulia hat auch erkannt, was dieses Haus braucht, und sie hat es ihm gegeben.« Sie ließ ihren Blick zu den Gästen aus Grasse wandern. »Und sie hat einen Teil meiner Familie aufgespürt, von dessen Existenz ich keine Ahnung hatte – keine Ahnung auch, weil mein Vater ebenso beharrlich wie ich über Dinge schwieg, über die zu reden wichtig gewesen wäre.«

Einige der französischen Familienmitglieder klatschten.

»Nun«, fuhr Pina fort, und Giulia hatte den Eindruck, als ob die Stimme ihrer Mutter immer fester wurde, je länger sie sprach, »ich habe mich mit der Vergangenheit versöhnt, und dafür möchte ich an dieser Stelle ganz besonders Alessandro Signorello danken, der wahrscheinlich das größte Herz von uns allen hat.«

Giulia sah zu Alessandro, der still in sich hineinlächelte.

»Nichtsdestotrotz wird Deutschland immer mein Lebensmittelpunkt bleiben. Ich habe ein gutes Leben dort. Ich fühle mich wohl, und vor allem habe ich einen sehr guten Ehemann, den ich zutiefst liebe und dem ich sehr verbunden bin.«

Giulia schaute zu ihrem Vater, der die Rede mit einem Lächeln verfolgt hatte und seiner Frau nun zunickte. Zwischen ihnen war eine Verbundenheit, die ihresgleichen suchte.

Pina räusperte sich, dann breitete sich ein Lächeln auf ihrem Gesicht aus: »Und deshalb habe ich Folgendes entschieden: Liebe Giulia, lieber Marco ... Mein Hochzeitsgeschenk an euch ist die Jasminvilla. Ich weiß, ihr werdet das Beste daraus machen, und ich freue mich, zukünftig und regelmäßig alles über eure Projekte zu hören.«

Giulia traute ihren Ohren nicht. Wenn sie nicht gesessen hätte, das wusste sie, wäre sie in diesem Moment in die Knie gegangen. Marco drückte ihre Hand fest. Es dauerte einen Augenblick, bis sie einander ansahen, als befürchteten sie, den Zauber zu stören. Giulia lächelte, nein, sie musste jetzt plötzlich lachen vor Glück. Marco drückte ihre Hand noch einmal sanfter, und dann schossen Giulia vor Rührung die Tränen in die Augen.

»Giulia, meine kleine Giulietta«, sagte Pina zum wiederholten Male in dem Versuch, ihre Tochter zu beruhigen. Sie saßen einander gegenüber, in Giulias Schlafzimmer, die eine auf dem Bett, die andere auf dem Stuhl, ihre Knie berührten sich leicht. Nach der Rede ihrer Mutter hatte Giulia sich kurz entschuldigt – alles war mit einem Mal zu überwältigend gewesen, sie hatte einfach nicht gewusst, was sie sagen sollte, und für einen Augenblick allein sein müssen. Sie war ins Haus gelaufen, ihre Mutter folgte ihr ins Schlafzimmer. Jetzt wischte Giulia sich zum wiederholten Mal mit dem Handrücken über die Augen.

Pina war sichtlich betroffen. »Giulia, meine kleine Giulia, ich wollte dich nicht zum Weinen bringen!«

»Ich weine doch vor Glück«, brachte Giulia mit zitternder Stimme hervor und war überrascht, dass es sich gar nicht so schlimm oder albern anhörte, wie sie befürchtet hatte. Als ihre Mutter ihre Knie tätschelte, hob Giulia den Kopf.

Pina erwiderte ihren Blick. »Ich weiß, dass ihr das Beste daraus machen werdet, und ich bin sehr stolz darauf, dass ihr das Potential dieses Hauses erkannt habt. Für mich ist all das mit zu vielen Erinnerungen verbunden, und ja, auch mit zu viel Schmerz. Ich kann mich nicht darauf einlassen. Ihr aber könnt etwas Besseres daraus machen, vielleicht sogar das, was *papà* sich immer vorgestellt hat.«

Giulia tupfte die Tränen mit einem Taschentuch aus ihrem Gesicht. »Aber du wirst auch immer wieder kommen und unser Angebot ausprobieren, *mamma*, oder?«

Pina lächelte. »Natürlich. Und ich freue mich schon sehr darauf.«

Giulia musste ebenfalls lächeln. Ihr Blick fiel auf das Taschentuch in ihrer Hand und die dunklen Flecken darauf. »Jetzt sehe ich bestimmt wirklich aus wie ein Panda«, sagte sie lächelnd. »Weißt du noch damals? Nach der Abifeier?«

Pina musterte sie prüfend. »Hat Sofia keine wasserfesten Kosmetika benutzt?«

»Doch, aber offenbar war nicht alles ganz tränenfest ...« Giulia nahm dankbar ein Spiegelchen entgegen und zuckte bei ihrem Anblick zusammen. Rund um ihre Augen hatte sich die Haut grauschwarz verfärbt. Hier und da liefen schwarze Schlieren über ihre Wangen.

»Auweia. Da werde ich Hand anlegen müssen.«

Pina grinste. »Allerdings, sonst bekommt man noch einen ganz falschen Eindruck von der Braut. Sofia muss da wohl noch einmal ran, oder?«

»Stimmt. Wärst du so freundlich, sie zu rufen?«

Kurz darauf richtete Giulia mit Sofias Hilfe ihr Make-up. Marco kam herein und setzte sich auf das Bett. Als Sofia fertig war und sich zurückzog, stand er auf und liebkoste Giulias Nacken. »Fühlst du dich wirklich gut mit dem Geschenk? Es ist eine große Sache.«

»Ja«, sagte Giulia, ohne auch nur im Geringsten nachzudenken. »Unbedingt.«

Das Fest ging weiter und weiter. Die Gäste führten viele Gespräche, manche kurz, viele davon auch lang. Man verabredete weitere Treffen. Freunde von Marco setzten sich zu ihnen. Mit manchen von ihnen hatten sie beide schon kurze Wanderungen unternommen, und Giulia freute sich darauf, sie besser kennenzulernen. Spät am Abend gelang es Giulia, Loretta endlich aus der Küche zu lotsen, wo sie dafür sorgte, dass das Buffet immer hübsch und voll bestückt blieb.

»Komm, Loretta, setz dich einmal zu uns«, sagte sie, als die Haushälterin zum wiederholten Male Platten herumreichte. »Du kannst doch nicht über die ganze Feier in der Küche bleiben!«

»Aber ...«

Trixi sprang auf. »Ich kümmere mich jetzt darum, ich bin eine gute Organisatorin.«

»Danke, Trixi.«

Loretta zögerte kurz, setzte sich dann aber. Marco machte sich auf, ihr einen Teller mit Leckereien zu füllen, denn Loretta musste zugeben, dass sie bislang kaum etwas gegessen hatte. Als er zurückkam, brachte er Fulvio mit. Giulia musste an den Moment denken, wo das Paar erstmals vor ihrer Tür gestanden hatte, und wie schwierig die ersten Begegnungen gewesen waren. Wie viel sich seitdem geändert hatte. Sie wollte die beiden einfach nicht mehr missen. Nachdem sie länger mit Loretta und Fulvio geredet hatten, gingen Marco und Giulia von Tisch zu Tisch, um hier und da ein paar Worte zu wechseln. Endlich wurde zum Hochzeitstanz aufgespielt, und Giulia ließ sich von ihrem Vater auf die Tanzfläche führen.

»Bereit?«, flüsterte er ihr mit einem Lächeln zu. Sie nickte, und sie legten los. Dafür, dass sie kaum hatten üben können, bekamen sie die Sache ganz passabel hin, dann übernahm Marco, und schließlich füllte sich die Fläche nach und nach. Später stimmten ein paar ältere Gäste Lieder im ligurischen Dialekt an, Balladen von Liebespaaren, Schiffsuntergängen und Partisanen erklangen und wechselten mit temperamentvollen Tänzen.

Auf der Terrasse waren inzwischen Lichter angezündet worden. Das muntere Plaudern nahm nicht ab, aber es wurde insgesamt ruhiger, und nur ab und zu brandeten noch jauchzende Kinderstimmen auf. Die Jüngsten schliefen bereits, ein paar der Größeren spielten immer noch unermüdlich in der Hängematte, die Fulvio zwischen zwei Olivenbäumen gespannt hatte. Aurora streifte mit Jean-Luc, Chiara und einigen Französinnen in ihrem Alter umher. Sie alle unterhielten sich mit Händen und Füßen, und ihr Lachen war auch aus der Entfernung gut zu hören. Eben trug Loretta noch mehr Nachtisch auf: Pannacotta, Profiteroles und einen Nusskuchen, den ihre beste Freundin Marcella gebacken hatte. Jemand spielte Gitarre, die Franzosen sangen dazu, dann schlossen sich die Italiener an.

Als die Sonne schließlich ganz unterging, erhellten Lampions und Laternen das Anwesen. Marco und Giulia schlichen sich für einen Augenblick davon und standen schließlich zwischen ein paar Olivenbäumen, um sich einen Kuss von den Lippen zu stehlen.

»Meinst du, sie haben mitbekommen, dass wir verschwunden sind?«, fragte Marco mit einem Blick über die Schulter, als er sich von ihr löste.

Giulia schaute zu den Feiernden hinüber. Die Musiker spielten jetzt ein schnelleres Lied. Zwei, drei Paare drehten sich bereits wieder im Kreis. Weitere kamen hinzu. Giulia lehnte sich an ihn. »Nein, ich glaube nicht.«

Sie entfernten sich noch ein Stück. Sie mussten nichts sagen, kannten beide ihr Ziel unausgesprochen, denn kurz darauf standen sie am Eingang zum Jasmingarten. Sie wechselten einen Blick miteinander. Marco bedeutete Giulia, vor ihm in den Garten hinunterzusteigen, und folgte dicht hinter ihr. Sie spürte seine Wärme, und das war wunderbar. Auf der Ebene des Gartens angekommen, suchten sie wieder die Nähe des anderen, zogen einander in eine innige Umarmung und versanken in einem langen Kuss. Marcos Lippen lagen wunderbar weich auf ihren. Endlich lösten sie sich voneinander und gingen weiter bis zur hinteren Mauer. Dicht nebeneinander schauten sie zum Meer hinüber, auf dem hier und da Boote als leuchtende Punkte auszumachen waren.

Giulia atmete tief durch. »Ich würde gerne wieder einmal schwimmen gehen, dazu sind wir schon lange nicht gekommen.«

»Ja«, bestätigte Marco. »Das sollten wir wirklich mal wieder machen.« Er trat einen Schritt zurück, und Giulia spürte seinen Blick in ihrem Rücken.

Sie wandte sich um: »Was machst du da?«

»Ich bestaune meine Frau. Du bist wunderschön, weißt du das?«

Giulia wollte widersprechen, tat es dann aber nicht. Tief in ihrem Inneren konnte sie seine Worte akzeptieren, denn sie wusste, dass er sie aus tiefstem Herzen meinte. Sie sah an sich herunter auf den schimmernden Stoff ihres Hochzeitskleides, das ihren Körper umspielte, strich dann eine dunkle Locke zurück, die sich aus ihrer Frisur gelöst hatte. »Danke.«

»Ich hätte dir das viel früher sagen sollen.«

»Du hast es gesagt.« Und dafür war Giulia ihm wirklich dankbar. Es hatte schwierige Tage im letzten Jahr gegeben, Tage, an denen sie eine solche Ehrlichkeit unendlich vermisst hatte und sich nicht hatte vorstellen können, wie es weitergehen sollte. Und jetzt standen sie hier als Mann und Frau, gefeiert von ihren wiedergefundenen Familien. Auch hier, so weit entfernt, schwebte immer wieder etwas von der Feier zu ihnen herüber. Von nun an konnte es einfach nur gut werden, sie waren zumindest auf einem guten Weg.

Marco küsste sie zärtlich auf die Stirn. »Es ist aufregend, nicht wahr?«, fragte er sanft.

»Ja. Und es wird ganz sicher aufregend bleiben«, sagte Giulia, »aber trotzdem ... wir haben gute Ideen. Wir schaffen das.«

Er sagte nichts, sah sie nur an. Sie bemerkte das Lächeln in seinem gesamten Ausdruck, die Entspannung, die sie so lange nicht gesehen und die sie vermisst hatte. »Was ist?«

»Ja, wir schaffen das. Und ich hoffe, dass nie, nie wieder etwas zwischen uns tritt, dass wir nichts voreinander verbergen, sodass wir niemals mehr falsche Schlüsse ziehen.«

»Das wird nicht passieren. Das verspreche ich dir. Wir werden uns nie wieder etwas verschweigen.«

Marco beugte sich zu ihr und küsste sie, sehr sanft dieses Mal, zuerst auf die Wange, dann erneut auf den Mund. Giulia erwiderte seinen Kuss, dann schlangen sie die Arme fester umeinander. Ihr Kleid verrutschte ebenso wie ihre Frisur, aber sie konnte nicht von ihm ablassen. Nichts würde sie mehr trennen. Sie konnten alles gemeinsam durchstehen, das wusste sie jetzt, und das konnte ihnen nie wieder jemand nehmen.

Die Community für alle, die Bücher lieben

★ In der Lesejury kannst du Bücher lesen und rezensieren, die noch nicht erschienen sind

★ Gemeinsam mit anderen buchbegeisterten Menschen in Leserunden diskutieren

★ Autoren persönlich kennenlernen

★ An exklusiven Gewinnspielen und Aktionen teilnehmen

★ Bonuspunkte sammeln und diese gegen tolle Prämien eintauschen

Jetzt kostenlos registrieren: www.lesejury.de

Folge uns auf Instagram & Facebook:
www.instagram.com/lesejury
www.facebook.com/lesejury